LA FILLE DE L'EAU

TOME 3

AIDAN FOX

Carte des Sept Principautés

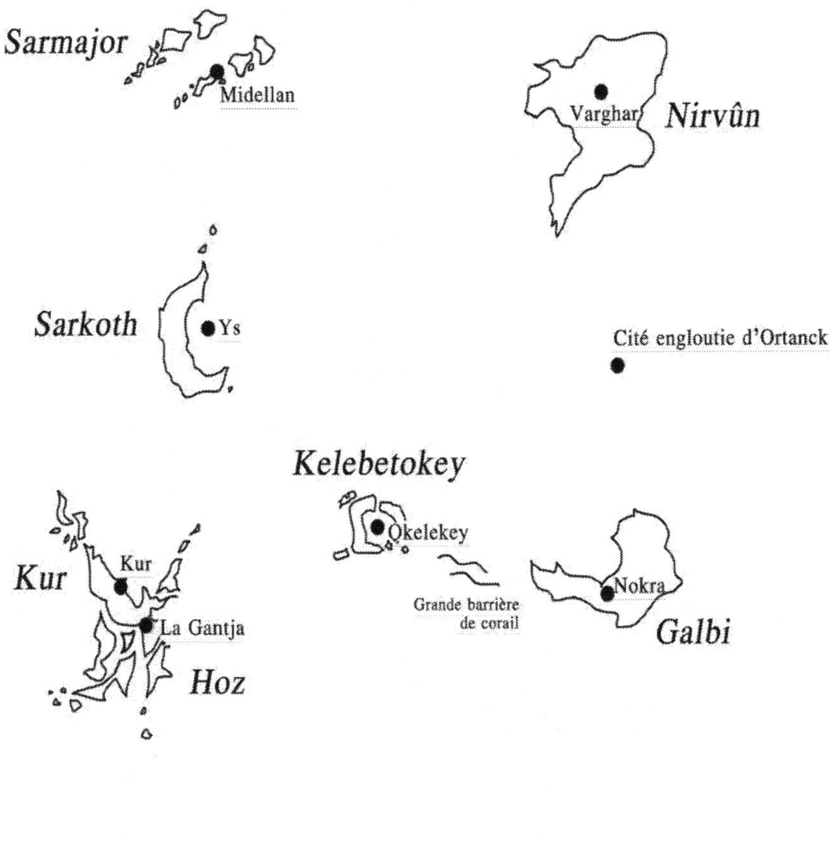

Résumé des premiers tomes

La conclusion de la Coupe des Sept Principautés approche, et les Éclaireurs doivent toujours faire face à la conspiration ourdie par les Princes marchands Vesperil, Gavranti et Ymelda Fergus. Le complot a pris une tournure inquiétante depuis que ces trois-là ont réalisé un coup d'État, évinçant les autres Princes au cours d'une réunion mortelle dont seul le Prince Anyra de Kelebetokey a réchappé. Suite à cet effroyable attentat, leur serviteur Tikken le Terrible a pris la présidence de la Cijena. Et leur énigmatique commanditaire à tous, La Murène, a ordonné de mettre en branle l'ultime étape du tout aussi mystérieux « Plan Succion ».

Mais les conspirateurs ont perdu des alliés : l'équipe de ravisseurs qui sévissait au sein de la Coupe a été éliminée au cours d'une violente altercation avec les Éclaireurs, et le capitaine Boileux a été tué par les pirates survivants du massacre d'Altor'Narac et leur farouche meneuse, Funeste Lamenoire.

Les Éclaireurs aussi ont perdu des effectifs : Naëli a été séquestrée par une équipe de nagas dans la cité d'Ortanck. Ses compagnons ont envoyé à son secours le Maître Seyunal, un pirate, et leur ami Jérémy. Contre toute attente, ces deux-là ont sauvé Naëli des griffes des nagas. Mais plutôt que de rejoindre les autres, la jeune fille a décidé de partir à la recherche de leur ultime espoir contre les Princes marchands félons : l'empereur des elfes de glace. Il est le plus puissant des Maîtres de l'Eau, et l'un des derniers encore en liberté. Naëli compte sur lui pour déjouer les plans de La Murène. Elle espère qu'elle pourra ensuite rejoindre Sarmajor pour y rattraper le reste de l'équipe des Éclaireurs. Ainsi, peut-être pourra-t-elle finir la Coupe à leurs côtés.

Car les Éclaireurs ont réussi à se qualifier pour la fin du parcours. Mais cette dernière est de loin la plus meurtrière… Plus que jamais, les Éclaireurs sont livrés à la merci des caprices du destin. Sauront-ils déjouer ses tours et triompher des scélérats ?

PARTIE 6 :
NIRVÛN

Mer du septentrion
Tharköln
Péninsule
d'Helyen
Fardüll
Golfe
noir
Principauté
de Nirvûn
Péninsule
d'Oskho
Oskho

Efjanüll
Les côtes immaculées
Varghar
Coeur de Nirvûn
Baie des neuf courants
Nefjüll
Dagmar
Région des fjords
Skald

1

Le Kraken était un monstre de l'ancien temps, un produit des noires et insondables profondeurs de l'océan. Sa taille titanesque lui conférait une domination totale sur l'ensemble des mers. Il avait établi son repaire sur une côte sous-marine des eaux septentrionales, et chaque créature qui l'approchait était victime de sa gloutonnerie sans fin. Le Kraken finit par devenir si gros qu'il n'arriva plus à bouger. Son corps avait tellement épaissi qu'il « émergeait » de la surface des eaux, couvert de roches écharpées et de pointes acérées. Le monstre devint peu à peu impotent. Aujourd'hui, il ne reste de lui plus que son hurlement courroucé, le terrible blizzard de Nirvûn.

Sept créatures, sept créateurs, le mythe de Nirvûn

Nirvûn était la Principauté la plus inhospitalière de toutes. L'intégralité de sa côte sud-ouest était striée de fjords de taille plus ou moins importante. Le plus grand était situé au cœur de la péninsule sud de l'île, et s'y enfonçait profondément. C'est par là que passait l'itinéraire de la Coupe.

Les Éclaireurs étaient arrivés à l'aube.

Le fjord était tout bonnement gigantesque. On distinguait à peine ses falaises escarpées au loin, perdues dans la brume, dissimulées derrière un chapelet d'îles aux flancs vertigineux. Le large bras de mer qui s'engouffrait ici contenait un véritable archipel miniature.

Qui n'était pas inhabité.

D'innombrables villages s'étalaient le long des bandes de terre ou sur les côtés du fjord, vivant de commerce et de navigation.

— Le visage rieur de Nirvûn, commenta Molly en effectuant une habile manœuvre entre deux îlots particulièrement proches l'un de l'autre. Le calme et la quiétude de cet endroit sont le reflet de la léthargie qui anime ses abords. Mais ne vous y trompez pas : le cœur de l'île est bouillonnant. Vous aurez l'occasion de le découvrir, puisque l'itinéraire de la coupe passe par Varghar, la capitale. Un décor autrement plus... imposant.

Sayan, Joan et Yadriel ne répondirent rien. Ils étaient trop occupés à contempler la majesté du lieu qui se révélait lentement à leurs yeux. Autour d'eux, le brouillard se levait sur les flancs du fjord, venant lécher la falaise en remontant patiemment jusqu'à ses sommets. Il dévoilait une végétation riche et abondante, qui se mit à briller de mille feux sous les premiers rayons du soleil.

Et tout en haut, couronnant majestueusement les hauteurs, une couche neigeuse étirait paresseusement sa robe blanche.

L'endroit était magique.

— Naëli aurait tant aimé voir ça... soupira Joan.

Sayan posa une main sur son épaule.

— Nous avons déjà parlé de ça, Joan... Nous sommes impuissants. Et j'ai confiance en Jérémy et Seyunal.

Elle éclata d'un rire franc.

— Je mettrais ma main à couper qu'à l'heure qu'il est, elle est en train de filer vers Sarmajor pour nous retrouver, festoyant joyeusement avec Jérémy et le Maître Seyunal !

Sa voix se voulait réconfortante, mais au fond d'elle-même, elle était aussi inquiète que Joan. Quand bien même, il n'y avait rien qu'ils puissent faire pour leur amie. Son sort était entre les mains de leurs compagnons d'aventure.

— Nous devons aller jusqu'au bout du fjord, et trouver la rivière Skald, que nous remonterons pendant une journée, annonça Molly pour changer de sujet. Il faut juste dénicher ce fichu fleuve.

Joan déroula une vaste carte de la côte sud de Nirvûn, sur laquelle étaient tracés les contours du fjord.

Dénicher le fleuve ?

Voilà qui allait s'avérer difficile.

Devant eux s'étendait un chapelet d'îles minuscules qui allaient compliquer la navigation. Et le repérage de la rivière n'en serait que plus ardu. Il allait falloir suivre la carte avec une précision mathématique.

Son poing se crispa. C'était typiquement un piège dressé par les organisateurs, un moyen parfait pour faire perdre aux concurrents un temps précieux. Il allait falloir la jouer fine.

— Molly, prends à droite, indiqua Joan après un bref repérage des alentours.

Il était passé expert dans l'analyse de l'environnement. Il sut immédiatement associer le décor à la carte qu'il avait sous les yeux, et il n'y eut pas l'ombre d'une hésitation dans sa voix lorsqu'il donna ses indications.

Molly s'exécuta.

L'*Esturgeon* passa le long d'un petit îlot avant de s'engager sur un chenal sinueux entre deux îles un peu plus larges. Puis un nouveau virage. Et encore un.

Joan décrivait l'itinéraire à Molly avec justesse, sans faillir. Il suivait avec précision leur avancée sur la carte.

Jusqu'à une impasse.

L'*Esturgeon* s'immobilisa face à une bande de terre qui leur barrait la route. Joan écarquilla de grands yeux stupéfaits.

— Quoi ? pesta-t-il. Qu'est-ce que c'est que cette diablerie ?

Il jeta un coup d'œil au plan rivé à ses doigts, puis scruta l'environnement. Le terrain concordait avec les formes dessinées sur la carte... Sauf que sur cette dernière, il n'y avait aucun obstacle. Il cligna bêtement des yeux. Il s'était trompé.

— Tu as peut-être fait une erreur, Joan, grimaça Sayan. Il suffit de ne pas être attentif à un embranchement...

Le jeune homme refusait d'y croire. Si c'était vrai, il ignorait complètement où ils se trouvaient. Et retrouver leur chemin allait leur prendre un temps fou.

— Je fais marche arrière, grommela Molly.

Elle amorça un demi-tour, la mort dans l'âme.

— Attends ! s'exclama Joan.

Il plissa les yeux en direction du terrain alentour.

— Juste un petit moment...

Il fronça les sourcils et se mit à détailler soigneusement les contours des îles. Puis il reporta son attention sur la carte, et réclama une loupe. En observant les minuscules reliefs présents sur le parchemin, il comprit. Il poussa un cri de victoire.

— Molly, retourne l'*Esturgeon*, ordonna-t-il.

— Enfin, Joan, c'est une impasse, répliqua Molly. Tu t'es trompé, admets-le... Assez perdu de temps.

— Si tu as confiance en moi, je te demande de foncer vers le bout de l'impasse. Je sais ce que je fais.

— Mais ça ne rime à rien ! s'énerva Molly.

— Molly, vire de bord, intervint Sayan.

La vieille dame afficha une mine surprise.

— Quoi ? Tu ne vas pas t'y mettre aussi ? Vous voulez vraiment perdre cette étape ?

La jeune mécanicienne secoua la tête.

— Non, mais j'ai confiance en Joan. Je fais partie des Éclaireurs, c'est le choix que j'ai fait dès le début. S'il dit fonce, on fonce, non ?

Molly ouvrit la bouche d'un air excédé, mais n'arriva pas à trouver quoi que ce soit à redire. Elle grimaça, puis tempêta un grand coup, et obéit à la demande de Joan. L'*Esturgeon* se tourna vers la bande de terre qui lui barrait la route.

Droit devant.

— J'ai confiance, mais si mon bateau est ruiné à cause de toi, Joan, tu passeras ta vie à me le rembourser ! hurla-t-elle alors que la terre se rapprochait dangereusement.

Lorsque la collision fatidique fut imminente, un éclair de panique traversa son regard. Elle était complètement folle de suivre les indications aberrantes de son jeune ami !

Trop tard.

Le choc était inévitable, à présent.

Elle ferma les yeux.

Mais rien ne se passa.

L'*Esturgeon* poursuivit sa route. Il n'y eut ni collision, ni secousse. Elle finit par ouvrir les paupières, étonnée.

Autour d'elle, il n'y avait plus d'obstacle. La terre s'était évanouie, et le canal qu'ils avaient emprunté se prolongeait tranquillement, encadré par les rives des deux îles. Sur lesquelles était fixé un savant montage de miroirs assortis de fugitives apparitions holographiques. Une merveille de technologie, qui contrefaisait parfaitement une impasse vue de face...

Molly était abasourdie.

— Je le savais ! exulta Joan.

Il brandit la carte devant les yeux de ses compagnons.

— Les contours des îles sont exactement les mêmes, donc on ne pouvait pas être à un autre endroit que celui que j'avais identifié sur le plan. Et vous voyez, là, ce tracé ? Ce n'était pas le même que celui qui était en face de nous, ce qui signifiait que quelque chose avait été modifié exprès à cet endroit. Le seul détail qui trahissait la présence du dispositif, c'était deux projecteurs dissimulés sous la frondaison des arbres.

Il bomba le torse.

— Mais rien n'échappe à la vigilance de votre guide.

Sayan se mit à applaudir chaleureusement.

— Je n'en reviens pas. Même moi, l'experte en mécanique, je n'ai pas vu l'installation ! Tu as un œil de lynx, Joan !

Elle le serra dans ses bras, et le visage du jeune homme rosit alors qu'il ouvrait vainement la bouche en quête d'oxygène.

— Doucement, Sayan ! s'exclama Yadriel avec un sourire amusé.

Elle lâcha brusquement Joan qui tomba à genoux et haleta avec difficulté.

— Te prends pas… pour Molly, articula-t-il entre deux respirations saccadées.

Sayan devint rouge pivoine à son tour, et Yadriel éclata de rire. Puis Joan se redressa et reporta son attention sur l'itinéraire. Devant eux, le bras de mer s'élargissait. Quelques virages plus loin, ils tombaient sur l'embouchure du fleuve.

Ils avaient contourné le piège.

— Mille forbans, gronda Molly de sa voix bourrue. Moussaillon, tu nous as encore fait gagner un temps précieux !

***

Ils arrivèrent en fin d'après-midi à Skald, la plus grosse ville de la région, bâtie sur la rive du fleuve du même nom. C'était un immense port de pêche dont les maisons aux toitures épaisses semblaient s'empiler à l'infini, grimpant en pente douce vers des hauteurs enneigées.

— On a du mal à imaginer que Nirvûn abrite les Industries Dagmar, commenta sceptiquement Sayan. On dirait plutôt une Principauté paisible qui vit de pain et d'eau fraîche.

— Tout le monde s'y trompe, répondit Yadriel. Mais lorsque nous atteindrons le cœur du pays, tu comprendras. Nirvûn est une... machine de guerre.

Au-dessus de la ville, le zeppelin de la Cijena flottait, indolent. Molly lui jeta un coup d'œil méfiant, avant d'amorcer la manœuvre d'approche pour pénétrer dans le port.

L'*Esturgeon* alla tranquillement s'amarrer à l'un des quais construits à l'occasion du passage de la Coupe. Plusieurs navires étaient déjà arrivés. Une quinzaine. Presque la totalité des concurrents encore en lice.

Il y avait là l'effrayant destroyer de l'équipe du Marteau-de-sang, qui n'avait rien à envier à son voisin de la Scie-à-viande, toujours conséquemment garni de crânes et de flèches. Il y avait aussi un surprenant drakkar qui appartenait à la bien nommée équipe du Drakkar-de-l'effroi, et qui était ici à domicile. L'espèce d'étrange machine à coudre des Aïeules était également présente. Ainsi que la puissante caravelle des Sœurs de la Lumière, et la riche frégate de Pêché mortel, les redoutables aristocrates d'Ys.

Et bien sûr, il y avait le fascinant vaisseau des Dieux de la Piste.

— Nous avons perdu beaucoup de temps, gémit Sayan. Le rapt de Naëli nous a coûté plus que notre amie.

Molly lui fit les gros yeux, et elle remit sa langue dans sa poche. Le sort de Naëli la tourmentait, et la disparition de son petit frère aussi. Depuis son excursion au village de Galbi, une sourde angoisse habitait son esprit. Mais elle avait choisi d'ignorer ces préoccupations. Il fallait qu'elle se focalise sur autre chose, ou la panique la ferait dérailler.

— On n'est pas les derniers, on va donc gagner un peu de points, rétorqua-t-elle. Je vous rappelle que depuis que nous avons quitté Galbi, il n'y a plus d'élimination à la fin de chaque étape. Les concurrents abandonnent ou éliminent les autres, et la sélection se fait toute seule.

— Raison de plus d'être prudents, grommela Sayan.

Elle se hissa sur le ponton que l'*Esturgeon* avait rallié, et entreprit d'amarrer le navire. Alors qu'elle s'exécutait, un homme grand et fin s'approcha. Elle leva la tête pour reconnaître Yoklavin Seth, le porte-parole de la Cijena qui animait la Coupe.

— Les Éclaireurs, déclara-t-il d'une voix théâtrale. Enfin. Bienvenue à Skald. Vous êtes les derniers. J'espère que vous n'avez été retardés en mer par aucun événement... inopiné.

Joan bondit de l'*Esturgeon* pour venir se planter face à l'homme.

— Comment ça ? Il y avait plus de concurrents que ceux amarrés ici au départ de Galbi ! Où sont les autres ?

— Les bâtiments des équipes Nocterune et Sou-Pau-Laid ont été endommagés au cours de la traversée. Leurs propriétaires ont été obligées de déclarer forfait. Et nous avons reçu un avis d'abandon de la part des équipes Cendregueule et Givreglace.

Le sourire de Yoklavin Seth s'élargit.

— Vingt moins quatre, seize. Vous êtes arrivés seizièmes, vous êtes donc les derniers. Voici votre feuille de score.

Il tendit à Joan le document. Le jeune homme s'en saisit en maugréant qu'il savait compter, puis se plongea dans sa lecture. Les Éclaireurs étaient déjà arrivés en dernier à la fin de la traversée de Galbi. Cette étape ne leur ferait donc gagner aucune place. Sans surprise, le décompte de points les faisait occuper la seizième position, la dernière.

— Essayez de remonter dans le classement, déclara Yoklavin Seth avec un rictus sournois. Parce que même s'il n'y a plus d'élimination en fonction du nombre de points à partir de maintenant, les heures de départ des prochaines étapes sont définies selon votre score. Vous risquez vite de vous retrouver très loin derrière... Une seule étape non terminée dans les temps, et vous sautez.

Il se détourna et s'éloigna d'un pas pressé. Depuis le pont de l'*Esturgeon*, Molly l'observa disparaître avec un haussement de sourcil perplexe.

— Il a retrouvé sa superbe, constata-t-elle objectivement. Étonnant qu'il n'ait pas été plus marqué que ça par le changement de direction à la Cijena.

Grâce au dispositif d'enregistrement que Jérémy avait subtilisé à Tikken le Terrible et qui leur avait permis d'espionner l'épouvantable séance du conseil d'administration de la Cijena, elle savait que Yoklavin Seth n'avait rien à voir avec le complot. Mais il était tout de même surprenant qu'il ne s'en montre pas affecté.

Sayan haussa les épaules.

— C'est un passionné, il élabore les pièges et le circuit de la Coupe. Je pense qu'il se moque de la personne pour qui il travaille, tant qu'il est payé et qu'on le laisse faire son boulot...

Joan regagna l'*Esturgeon* en grimaçant.

— Quoi qu'il en soit, il a raison. Nous allons devoir réaliser une performance exceptionnelle sur Nirvûn, ou nous serons à la traîne. Et dans ce cas, ça va devenir très dur de finir chaque étape dans les temps. Nous frôlons dangereusement l'élimination.

2

Le territoire de Nirvûn, couvert de neiges éternelles, est le plus inhospitalier des Sept Principautés. Il est plus meurtrier que les jungles de Kur. Plus hostile que le désert de Kelebetokey. Les explorateurs sont nombreux à avoir péri lorsqu'il a été cartographié. Cernée de toutes parts par des fjords, l'île est celle de tous les extrêmes. Températures les plus froides, faune la plus agressive... Suite à un glissement de terrain monumental dans un fjord étroit, le plus haut tsunami de l'histoire y a même été enregistré : plus de cinq cents mètres de haut !

L'Encyclopédie des Sept Principautés

La nuit à Skald fut brève et sans histoires. Mais elle eut le mérite d'être reposante pour les Éclaireurs, ce qui ne fut pas inutile vu le parcours qui les attendait le lendemain.

En réalité, ce n'était pas vraiment un parcours. Plus une vague idée de la destination qu'ils devaient atteindre, et un flou artistique complet en ce qui concernait l'itinéraire.

— Les côtes et les fjords de Nirvûn sont bien cartographiés, mais l'intérieur de l'île est sauvage et peu étudié, annonça Molly sombrement alors que les Éclaireurs s'habillaient pour prendre le départ de la prochaine épreuve terrestre. Le terrain monte rapidement vers une immense étendue neigeuse qui recouvre la majeure partie de la Principauté. Les vents et les intempéries modèlent ce territoire, et rendent très difficile l'établissement de pistes, ou même de points de repère. Faites attention à vous.

Joan passa un bras dans l'épais manteau de fourrure qu'il n'avait emporté qu'en prévision de cette étape, avant de l'ajuster sur son dos.

— Comme nous ne sommes plus que trois, je préfère que nous restions groupés cette fois, déclara-t-il sèchement. Hors de question que l'*Once-d'Ébène* et le *Loup-de-mer* se séparent. Je resterai seul sur le *Loup-de-mer* et remplirai le rôle d'éclaireur en passant devant.

Il posa un fin bonnet sur son crâne avant de s'équiper de son casque.

— Nous allons la jouer prudente, malgré ce que Yoklavin Seth a pu prétendre. Nirvûn est la Principauté la moins connue des concurrents. C'est par conséquent l'endroit le plus dangereux en ce qui concerne les pièges de la Cijena. Il sera aussi très facile de se perdre.

Il remonta sa grosse écharpe jusqu'à son nez, et descendit ses lunettes devant ses yeux.

— Sans parler des périls naturels, renchérit Sayan.

— Et le côté sauvage de l'île pourra donner de mauvaises idées à de nombreux concurrents, acheva Joan d'un ton morose. Pas beaucoup de témoins, si vous voyez ce que je veux dire…

Sayan et Yadriel hochèrent gravement la tête. À l'image de leur compagnon, ils s'étaient emmitouflés dans d'épaisses combinaisons pour faire face au froid. La mécanicienne s'équipa en plus d'un lourd sac à dos.

— Comme nous n'avons pas Naëli avec nous, j'ai pris mes ustensiles d'urgence, dans le cas où les engins gèleraient. Et la trousse bio-médic, bien sûr !

Elle avait volontairement dit « pas » et non « plus ». Elle refusait de perdre espoir en ce qui concernait leur jeune amie.

Joan approuva.

— Bien, nous ne devrions pas tarder à être appelés. Tous les autres concurrents sont déjà partis.

Les règles de la Coupe étaient à présent intransigeantes : il n'y avait plus d'éliminations, mais une pénalité de quinze minutes par place dans le classement au départ de l'étape suivante. Arrivés seizièmes, et derniers, les Éclaireurs avaient donc déjà un retard de quatre heures sur les premiers…

Joan choisit de ne pas y penser. Il devait rester concentré.

Quelques minutes plus tard, comme il l'avait prédit, ils étaient appelés à prendre le départ de la Coupe. En démarrant le *Loup-de-mer*, le jeune homme eut une pensée pour Naëli. C'était à elle qu'il dédiait cette étape.

Elle serait fière de lui.

***

La forêt était plus dense que toutes celles qu'ils avaient pu traverser par le passé. La végétation semblait agressive, violente, teigneuse. Les plantes se marchaient les unes sur les autres, à la recherche du rayon de soleil que la canopée voulait bien leur fournir, prêtes à écraser leurs voisines pour survivre, tandis que des troncs morts et des buissons acérés jonchaient la terre des bois sauvages, rendant les fourrés inextricables. La faune locale n'avait rien à envier à la flore en termes de bataille acharnée. Le principe de chaîne alimentaire prenait ici tout son sens.

Les Éclaireurs découvrirent que sur Nirvûn, le combat pour la survie n'était pas qu'une culture populaire. Il se retrouvait à toutes les échelles.

Dans le reste du monde, l'environnement était souvent soigneusement entretenu par les hommes et leurs sociétés. Les bois étaient taillés, les arbres excédentaires coupés, pour permettre un développement naturel harmonieux et ordonné. Mais les forêts boréales de Nirvûn étaient trop vastes pour cela, et les habitants trop peu nombreux pour s'en occuper. Elles étaient donc laissées à l'abandon, à la merci de la loi du plus fort. Le monde moderne semblait bien loin de leur profonde sauvagerie.

En l'absence de piste précise, le *Loup-de-mer* et l'*Once-d'Ébène* se retrouvèrent rapidement aux prises avec des taillis touffus et des sentiers en impasse. Ils durent rebrousser chemin, tailler leur route dans la friche, et tenter de percer l'épaisse couche végétale qui leur barrait la voie.

— Tu penses que les autres équipes ont eu les mêmes difficultés ? grogna Sayan à l'intention de Joan alors que tous deux avaient mis pied à terre pour dégager un passage dans les buissons.

Joan haussa les épaules.

— Je l'ignore, mais il va nous falloir trouver une brillante idée rapidement, ou nous risquons de passer la journée entière à tenter de sortir de cette forêt.

— Si ce n'est plus, ajouta Yadriel avec pessimisme.

Il arqua un sourcil surpris.

— Vous avez entendu ?

Joan et Sayan secouèrent la tête en signe de dénégation. Yadriel fixa sa concentration et posa un index sur sa bouche pour leur intimer le silence. Il leva un instant les yeux au ciel, avant de s'accroupir pour coller l'oreille contre le sol. Un sourire s'étira sur ses lèvres.

— Un vrombissement qui vient de sous la terre, annonça-t-il en se relevant lentement. Vous savez ce que ça signifie ?

Joan et Sayan échangèrent des regards circonspects.

— Un concurrent a trouvé comment contourner la difficulté, expliqua Yadriel. Il creuse un tunnel pour éviter la forêt.

Le grondement s'approchait. À présent, même Joan et Sayan pouvaient l'entendre. La couche de mousse qui s'étendait sous leurs pieds se mit à trembler. Elle s'agita de plus en plus, jusqu'à ce que l'engin qui creusait un souterrain passe sous les Éclaireurs et s'éloigne vivement. Les trois amis restèrent immobiles un long moment, attendant que la perturbation s'évanouisse. Lorsqu'elle fut loin, Joan s'ébroua d'un air abasourdi.

— Quel concurrent possède un appareil capable de creuser si vite ? demanda-t-il, stupéfait par la puissance de l'engin qu'ils venaient d'entendre.

— Les gremlins de Dormir sur son tas d'or, je pense, répondit Yadriel. Leur véhicule est un tunnelier redoutable, un ver mécanique qui n'a aucun mal à dévorer la terre pour la convertir en puissance motrice. Je les ai observé faire, à Sarkoth, lors du franchissement de la chaîne de l'Arc. Ils avaient pris une solide avance en creusant un raccourci dans la montagne alors que nous perdions du temps à monter au col pour redescendre par des pistes sinueuses.

Joan ouvrit de grands yeux fascinés.

— Ils sont passés juste en dessous de nous, précisa-t-il en revenant à la situation. Si ce n'est pas de la chance ça, lynchez-moi.

Il s'accroupit et se mit à arracher les herbes folles qui poussaient sur la couche de mousse. Yadriel afficha à son tour une expression satisfaite et se porta à son aide. Sayan leva les yeux au ciel en les regardant s'échiner sur la terre meuble. Elle entreprit de déballer son gros sac, à la recherche de l'un des ustensiles monstrueux qu'elle cachait là. Avec un cri de victoire, elle extirpa de ses profondeurs un énorme cube assorti d'un complexe mécanisme d'activation, avant de s'approcher de ses compagnons d'un pas décidé.

— Dégagez, ordonna-t-elle d'un ton péremptoire.

La vision de la jeune mécanicienne portant son redoutable accessoire avait de quoi terrifier. Joan et Yadriel s'exécutèrent sans demander leur reste.

Elle posa l'appareil sur le sol, actionna un levier puis appuya sur une série de boutons, avant de se retourner d'un bond.

— Mais ne restez pas là ! cria-t-elle aux autres en amorçant un sprint mémorable en direction du sous-bois.

Yadriel et Joan ne se le firent pas dire deux fois. Ils se ruèrent à l'abri derrière la protection d'un conifère massif.

Quelques secondes plus tard, l'appareil de Sayan explosa avec fracas, envoyant valser dans l'air poussière, humus et herbes folles sans distinction. Lorsqu'ils revinrent sur leurs pas, les Éclaireurs découvrirent un vaste trou dans le sol.

— Beau travail, apprécia Yadriel avec une moue admirative.

Sayan se glissa dans l'ouverture sans répondre, et alluma la lampe électrique dont elle avait pris le soin de se munir. Un sourire triomphal s'étala sur son visage en découvrant le large tunnel dans lequel elle se trouvait. Elle émit un long sifflement à l'intention de ses compagnons en surface.

— Les amis, voici notre voie royale vers la victoire !

***

Le tunnel parcourait une longue distance sous la forêt boréale. Plusieurs lieues, à vrai dire. L'équipe qui l'avait creusé était allée si vite qu'ils ne la rattrapèrent jamais. Ils finirent tout de même par déboucher sur une large ouverture à flanc de colline. Un froid mordant les saisit à l'émergence de la galerie.

Le *Loup-de-mer* et l'*Once-d'Ébène* s'immobilisèrent net.

Autour d'eux s'étendait un décor d'un blanc éternel. Un tapis neigeux sans fin s'étalait devant leurs yeux, couvrant un relief très irrégulier. La forêt venait mourir non loin dans leur dos, au pied des hauteurs laiteuses.

— Voilà la véritable âme de Nirvûn, commenta sobrement Yadriel. Une immensité immaculée.

Il bondit de l'*Once-d'Ébène* d'un saut agile.

— Sayan, j'espère que tu as prévu le coup.

L'intéressée descendit à son tour de l'engin et actionna un bouton sur le flanc du véhicule. Une paire de solides patins surgit à sa base.

Elle haussa les épaules.

— Tu me prends pour qui ?

Yadriel laissa échapper un rire amusé.

— Tu en as aussi, Joan, ajouta Sayan. Même bouton.

Alors que le jeune homme reproduisait la procédure sur son propre véhicule, Yadriel précisa plus gravement :

— À partir de maintenant, prudence. Ces étendues regorgent de crevasses dissimulées sous la neige. Elles n'attendent que le passage de voyageurs peu attentifs pour les engloutir.

Il désigna l'horizon laiteux que le soleil parait d'un éclat doré.

— J'ai déjà parcouru ces terres. Je sais comment elles fonctionnent.

Il gratifia Joan et Sayan d'un clin d'œil complice.

— La clef, c'est de ne jamais s'opposer au vent. Les bourrasques sont puissantes dans ces hauts plateaux. Beaucoup de concurrents vont faire cette erreur, ce qui nous donne une opportunité de remonter correctement dans le classement. Même si on dévie de notre cap, il faut qu'on profite de la force du vent, en allant le moins possible à son encontre.

Sayan hocha la tête.

— Entendu. C'est parti.

Elle regagna sa place à l'avant de l'*Once-d'Ébène*. Yadriel se jucha derrière elle, Joan reprit les commandes du *Loup-de-mer*, et les deux bolides nouvellement transformés en motoneiges démarrèrent dans une gerbe laiteuse.

***

La prudence leur sauva plusieurs fois la mise. Ils évitèrent adroitement de nombreuses crevasses meurtrières, et réussirent à slalomer entre les reliefs les plus imposants qui leur barraient le passage. C'est à la nuit tombée qu'ils parvinrent à l'aplomb d'une large échine rocheuse, alors que le vent se mettait à souffler avec plus de violence, charriant dans sa fureur des flocons de neige de plus en plus gros.

Yadriel stoppa leur équipée à l'approche d'une grotte nichée sous une falaise salutaire.

— Le blizzard nous guette, annonça-t-il une fois l'équipe à l'abri. Ça ne sert à rien de s'acharner.

Joan posa le *Loup-de-mer* contre la paroi rocheuse.

— Si j'étais fidèle à moi-même, je nous forcerais à continuer, mais je vais écouter la voix de la sagesse. Parce que je suis fourbu.

Il ôta ses gants et s'adossa contre le mur avant de glisser au sol avec un soupir de lassitude.

— De toute manière, il va faire noir. Il sera d'autant plus difficile de se repérer. Aucun concurrent n'osera poursuivre la course dans ces conditions. Ou s'il le fait, il disparaîtra à coup sûr.

Sayan dégrafa sa combinaison et alla s'asseoir à côté de Joan.

— Eh bien, profitons-en pour nous reposer !

Elle tira de son sac les rations qu'ils avaient pris le soin d'emporter.

— Du steak de baleine, grimaça-t-elle en découvrant la viande. C'est tout ce que nous avons pu acheter à Skald.

Yadriel afficha une moue navrée. En effet, la nourriture sur Nirvûn n'était guère variée. La plupart des poissons pêchés dans les fjords, ainsi que le produit de la maigre agriculture locale, étaient destinés à l'exportation ou à l'alimentation du cœur de la Principauté. Et les nirvûnites étaient bien trop rudes pour importer les délices de Galbi ou de Sarkoth. Ils étaient un peuple froid et austère, à l'image de leur pays.

C'était même à se demander s'ils savaient rire, parfois.

Mais Joan se saisit de la pièce de viande sans rechigner.

— Trop faim pour faire la fine bouche, grogna-t-il en mordant dedans à pleines dents.

3

La Coupe recèle un certain nombre de pièges involontaires. Les bêtes qui peuplent les Sept Principautés sont probablement les plus redoutables d'entre eux. Le monde regorge de créatures monstrueuses, dont certaines échappent encore au contrôle de l'homme. Et la Coupe ne manque pas de traverser leurs territoires. Les pièges de Yolkavin Seth eux-mêmes font pâle figure à côté de ces terribles périls. Sur une étape terrestre avec plusieurs véhicules pour une même équipe, ils peuvent coûter cher, vu que le classement se fait sur la moyenne des performances individuelles de chaque engin.

Nejim Palador, L'épreuve

La couche de neige avait triplé de volume lorsqu'ils quittèrent leur abri le lendemain matin. Elle s'étendait à perte de vue, recouvrant de nombreux reliefs qui saillaient de la montagne la veille.

— Voilà qui va encore nous compliquer la tâche, déplora sinistrement Sayan.

Joan désigna la crête qui se dressait non loin de leur position.

— Et gare aux avalanches. Le soleil est revenu, ça va faire fondre la première couche à grande vitesse.

Il enfourcha le *Loup-de-mer* et s'élança dans l'étendue sauvage.

Le décor semblait avoir encore changé. Comme si Nirvûn était un redoutable labyrinthe qui recelait mille dangers, et dont la physionomie mutait à chaque intempérie. Les Éclaireurs eurent rapidement du mal à retrouver leur chemin, et slalomèrent un bon moment entre des massifs tous semblables les uns aux autres.

Un piège.

C'était là un piège.

Naturel, certes, non prémédité par les organisateurs, mais non moins redoutable. Très clairement, la Cijena n'avait pas à prévoir de pièges sur ce territoire... L'environnement se chargeait de faire la sélection entre les concurrents. Les Éclaireurs finirent par faire une pause de repérage sur une petite corniche arrondie. Ils sautèrent à bas de leurs véhicules et scrutèrent le paysage avec attention.

— La peste soit de ces maudites montagnes, gronda Sayan avec amertume. Je n'arrive plus du tout à m'y repérer. On s'y perd comme dans les tréfonds de l'océan austral !

Joan grogna à son tour.

— La carte que j'ai dénichée à Skald ne nous servira à rien ici. Elle est imprécise, et tout le décor a changé...

Il haussa les épaules d'un air abattu.

— Cette fois, je crois que c'est la fin de la course.

— Chut, siffla Yadriel.

Ses amis firent silence. Le sameda tendait l'oreille, attentif. Il semblait profondément concentré.

— Tu... Tu entends quelque chose ? glissa Sayan discrètement au bout d'un moment, impatiente.

Yadriel se détendit imperceptiblement, et tourna la tête vers elle.

— Je crois savoir ce que c'est. Et si j'ai raison, notre salut...

Un grondement tonitruant interrompit sa phrase. Le sol sous leurs pieds se déroba d'un coup, et les trois compagnons perdirent l'équilibre. La perturbation cessa l'espace d'une seconde, pendant laquelle Yadriel lança aux autres un regard paniqué.

— Gigantours ! cria-t-il d'une voix éperdue.

Puis sans prévenir, le terrain s'affaissa, emportant le sameda dans sa chute, avant de se redresser d'un coup sec et d'envoyer valser le pauvre soldat dans les airs. Ce dernier réalisa un vol plané mémorable, pour aller s'écraser dans la neige en contrebas.

— Yadriel ! hurla Joan.

Il fit un pas pour aller lui porter secours, mais tomba à plat ventre dans la poudreuse sous l'effet de la puissante secousse qui agita une nouvelle fois le rocher.

— Joan, il ne faut pas rester là ! s'époumona Sayan en se juchant tant bien que mal sur l'*Once-d'Ébène*. Récupère le *Loup-de-mer* et fonce !

L'engin démarra en trombe, droit vers le bord de la corniche. Il s'élança au-dessus d'un vide de plusieurs mètres, sembla voler un instant, puis Sayan actionna un lourd dispositif qui ralentit la chute de l'appareil. L'*Once-d'Ébène* s'écrasa dans la neige avec un bruit sourd qui n'augurait rien de bon. La jeune femme accusa sévèrement le coup, sonnée, mais parvint à repartir aussi sec.

Elle vint s'immobiliser auprès de Yadriel, qu'elle jucha sur le véhicule tant bien que mal. Les blessures du sameda semblaient superficielles, mais il avait encaissé un sacré choc.

Sayan se retourna prestement.

Derrière, la corniche sur laquelle ils s'étaient arrêtés était en train de prendre vie. Elle se dressa lentement, avant de s'ébrouer sans ménagement, laissant apparaître une gueule titanesque suivie d'un corps tout aussi monstrueux. Son mouvement avait emmitouflé l'endroit dans un brouillard neigeux épais, qui avait absorbé Joan et le *Loup-de-mer*.

— Un gigantours, articula Yadriel avec difficulté. Ils se dissimulent... dans le terrain... pour attendre leurs proies. Notre seule chance de lui échapper... C'est la vitesse.

Sayan pinça les lèvres. L'*Once-d'Ébène* était endommagée, et Joan avait disparu. Ils étaient mal.

Très mal.

La bête poussa un nouveau rugissement sonore, et posa une patte colossale sur le sol. Elle n'avait pas encore remarqué les fuyards, absorbée par ce qui se passait dans le brouillard qu'elle avait soulevé.

Un vrombissement sec parcourut l'atmosphère. Le *Loup-de-mer* surgit de la nappe de brouillard d'un bond spectaculaire. Il échappa de justesse aux griffes du monstre, avant de rouler à toute allure vers Sayan.

— Sayan, fonce !

La jeune femme retint un soupir de soulagement.

De courte durée. Derrière, le gigantours semblait furieux que sa proie lui ait échappé. Et il n'avait pas l'air de vouloir la laisser partir.

D'un geste paniqué, elle mit les gaz. L'*Once-d'Ébène* et le *Loup-de-mer* s'enfuirent le plus vite possible, alors que la créature se lançait à leurs trousses. Par chance, ils se trouvaient dans une zone dégagée, et il n'y avait que très peu d'obstacles sur leur chemin.

Par chance… Ou pas. Car la course-poursuite tournait à l'avantage du prédateur dans cet environnement. Lentement, mètre par mètre, la bête gagnait du terrain.

Sayan lança un regard fiévreux derrière elle.

L'*Once-d'Ébène* émit un crachotement sinistre, et elle grimaça. La malheureuse bécane n'en avait plus pour longtemps.

— On se sépare ! hurla alors Joan comme un fou.

Le *Loup-de-mer* changea subitement de cap pour partir dans une direction opposée, semant le trouble chez son poursuivant. Sayan profita de la diversion pour foncer vers une ravine adjacente, qu'elle estimait trop étroite pour la créature. Mais elle n'eut pas l'occasion de vérifier son idée, car le gigantours s'était désintéressé de l'*Once-d'Ébène* pour se lancer à la poursuite de Joan.

Sayan interrompit la manœuvre pour observer son ami tenter d'échapper à la bête. Un voile de panique assombrit son regard lorsqu'elle réalisa que le monstre se rapprochait inexorablement du *Loup-de-mer*. Joan allait finir dévoré entre ses griffes !

Elle se mordit la langue, fiévreuse, à la recherche d'une idée qui pourrait leur sauver la mise. Des dizaines de scénarios lui traversèrent l'esprit, mais ils étaient tous aussi irréalisables les uns que les autres ! Et pendant qu'elle perdait du temps, le gigantours gagnait du terrain.

C'est en scrutant la falaise chargée de neige qui surplombait la créature et sa proie qu'elle trouva son idée.

Elle extirpa de son énorme sac une arme à feu massive, qu'elle conservait pour des circonstances exceptionnelles comme celle-ci, et la chargea en un éclair.

Elle visa la crête. Ce qu'elle s'apprêtait à faire allait peut-être coûter la vie à Joan, mais il mourrait de toute manière s'il tombait entre les griffes du gigantours.

L'heure de la subtilité était passée.

C'était la seule solution.

Elle prit une profonde inspiration et tira. Un projectile d'une taille impressionnante fusa vers la falaise, qu'il percuta avec force. Une explosion tonitruante résonna à des kilomètres à la ronde, et le sol trembla comme si un véritable séisme agitait les lieux.

Puis, sous le regard angoissé de Sayan, la montagne s'écroula. Enfin, pas littéralement, mais ce fut tout comme. Les lourdes plaques de neiges posées en équilibre instable sur ses flancs s'arrachèrent à son étreinte, générant une avalanche conséquente qui se rua sur le gigantours.

Et sur le *Loup-de-mer*.

Sayan se réfugia dans la ravine dans laquelle elle avait abrité Yadriel et l'*Once-d'Ébène* pour échapper au cataclysme. Il y eut un grondement sourd, le son de l'avalanche qui n'en finissait pas, et le tremblement de la chute de pans entiers de la falaise.

Puis ce fut le silence.

Sayan tomba à genoux.

Qu'avait-elle fait ?

***

L'*Once-d'Ébène* était dans un piteux état. Par chance, les suspensions et la carrosserie avaient encaissé la plus grosse partie du choc, et la majorité des systèmes mécaniques étaient intacts. Mais le moteur était fortement endommagé. Sayan choisit d'adopter un rythme très tranquille pour sortir retrouver Joan.

À l'extérieur, l'avalanche avait laissé place à une couche de neige aussi blanche qu'une rivière de lait. Il n'y avait aucune trace du gigantours... Ni de Joan.

— C'est mauvais, grimaça Yadriel, à présent remis de sa chute. S'il a été pris dans l'avalanche, on ne peut...

— Silence, siffla Sayan sèchement.

Elle refusait de l'entendre.

Le *Loup-de-mer* était forcément là, quelque part, abrité dans quelque anfractuosité du terrain, aussi sauf que son conducteur.

Elle priait qu'il le soit.

Mais elle eut beau chercher, il n'y avait aucun indice qui puisse trahir la présence de Joan...

Un éclair traversa ses yeux.

Si !

Elle avait senti un mouvement dans la couche de neige en dessous l'*Once-d'Ébène*, à l'instant ! Elle sauta au sol et se mit à creuser avec frénésie.

— Yadriel, il est là, ça y est, je l'ai trouvé ! Viens voir, je suis sûre que...

Elle se figea lorsque ses doigts butèrent contre une masse poilue. Ce n'était pas Joan qui était là-dessous.

C'était le gigantours.

La bête avait résisté à l'avalanche sans broncher et s'était laissée ensevelir. Sayan afficha un rictus douloureux en sentant le monstre bouger.

— Oh non... Pas deux fois !

Un frisson agita le sol.

Et la créature surgit à nouveau, émergeant des neiges comme un titan irrité, dardant un regard de feu sur Yadriel, Sayan et leur véhicule. Dans une tentative de fuite désespérée, le sameda essaya de redémarrer l'*Once-d'Ébène*, mais les moteurs de cette dernière crachotèrent un nuage noir avant de rendre l'âme. Sayan rampa jusqu'à son compagnon, tournant la tête en tous sens à la recherche éperdue d'un abri illusoire.

Cette fois, leur bolide ne les sauverait pas.

L'une des pattes du monstre surgit de la neige et s'abattit sur les intrus.

Ils fermèrent les yeux.

Un rugissement les força à les rouvrir. Ce n'était pas celui du gigantours. La patte de la bête était immobilisée par des griffes tout aussi colossales, qui appartenaient à une immense créature ailée. Un long corps strié de glace et hérissé de piques effrayantes, avec une tête sinueuse.

Un dragon de glace.

Le reptile frappa le gigantours d'un coup sec de sa queue acérée, avant de prendre son envol pour redescendre en piqué sur le prédateur. Ce dernier émergea complètement de la neige en cherchant vainement à atteindre son agresseur, mais ses pattes ne balayèrent que le vide.

Sayan et Yadriel restèrent figés par la stupeur. Devant eux étaient en train de s'affronter deux titans de Nirvûn.

Finalement, le gigantours capitula devant les attaques harcelantes du dragon et s'enfuit vers les hauteurs de la montagne. Son adversaire siffla et gronda un moment, avant de se calmer et de se poser aux côtés des deux malheureuses victimes.

Leur stupéfaction atteignit son comble lorsqu'un homme sauta d'un bond agile du dos du dragon, pour venir marcher tranquillement jusqu'à eux.

— On dirait que nous tombons à pic, lança-t-il d'un ton joyeux en guise de salutation. N'ayez pas peur, Galisha est bien dressée, c'est une partenaire digne de confiance.

Les deux amis comprirent qu'il parlait du dragon. Qui malgré ces paroles réconfortantes n'en restait pas moins effrayant.

— Laissez-moi vous escorter jusqu'à Jokulion, poursuivit l'homme, toujours enjoué. Votre compagnon doit déjà y être.

Sayan écarquilla les yeux, pleine d'espoir.

— Vous avez vu Joan ?

L'inconnu hocha la tête d'un air amusé.

— Il est en sécurité chez les miens. Suivez-moi, je vais vous guider.

Sayan et Yadriel ne se le firent pas dire deux fois. L'*Once-d'Ébène* était hors d'état de marche, mais ils avaient encore leurs jambes — bien que celles de Yadriel soient un peu abîmées. Et pour peu qu'une partie du trajet soit en descente, ils pourraient toujours utiliser le véhicule.

Ils s'élancèrent sans tarder à la suite de leur étrange guide.

4

« Je suis le Maître de l'Eau de Nirvûn. J'ai été élevé dans la plus pure des traditions de mon pays, parmi des hommes rudes et secs. Le froid ne nous permet pas à nous autres nirvûnites d'avoir la même insouciance que nos contemporains. Nous devons être organisés, vifs, intelligents. Je suis pour ma part spécialisé dans la cryomancie, vous imaginez pourquoi. Hélas, mes pouvoirs s'affaiblissent avec l'âge. Il serait temps de me chercher un successeur. »

Le témoignage du Maître Quamir

Jokulion était un vaste village perdu dans l'arrière-pays de Nirvûn, isolé du monde, mais absolument fascinant. Bâti au cœur d'une vallée de haute altitude, il se dressait fièrement au milieu d'une plaine fertile qui se riait des neiges épaisses recouvrant le reste de la contrée. De profondes résurgences volcaniques avaient permis l'émergence de sources chaudes à cet endroit, et c'était sur leurs bords que le village s'était installé. Le lieu était paré de couleurs vertes et ocre, dans un contraste saisissant avec l'extrême blancheur qui avait caractérisé le paysage jusqu'alors.

— Nous habitons sur un ancien champ de lave, précisa leur guide alors qu'ils pénétraient dans le village. Notre position isolée et les conditions rudes de la région rendent la vie parfois difficile, mais nous sommes trop attachés à notre liberté ici pour nous en soucier. Vous êtes les bienvenus chez nous, même si j'ignore totalement pourquoi vous venez vous perdre dans ce coin reculé.

Son ton était toujours d'une franche sympathie. Ce n'était pas la première fois que les Éclaireurs étaient accueillis à bras ouverts dans une communauté qui ne les connaissait absolument pas. De quoi réfuter l'idée selon laquelle tout un chacun était hostile à l'étranger. De nombreuses personnes étaient au contraire gentilles, curieuses, aimables, et non méfiantes, sournoises et grincheuses.

Ils tombèrent sur Joan à l'entrée du village, qui les attendait patiemment sourire aux lèvres.

— Alors les amis, on lambine ? plaisanta-t-il à leur approche.

Yadriel émit un rire soulagé, tandis que la figure de Sayan devenait écarlate sous l'effet de la colère. Elle ôta sa botte vivement avant de la jeter au visage de Joan, qui l'esquiva adroitement.

— On a d'abord perdu Naëli, tu nous fais une peur bleue en frôlant la mort, et tu te permets de plaisanter ? Saleté !

L'expression de Joan changea d'amusée à paniquée, en passant par une palette de couleurs contrastées. Puis il se mit à courir, poursuivi par une Sayan enragée qui sautillait à cloche-pied en brandissant la botte qu'elle avait ramassée.

— Viens donc là, vilain drôle ! Tu vas me le payer !

L'agitation avait rassemblé un large groupe de villageois curieux, qui riaient à gorge déployée devant le phénomène. Yadriel lui-même se joignit à l'hilarité générale. Cependant, voyant que Sayan n'avait pas l'intention de calmer le jeu, il décida qu'il était temps d'intervenir.

Il l'attrapa par le col alors qu'elle passait en trombe devant lui, mais la furie se dégagea en se trémoussant frénétiquement. Une fraction de seconde plus tard, le sameda était par terre, clignant bêtement des yeux en observant la jeune femme se ruer à nouveau à la poursuite de Joan. Les habitants de Jokulion se mirent à rire de plus belle.

— Une sacrée attraction, cette équipe, soupira Yadriel et se massant la nuque.

Il secoua la tête d'un air navré, et apostropha Sayan :

— Eh, la mécanicienne ! N'oublie pas qu'on a un véhicule à réparer, et une course à gagner !

L'intéressée s'immobilisa net.

Elle plissa un instant les yeux en direction de Joan, qui était allé chercher refuge derrière une poignée de villageois amusés, et releva la tête d'un geste fougueux assorti d'un hoquet supérieur. Puis elle repassa la chaussure à son pied et rejoignit l'*Once-d'Ébène* d'un pas faussement agacé.

Yadriel afficha une moue résignée, avant de se redresser pour tendre une main au guide qui les avait amenés jusqu'ici.

— Des remerciements s'imposent, déclara-t-il avec une soudaine gravité. Vous nous avez certainement sauvé la vie, à tous les trois. J'ignore comment vous exprimer ma gratitude.

L'homme sourit avec bienveillance.

— Ne vous inquiétez pas pour ça, vos amis le font très bien, répondit-il en désignant l'assemblée de villageois hilares.

Son visage retrouva alors une mine sérieuse.

— Il faut être fou pour parcourir le territoire des gigantours. En effet, sans moi, vous y passiez tous.

Il lui lança un clin d'œil complice.

— Mais félicitations pour l'idée de l'avalanche. C'est ce qui a attiré mon attention. Je suis arrivé juste à temps pour voir votre ami tenter d'échapper à la neige sur son bolide survolté. Je connais bien ce terrain, j'ai tout de suite su lui indiquer comment s'en sortir. Et je n'ai eu qu'à rebrousser chemin pour vous trouver.

Yadriel le remercia à nouveau.

— N'en parlons plus, dit leur hôte en observant Joan revenir prudemment vers eux, jetant des coups d'œil craintifs en direction de Sayan. Nous ne voyons jamais d'étrangers ici, vous êtes une telle curiosité que j'aurais été bien mal avisé de vous laisser périr dans les hauteurs hostiles de la montagne.

— Nous participons à la Coupe des Sept Principautés ! déclara fièrement Joan, comme si c'était une évidence.

Son interlocuteur fronça les sourcils et haussa les épaules. Il n'avait visiblement aucune idée de ce qu'était la Coupe. Devant son désarroi, Joan ouvrit de grands yeux surpris.

Ça alors !

Une population entière qui ignorait totalement l'existence de la Coupe des Sept Principautés, une épreuve universelle reconnue et appréciée comme l'événement le plus important de l'année au sein de tous les archipels ! Malgré lui, sa figure avait pris un air presque offusqué. Yadriel se remit à rire, avant d'expliquer à son interlocuteur en quoi consistait la Coupe. L'homme approuva avec force hochements de tête, et finit par les féliciter pour la performance accomplie jusqu'ici.

— J'imagine que vous voulez repartir au plus vite, dans ce cas, comprit-il une fois les explications achevées.

— Oui, mais Sayan doit d'abord trouver comment réparer l'un de nos engins. Ça va lui prendre un peu de temps, vu comme c'est parti.

La jeune femme semblait trop absorbée par son travail pour prêter attention à leur conversation. Visiblement, l'*Once-d'Ébène* présentait une sérieuse avarie. Le natif afficha une moue appréciatrice.

— Vous avez certainement le temps de prendre un repos mérité dans les sources chaudes, proposa-t-il gaiement.

Yadriel trouva l'idée très séduisante.

— Ce serait un plaisir.

Leur hôte se dirigea vers les bords du bassin le plus proche, Joan et Yadriel sur les talons.

— La richesse de notre région ! s'exclama-t-il fièrement en désignant les sources. Sans elles, nous serions perdus dans la neige, comme tout ce qui nous entoure !

Dans le vaste bassin qui leur faisait face, Yadriel et Joan pouvaient apercevoir une forme translucide sinuer entre les rochers. Ils interrompirent leur mouvement, surpris.

— Vous avez déjà rencontré Galisha, déclara leur guide. Elle est très affectueuse, vous pouvez entrer dans l'eau sans peine.

Joan et Yadriel froncèrent les sourcils, dubitatifs.

C'était... le dragon ?

— Il semble que ce soit à mon tour de vous apprendre quelque chose, s'amusa l'homme. Les dragons de glace sont très rares. Les seuls qui existent sont les trois qui vivent ici, à Jokulion. On dit que d'autres peuplent les froides étendues du Grand Nord, loin au-delà des mers, mais personne n'a jamais pu l'attester. Allez-y, baignez-vous.

Il les encouragea d'un geste du bras. Un brin réticents, Joan et Yadriel ôtèrent leurs vêtements et s'avancèrent vers le bassin, intimidés. Doucement, ils s'immergèrent aux côtés du dragon. Mais ils furent rapidement plus à l'aise. Le tempérament de la créature était joueur et taquin.

— Quoi qu'il en soit, poursuivit leur hôte, nos dragons sont d'affectueux compagnons, qui nous aident à chasser et à protéger le village des prédateurs. Ils ont une constitution très particulière : leur corps transparent est plus froid que l'hiver, mais il se réchauffe au contact des sources. Du coup, lorsqu'ils émergent des bassins, l'eau se transforme instantanément en glace sur leur épiderme, ce qui leur donne l'apparence givrée que vous avez pu voir tout à l'heure. Fascinant, non ?

Les deux invités songèrent que c'était là une découverte qui ferait le bonheur de la communauté scientifique internationale, mais qu'il était certainement plus sage de laisser les braves dragons en paix. Rien que par respect pour le village qui les avait si gentiment accueillis.

Yadriel et Joan s'enfoncèrent dans l'eau chaude. C'était si agréable, après l'éternité de froid mordant qu'ils venaient de traverser...

Sayan fit irruption à cet instant, et afficha une expression scandalisée en les voyant faire trempette.

— Alors c'est comme ça ! rugit-elle. Les garçons se détendent pendant que les filles travaillent ? Dehors, on a du chemin à parcourir !

Elle croisa les bras dans une posture faussement vexée alors que ses amis sortaient de l'eau.

— Nous allons repartir sans plus tarder, expliqua-t-elle à leur hôte en adoptant un ton beaucoup plus aimable. Je suis désolée de ne pas rester profiter de votre charmante et salutaire hospitalité...

L'homme hocha la tête.

— Aucun problème, vos compagnons m'ont déjà détaillé le défi que vous relevez. Vous allez vers la capitale, Varghar. Pour la rejoindre, vous n'avez qu'à suivre la grande vallée qui descend vers le nord. À pied, le voyage prend plusieurs jours, mais vu la vitesse à laquelle vont vos engins, vous devriez atteindre le cœur de Nirvûn aux premières lueurs du crépuscule.

Sayan lui serra chaleureusement la main.

— Merci pour tout. Nous n'aurons passé qu'un bref moment ici, mais ce que vous avez fait pour nous restera gravé dans nos mémoires, je vous le promets.

L'homme éclata de rire.

— Ainsi soit-il, voyageurs ! Bonne route alors !

5

Article 2.3 : la science militaire. Sur ordre de mes généreux donateurs, la science travaille majoritairement au service du combat. J'ai commencé ma carrière ainsi, fournissant à Nirvûn et à l'Amirauté des outils de plus en plus modernes et perfectionnés. Je suis à l'origine de toute l'architecture du cœur de Nirvûn et de sa capitale, Varghar. Une merveille de technologie qui va chercher dans les entrailles de la terre la force de vaincre son environnement hostile. Un endroit idyllique pour parfaire les produits de la science.

Professeur Hawks, Traité scientifique

— Tu es sûre que ça va tenir ?

Assis à l'arrière de l'*Once-d'Ébène*, Yadriel s'accrochait à Sayan d'un air peu serein. Le véhicule émettait depuis leur départ une série de bruits peu rassurants qui ne laissait rien augurer de bon sur la stabilité de son état. Et depuis peu, il se mettait à cracher des volutes de fumée noire. Heureusement que Joan passait devant sur le *Loup-de-mer* pour faire la trace dans la neige.

— Ce sont des réparations de fortune, répondit Sayan en grimaçant. Je n'avais pas les moyens de faire plus. On est en train de pousser à bout la machine, mais c'était ça ou dire adieu à la course dès maintenant.

— Tu veux dire... que l'*Once* ne va pas survivre à ce voyage ?

Le mutisme de Sayan fut éloquent.

— Je n'ai pas dit ça, finit-elle par répondre. Mais le trajet va l'abîmer encore plus, c'est certain. J'espère juste qu'on arrivera à terminer Nirvûn sans heurt.

Yadriel n'insista pas.

Le ton de son amie suffisait à lui faire prendre conscience de la gravité de la situation. Il proposa malgré tout de monter sur le *Loup-de-mer* derrière Joan pour soulager l'*Once*. Ils seraient plus lourds pour faire la trace, mais ce serait mieux quand même…

Ses compagnons approuvèrent, et quelques instants plus tard, il observait le décor à l'arrière du *Loup-de-mer*. Ils étaient revenus dans les immensités blanches qui caractérisaient la majeure partie de Nirvûn, sauf que cette fois, ils ne contournaient plus d'interminables massifs rocheux, mais parcouraient une longue vallée sinueuse, sur les conseils de leur hôte de Jokulion.

Au détour d'une crête acérée, les Éclaireurs découvrirent d'étranges fumerolles s'échappant de la vallée voisine. Ils pressèrent l'allure afin de gagner une ouverture entre les montagnes, qui débouchait sur un immense plateau.

Joan comme Sayan immobilisèrent leur engin, stupéfaits. Loin de la tranquille plaine enneigée à laquelle ils s'attendaient, devant eux s'étendait une succession de bâtiments effrayants qui toussaient et crachaient sans discontinuer, engloutissant l'endroit dans une marée industrielle sans pitié.

— Vous vous demandez pourquoi Nirvûn est aussi importante, malgré son caractère désolé ? grinça Yadriel. Voilà la réponse. Le cœur de Nirvûn. Des dizaines d'usines qui puisent dans les ressources naturelles de la montagne pour réaliser la redoutable production des Industries Dagmar. Le climat glacial permet d'empêcher la surchauffe des engins, pour qu'ils tournent sans arrêt.

— Et… cette production, c'est quoi ?

— Des armes. Des cuirasses. Des véhicules. Ce n'est pas pour rien que l'Amirauté est sous les ordres du Prince Dagmar — même si elle ne répond qu'au conglomérat des Princes marchands.

— *Était* sous les ordres, corrigea Sayan. Je te rappelle que le Prince Dagmar a été…

Elle ne finit pas sa phrase. Ce n'était pas la peine.

— Les soldats de l'Amirauté s'entraînent dans les nombreuses casernes du cœur du Nirvûn, précisa Yadriel en éludant la remarque de Sayan. Les conditions rudes en font des guerriers solides. Ah, et les Industries Dagmar produisent également une part importante de l'énergie qui alimente les Sept Principautés.

Joan frissonna.

Le cœur de Nirvûn.

Qui eut cru qu'ici, dans le vide et l'abandon ultime, se cachait une bouillonnante activité de feu et d'acier ?

— Nous devrions nous remettre en route, suggéra Yadriel. Varghar se situe au-dessus de la zone industrielle.

Il désigna un lointain sommet que l'on distinguait à peine à travers la couche de fumée qui recouvrait l'endroit.

— Là-bas, dans les profondeurs de la montagne, sous le glacier.

Joan opina gravement. Le *Loup-de-mer* se lança à l'assaut de la vaste plaine industrielle sans plus attendre, l'*Once-d'Ébène* sur les talons. Les bâtiments amassés là étaient encore plus impressionnants vus de près. Une large route creusait la vallée entre les mastodontes fumants, comme l'immense colonne vertébrale d'un monstrueux et impitoyable organisme mécanique. Le long de la voie, des bataillons de soldats marchaient en rangs serrés, certainement pour se rendre à leurs entraînements quotidiens. C'était une véritable armée qui était stationnée là. Des centaines de régiments.

L'Amirauté.

Cette dernière n'était pas à prendre à la légère. Et encore, c'était sans compter la flotte de guerre qu'elle possédait. Par malheur, le tout était passé aux mains des Princes marchands séditieux. Le combat de Naëli et de ses amis sembla soudainement voué à l'échec. Leurs efforts étaient dérisoires face à une telle force de frappe…

Les Éclaireurs traversèrent l'étendue industrielle sans ralentir. Ils n'avaient pas le temps de s'arrêter pour observer la puissance des machines du cœur de Nirvûn. Ils devaient gagner le fond de la vallée. Là-bas, le terrain remontait à pic vers des hauteurs enneigées.

Et sous les longues arêtes rocheuses, creusée dans la pierre, se trouvait la cité de Varghar.

***

Varghar était un foyer au sens figuré du terme. La ville avait initialement été creusée dans la roche pour offrir un refuge providentiel aux voyageurs errants des froides étendues de la montagne. Son cœur souterrain était chauffé par le magma et faisait de la cité un abri de choix pour quiconque se perdait dans l'immensité neigeuse. Au fil des années, la ville était devenue tentaculaire, et s'était enrichie de l'industrie florissante qui occupait la plaine avoisinante. Les conditions climatiques étaient idéales pour refroidir naturellement les machines. Cet ensemble de facteurs avait contribué à rendre les habitants de Varghar puissants.

Très puissants.

Leur culture stricte et intransigeante avait permis à la Principauté de s'arroger un rôle clef dans le paysage géopolitique mondial. Car les nirvûnites cultivaient la simplicité — certains auraient dit la rudesse — de l'ordre. La capitale elle-même était brute, sans fioritures, loin du charme resplendissant d'Ys ou du raffinement de Kelebetokey. Elle ressemblait plus aux métropoles bouillonnantes de Galbi. Simple, mais diablement efficace.

En pénétrant dans la cité, les Éclaireurs ouvrirent de grands yeux étonnés. Les dimensions des portes d'entrée étaient tout bonnement incroyables, à l'image du reste de la ville. On aurait dit une immense fourmilière parcourue de vastes artères et polarisée par une fournaise centrale dans laquelle bouillait en permanence de la lave en fusion.

Dommage que l'équipe n'ait pas le temps d'en profiter. Ils s'arrêtaient uniquement un bref instant afin de se ravitailler. La traversée de Nirvûn était sans pitié ; la frénésie de la course ne leur laissait pas un moment de répit.

Ils se ménagèrent tout de même une courte pause. Gérer son repos était toute la difficulté du parcours de cette Principauté : comme il n'y avait aucune étape à respecter, il fallait faire attention à ne pas se tuer à la tâche en essayant d'aller trop vite... Ni perdre son temps à trop ralentir.

Les Éclaireurs se contentèrent d'un bref repas et de deux courtes heures de sommeil avant de se remettre en route. De toute manière, l'activité foisonnante de Varghar n'était guère propice au repos. Même si sa douce chaleur était salvatrice et que pour une fois, il y avait autre chose que de la baleine à manger.

Ce dernier point était important.

Surtout pour Sayan.

Ils repartirent au moment où tombait le crépuscule. Ils avaient prévu de rouler une bonne partie de la nuit, prêts à braver l'immensité neigeuse dans le noir. Ils comptaient sur les puissants phares des véhicules pour illuminer leur chemin.

Mais la nuit était claire. Et pour cause : une splendide aurore boréale étirait ses bras langoureux au-dessus de leur tête. Les Éclaireurs furent subjugués par le spectacle. Les lumières paraient le décor immaculé d'une aura… mystique.

C'était si beau que Sayan en oublia ses considérations alimentaires.

6

Nirvûn est la Principauté la moins peuplée de toutes. Ses habitants se concentrent dans les grandes villes et le long des principaux axes routiers. Sa natalité est en chute libre depuis plusieurs années. Elle est difficilement compensée par un solde migratoire positif. Ce dernier est entièrement artificiel : il s'agit de l'immigration des forces militaires des Sept Principautés, dont le quartier général est assis dans le cœur de Nirvûn. Cette situation démographique bancale est une véritable préoccupation géopolitique pour la Principauté.

L'Encyclopédie des Sept Principautés

La seconde partie de Nirvûn fut bien plus aisée à parcourir que la première. Hormis l'*Once-d'Ébène* dont l'état semblait s'aggraver d'heure en heure, les Éclaireurs n'eurent aucun incident à déplorer.

Une lagune glaciaire leur avait cependant donné du fil à retordre : sa largeur l'avait rendue très difficile à contourner, mais la présence d'une poignée d'icebergs massifs flottant à la surface avait presque dévoilé un chemin rectiligne jusqu'à l'autre côté. Privés des pouvoirs de Naëli, les Éclaireurs avaient tenté leur chance, confiants dans leurs capacités à glisser d'îlot en îlot malgré la nature très instable de ce… chemin. Le *Loup-de-mer* et l'*Once-d'Ébène* s'étaient engagés sur le premier iceberg, prudemment, avant d'accélérer fortement vers sa partie la plus haute pour sauter habilement sur le second. Les véhicules avaient accusé le coup, mais les suspensions de Sayan avaient tenu bon. Ils avaient répété l'opération jusqu'au bout, sans dommage.

Une fois arrivés de l'autre côté de la lagune, ils s'étaient retournés pour observer un concurrent qui se lançait sur leurs traces. Le malheureux n'avait pas été aussi chanceux qu'eux. Un énorme camion blindé avait surgi derrière lui, et s'était métamorphosé en quelques secondes en un brise-glace miniature qui s'était jeté à l'eau. Il avait fendu les icebergs sans ménagement, et l'équipe qui avait courageusement tenté sa chance avait été précipitée dans les eaux glaciales.

Joan, Sayan et Yadriel avaient reconnu le travail de la Scie-à-viande, une équipe presque plus vicieuse et redoutable que le Marteau-de-sang. Ils avaient repris leur chemin sans plus tarder. Il valait mieux mettre le plus de distance possible entre eux et leurs violents adversaires.

Par chance, ils avaient fini par semer leurs poursuivants, et étaient à présent tout proches du port de Fardüll, leur destination finale. Les hauteurs enneigées avaient laissé place à des steppes aérées, et même à une piste presque plate. La circulation devenait d'une facilité déconcertante.

Tant mieux, car le temps, lui, se gâtait à grande vitesse.

Ils arrivèrent à Fardüll sous une tempête glaciale. L'*Esturgeon* était amarré dans le port, en compagnie des vaisseaux des quelques autres concurrents qui restaient. Les Éclaireurs franchirent la ligne d'arrivée et se hâtèrent de gagner son bord pour se protéger de l'intempérie, à l'exception de Joan qui se dirigea vers la tribune où trônait un Yoklavin Seth hautain.

L'homme le gratifia d'un regard où l'admiration le disputait au dédain, et lui tendit une feuille de score sans un mot. Joan eut le temps de lui jeter un coup d'œil en biais. Le porte-parole de la Cijena avait l'air épuisé sous son ample manteau de pluie, seul au milieu de la tribune.

Le garçon haussa les épaules et courut rejoindre ses amis. En pénétrant dans la cabine de l'*Esturgeon*, il tomba sur une Molly joviale et énergique, qui le serra dans ses bras à lui en briser les côtes.

— Alors ! s'exclama-t-elle d'une voix de stentor. Il paraît qu'on a affronté un gigantours ? Et rencontré des dragons ?

Elle s'esclaffa.

— Si je ne vous connaissais pas, je jurerais que vous êtes tombés sur la tête, tous autant que vous êtes !

La vieille dame débordait un peu trop d'énergie pour le pauvre Joan, qui n'avait qu'une envie : rejoindre son lit.

— Alors, quels sont les scores, canailles ? poursuivit Molly en lui arrachant la feuille des mains avec convoitise.

Elle afficha une moue appréciatrice.

— Plutôt pas mal, les p'tiots. Pas mal du tout. Vous êtes arrivés sixièmes !

Le visage de Joan récupéra des couleurs.

— Ce qui nous fait remonter à la neuvième place au classement général, poursuivit Molly. Trois autres concurrents ont été éliminés sur cette étape, nous ne sommes plus que treize.

Elle se rengorgea.

— C'est parfait. Vous avez été honorables !

Elle dressa fièrement un doigt en l'air.

— Et pour vous récompenser, je vous invite à dîner à la Zeagreifin !

Elle baissa la voix d'un ton conspirateur.

— C'est là qu'on fait la meilleure soupe au homard du monde. Mais le secret est bien gardé, et doit le rester !

7

La légende du serpent de mer Y'Lun est la moins connue de toutes, parce qu'elle concerne la création d'une terre mystérieuse et mythique perdue dans les brumes septentrionales, le Valhas. En des temps immémoriaux, Y'Lun, souvent considéré comme un véritable dragon, traversa les mers du monde encore vierge pour venir rejoindre le froid du Grand Nord. Là, il exhala un souffle de givre pendant dix ans, congelant les remous, figeant les vagues de l'océan, modelant la structure des flots en une sculpture monumentale, qui serait le témoin de son labeur et de son art pour l'éternité.

Sept créatures, sept créateurs, Le mythe du Valhas

— Attention !

Naëli pianota en catastrophe sur le tableau de bord du *Nautilus*, avant d'actionner une série de leviers d'un geste frénétique. L'engin émit un grincement sinistre et une forte pression projeta ses passagers au sol. Mais Naëli, le visage crispé, resta cramponnée aux commandes. Le *Nautilus* dévia de sa trajectoire pour venir passer à un cheveu de la paroi de glace dans laquelle il avait bien failli s'encastrer avec fracas.

Le Maître Seyunal grogna.

— Cette fois, il s'en est fallu de peu. Félicitations, Naëli, tu es devenue une professionnelle dans la maîtrise du *Nautilus*.

La jeune fille souffla bruyamment, avant de desserrer sa prise sur les commandes. En effet, elle avait mis à profit le trajet jusqu'au Valhas pour acquérir un contrôle correct du vaisseau naga. Ce dernier n'était pas compliqué à piloter, il fallait juste un peu de bon sens et de curiosité. Elle avait appris très vite.

Cela faisait déjà plus d'une semaine qu'ils étaient en mer. Par chance, ils avaient déniché eau et rations dans un compartiment du sous-marin, et avaient donc pu tracer jusqu'aux brumes du Grand Nord sans s'arrêter. Alors qu'ils pénétraient dans le territoire septentrional, la surface de l'océan avait commencé à se ponctuer d'icebergs dérivant lentement au fil des courants, ce qui leur avait compliqué la tâche. Heureusement, grâce aux indications d'Attirel, leur guide elfe, ils avaient esquivé les obstacles et poursuivi leur route en direction du Valhas.

Jusqu'à maintenant.

Les elfes avaient enjoint à Naëli de plonger en profondeur, la visibilité en surface étant devenue nulle : le brouillard qui y étirait ses bras était plus épais que la peau d'un ours. Elle avait obtempéré, mais lorsqu'elle avait tenté de remonter là-haut, elle s'était heurtée à une solide banquise de plusieurs mètres d'épaisseur. Ce qui la rendait perplexe quant à la marche à suivre, à présent.

— Nous voilà sous la surface périphérique du Valhas, indiqua Attirel. Redescends en profondeur, Naëli. C'est là que nous pourrons nous repérer.

La jeune fille haussa un sourcil surpris, mais ne posa aucune question. Elle leva un levier et en poussa un autre, et le *Nautilus* plongea à nouveau.

— Le Valhas est un territoire inaccessible sans le guide adéquat, précisa Attirel. Lorsque notre peuple est arrivé dans ce monde, il est apparu comme une localisation stratégique, fort d'une protection inviolable. Hélas, en ces temps modernes, c'est devenu une terrible malédiction, car le monde nous a oubliés. Comme les nagas.

— Le secret de l'accès au Valhas se cache donc sous l'océan, commenta Jérémy.

Attirel opina.

— Les explorateurs qui ont essayé de découvrir ses mystères de là-haut se sont tous perdus dans l'immensité froide de la banquise, ou ont été happés par ses incessants blizzards, sans pouvoir trouver la moindre trace de notre royaume. Les moyens techniques dont ils étaient pourvus étaient bien trop faibles. Mais cela change avec l'essor des technologies modernes. Les brise-glaces qui s'attaquent au Valhas sont de plus en plus performants, et ce n'est plus qu'une question de temps avant qu'Elnibonai, notre puissante cité millénaire, ne soit mise au jour. Si toutefois nous ne sommes pas tous morts d'ici là...

— Je ne comprends pas, argua Jérémy. Vous voulez qu'on vous retrouve, ou vous voulez rester cachés ?

Attirel grimaça.

— En principe, nous sommes attachés au mystère qui nous entoure. Nous sommes une race fière, ancestrale, nous ne souhaitons pas que le monde nous arrache nos trésors millénaires. Mais la situation a changé... Enfin, vous comprendrez quand nous serons à Elnibonai.

Le *Nautilus* poursuivait lentement sa descente vers le fond marin. Naëli fronça les sourcils en découvrant droit devant une fine colonne de glace qui s'étirait au beau milieu de l'océan.

— Qu'est-ce que c'est ?

Attirel sourit.

— Une brinicle. Nous approchons. Descends le long de cette colonne.

Alors qu'ils avançaient, Naëli ralentit les moteurs et s'exécuta tout en observant l'étrange formation. Cette dernière plongeait verticalement jusqu'au plancher océanique, ou presque. Il lui manquait quelques dizaines de centimètres pour le toucher.

— Reste en stationnaire un instant, demanda Attirel alors que le *Nautilus* approchait du fond.

Il émit un petit rire amusé.

— J'imagine que vous ignorez ce qu'est une brinicle. Laissez-moi vous expliquer : lors de la constitution de la banquise là-haut, l'eau qui gèle dégage progressivement le sel qu'elle contient à travers des poches de saumure. La saumure est évacuée via des courants très froids, qui gagnent le fond marin. Autour de ces courants se forme lentement une gangue de glace qui lorsqu'elle touche le sol fige instantanément tout ce qui s'y trouve.

Non loin, la stalactite approchait effectivement du plancher océanique, qui commençait à geler, emprisonnant tous les mollusques qui s'y trouvaient dans la glaciale étreinte de la mort.

Naëli frissonna.

— Reprenons notre chemin, demanda Seyunal que le phénomène semblait mettre mal à l'aise.

Le *Nautilus* se remit en marche. Les feux du sous-marin permettaient d'illuminer l'environnement avec une confortable visibilité. Attirel scruta le décor à travers le vaste hublot du poste de pilotage.

— Observez bien le fond de l'eau. Nous cherchons une trace de glace comme celle laissée par la colonne.

Ils parcoururent une longue distance avant de tomber sur de larges mares claires qui crevaient les étendues sableuses du sol.

— Des lacs de saumure, expliqua Attirel. Des concentrations à forte salinité qui se forment çà et là.

Il plissa les paupières.

— Je reconnais ceux-ci. Poursuis tout droit, nous ne devrions pas tarder à tomber sur une trace.

En effet, quelques instants plus tard, une ligne de givre apparaissait sur le sol, s'enfonçant loin devant dans les profondeurs noires de l'océan.

— À présent, il n'y a plus qu'à remonter la trace, souffla Attirel.

Naëli suivit ses indications.

— Les elfes des glaces ne sont pas connus pour être de grands navigateurs, objecta-t-elle. Pourtant, il semble qu'on ne puisse trouver le chemin de votre patrie que sous les mers. Comment vous déplacez-vous donc ?

Attirel grimaça.

— Au cours des âges glorieux de jadis, nous voyagions dans de puissants sous-marins de givre construits par nos cryomanciens. Nous parvenions à orienter les flux de saumure pour en faire des outils précieux. L'étude des brinicles a donné de nombreuses idées à nos mages, dont celle d'utiliser ces colonnes de glace pour construire des stations sous-marines. Nous pouvions rallier ces structures grâce à nos vaisseaux de givre. Hélas, aujourd'hui, il n'en existe plus un seul. Les territoires abyssaux du Valhas sont laissés à l'abandon, et les stations de glace se sont décomposées dans l'océan.

Naëli médita ces paroles.

— La cryomancie est un pouvoir fascinant, commenta Seyunal, admiratif. Quel dommage que vous autres elfes en ayez toujours jalousement gardé les secrets.

Attirel ne répondit pas.

Devant eux se dessinaient au loin les contours d'un colossal récif océanique. En se rapprochant, Naëli ouvrit de grands yeux surpris.

Ce n'était pas un récif. C'était une colonne de glace exactement comme celle qu'ils avaient observée plus tôt. Sauf que celle-ci avait des proportions monumentales. Elle étirait de nombreux doigts de givre sur la surface du fond marin, et c'était l'une de ces traces qu'ils avaient suivie.

Attirel lui indiqua d'approcher la base de la colonne, où plusieurs minces ouvertures trouaient la glace. Le *Nautilus* s'engagea dans l'une d'entre elles pour gagner un bassin creusé à l'intérieur du pilier gelé.

— Le pouvoir des cryomanciens a chassé la saumure de la colonne, et leurs dons d'hydromancie ont permis d'assécher la structure. Cette dernière est composée de nombreuses chambres comme celle-ci où venaient s'amarrer les sous-marins.

Une fois le *Nautilus* stabilisé dans le bassin, Attirel se leva prestement pour rejoindre le sas de sortie du véhicule. Les autres lui emboîtèrent le pas. Avant de s'extirper de l'engin, il se tourna brièvement vers ses compagnons, sourire aux lèvres.

— Bienvenue au Valhas, étrangers.

8

« Je suis Lyn Grant, le frère du Prince du même nom. J'ai été nommé Maître de l'Eau de Kur après le décès du précédent Maître, qui n'avait pas mesuré à quel point il était dangereux de servir de cobaye à un scientifique. Je suis le premier gremlin à accéder à cette position, et un fervent utilisateur de l'hydromancie. Il faut dire que le climat très humide de Kur s'y prête à merveille. Je regrette qu'il y ait si peu d'échanges entre les Maîtres de l'Eau. Je n'ai vu mes collègues qu'une seule fois lors de mon intronisation. »

Le témoignage du Maître Grant

Naëli, Seyunal, Jérémy et leur escorte elfe traversèrent une succession interminable d'escaliers et de couloirs. Partout autour d'eux, le décor n'était que glace ouvragée et givre ornemental, qui faisait ressembler la structure tout entière à une œuvre de cristal claire et pure. Un immense puits central permettait d'évaluer leur progression — la colonne était si grande qu'il était impossible d'en discerner le fond et le sommet en même temps.

Naëli n'avait pas réalisé que le plancher marin était si profond. Elle avait l'impression de monter des marches à n'en plus finir, et le trajet la laissait complètement désorientée. Et puis, il y avait le froid. Seyunal, Jérémy et elle avaient revêtu d'épais manteaux trouvés dans le *Nautilus*, mais la température restait glaciale. Des nuages compacts s'échappaient de leurs lèvres lorsqu'ils expiraient. Les elfes, en revanche, ne semblaient pas en souffrir ; ils n'avaient rien mis de plus que leurs minces vestes bleues, qui laissaient transparaître leurs peaux aussi blanches que la neige.

Mais le plus étrange était l'absence totale de toute activité. Il n'y avait pas une âme qui habite le lieu. L'endroit était plongé dans un silence oppressant, comme vidé d'une vie qui l'avait jadis égayé de rires et de chansons. À mesure qu'ils progressaient vers le sommet, le visage d'Attirel et de ses compagnons s'assombrissait. Ils lançaient des coups d'œil fébriles à droite et à gauche.

Ils parvinrent à une vaste salle circulaire percée de nombreuses ouvertures. En jetant un regard à travers l'une d'entre elles, Naëli découvrit la banquise à plusieurs dizaines de mètres en contrebas. Elle fronça les sourcils.

— Je croyais que la colonne ne montait que jusqu'à la surface, s'étonna-t-elle. Elle va donc plus haut ?

— Elnibonai s'élève bien au-dessus, répondit brièvement Attirel sans ralentir la cadence. Lors des rares jours où la brume s'éclaircit, on peut descendre sur la banquise pour admirer la puissance glacée de la citadelle, et la flèche qui la domine. C'est une œuvre bien plus majestueuse que tout ce que votre industrialisation a pu produire.

Naëli sentit dans ses paroles une pointe de dédain. Mais elle n'eut pas le temps de s'appesantir sur le sujet : l'elfe s'était déjà engagé dans une nouvelle coursive. Ils poursuivirent leur chemin au pas de course sur un escalier s'enroulant autour d'une fine stalagmite, puis sur une série de ponts s'élançant au-dessus du puits central.

Et enfin, ils débouchèrent sur un hall splendide qui s'étirait sur tout un étage, doté de dizaines de colonnes et parsemé d'ornements aussi raffinés que fascinants. La lumière naturelle était réfléchie à travers la glace des centaines de fois, parant l'endroit de tons à la fois éblouissants et froids comme l'hiver.

Au centre, le vide du puits de lumière illuminait les lieux d'un éclat puissant. Ils devaient être juste en dessous du sommet. Comme dans beaucoup de pièces que Naëli avait entr'aperçues jusqu'ici, l'endroit comptait plusieurs silhouettes pétrifiées dans la glace. Des statues de givre. Belles, mais immobiles. Sans souffle. Sans vie.

Attirel embrassa la salle d'un regard circulaire, avant de se détourner en direction de l'escalier en colimaçon qui s'élevait dans un coin. C'était une imposante et superbe structure que Naëli n'avait même pas aperçue. Seyunal emboîta le pas à leur guide, et Naëli et Jérémy se glissèrent derrière lui, suivis par le reste de leur escorte.

Les cuisses de la jeune fille étaient déjà durement éprouvées par les centaines de marches qu'elles avaient avalées, mais elles grimpèrent malgré tout ces ultimes mètres quatre à quatre. Vers la lumière éclatante qui pulsait là-haut.

Et en mettant le pied sur le dernier étage de la citadelle, Naëli s'immobilisa. Le ciel éblouit un instant son champ de vision, et elle dut cligner des yeux pour remettre en place le décor. Elle découvrit une large plateforme circulaire, sur laquelle se dressaient çà et là des arbres aussi pétrifiés que le reste de la cité. Ils étaient plantés sur des îles qui n'en étaient plus, car l'eau qui devait jadis les pétrir avec douceur avait gelé. Des silhouettes d'elfes immobiles se tenaient debout ou assises sur la glace, aussi raides et froides que les autres.

Dans sa tragique condition, le lieu était une œuvre d'art, ciselé à la perfection, jusqu'au plus infime détail. À l'image de la ville, il était figé dans l'instant.

Comme si la vie avait manqué un battement de cœur.

Comme si l'espace d'une respiration, le temps avait suspendu son cours ici.

Comme si l'éternité s'était installée dans un fragment d'histoire.

Le vent glacial qui balayait l'endroit tira brutalement Naëli de sa contemplation. Seyunal et Attirel étaient déjà partis à l'assaut de la colline miniature qui s'élevait au centre de la plateforme. Naëli se lança à leur poursuite dans un sentier encombré de poudre hivernale, malmenée par les bourrasques qui envoyaient tourbillonner les mottes de neige accumulées au sommet de la cité. Autour d'elle, les sapins couverts de stalactites n'étaient plus que des rigides statues de glace, comme les habitants de la citadelle.

Elle s'engagea sur un chemin qui crevait la colline, et rattrapa ses acolytes au moment où ils parvenaient au cœur du relief. Là, une clairière abritée des intempéries jouxtait le puits de lumière qui parcourait l'édifice de haut en bas.

Naëli porta une main à sa bouche en découvrant la scène que la glace avait immortalisée à cet endroit. Plusieurs personnages avaient clairement été abattus par des armes à feu, tandis que d'autres semblaient avoir défendu chèrement leur peau avant de succomber à leur tour. Tous avaient été pris par la glace, figeant le spectacle comme s'il s'était déroulé quelques minutes plus tôt.

— Nous arrivons trop tard, souffla sinistrement le Maître Seyunal.

Attirel et les siens grimacèrent. Une lente lamentation s'échappa de leurs lèvres.

Naëli frémit. Elle posa une main qui se voulait réconfortante sur l'épaule d'Attirel. Mais celui-ci se dégagea pour s'accroupir devant le corps d'une elfe dont le visage était crispé dans une expression d'intense souffrance.

— L'intendante était la dernière autorité de la cité, gémit-il. La dernière cryomancienne, le pilier qui permettait aux ultimes représentants de notre race d'échapper à notre triste destin.

— Ils ont été attaqués, répondit le Maître Seyunal. Ils devaient être une poignée de survivants. Avec leur mort, la ville est définitivement devenue la proie des glaces.

Attirel secoua la tête, l'air abattu.

— Il ne reste plus un elfe de vivant ici. La cité s'est pétrifiée pour de bon.

Son poing cogna contre le sol froid et dur.

— Si vous l'aviez vue à son heure de gloire, murmura-t-il. Elnibonai était l'œuvre des dieux. Un puits central sur lequel s'accrochait une succession de vastes disques, un par niveau. Chacun contenait un lac paisible parsemé de dizaines d'îles rieuses et gaies. C'était comme une fontaine géante où chaque étage était un monde miniature. Des arbres acclimatés aux rudes conditions du Grand Nord agrémentaient le décor et contribuaient à nourrir notre écosystème. Notre peuple n'a jamais craint la morsure du froid, nous étions ici dans notre élément. Mais tout cela n'était possible que grâce aux pouvoirs des cryomanciens.

Il désigna le trou qui s'enfonçait dans les profondeurs de la cité.

— Les mages canalisaient avec bienveillance l'énergie de l'Essence de l'Eau. Une manifestation physique de sa volonté apparaissait ici, au milieu du puits de lumière. Son pouvoir réchauffait les bassins et permettait à la structure d'Elnibonai de perdurer. Sans les cryomanciens, l'eau s'est congelée, et notre environnement est mort. La cité a succombé face aux glaces du Valhas. Ce n'est qu'une question de temps avant que notre citadelle si délicate s'effondre. Et que notre peuple disparaisse à jamais.

Le Maître Seyunal l'écoutait d'une oreille distraite. Il s'était approché du fond de la clairière, l'air curieux.

— On dirait qu'ils ont tenté de protéger quelque chose dans leurs ultimes moments...

— L'empereur, confirma Attirel. Ceux qui ont attaqué les miens cherchaient à s'emparer de lui.

— Et ils ont réussi, grimaça le Maître Seyunal.

Devant lui, un massif bloc de givre était creusé d'un large trou, comme si on avait en avait retiré une partie en découpant dans la glace elle-même.

Naëli frissonna, et un éclair de panique traversa ses yeux.

Alors ils avaient fait tout ça pour rien ?

— Qu'allons-nous faire ? murmura Attirel. Je pensais qu'en ajoutant votre pouvoir à celui de l'intendante, nous avions une petite chance de réveiller l'empereur, mais il ne reste plus rien. Tout est perdu.

Naëli fronça les sourcils.

Non, elle refusait d'abandonner.

Elle plissa les yeux en direction d'un soldat elfe qui semblait ne pas avoir été tué par le combat. Il avait seulement succombé à la glace. Elle banda son bras pour tenter de le libérer de sa froide prison. Elle chercha à faire fondre une arête orgueilleuse en mobilisant toute sa puissance.

L'effort l'épuisa en un instant.

Elle vacilla en se vidant subitement de ses énergies.

C'était comme si la glace se défendait de son agression en siphonnant sa force vitale. Elle savait que la cryomancie était considérablement plus difficile que l'hydromancie, mais la tâche était encore plus ardue qu'elle ne l'avait imaginé.

Elle afficha un rictus rageur et serra les poings, déterminée à ne pas se démonter. Elle recommença en essayant une autre approche. Puisque la cryomancie était trop éreintante, elle briserait la glace avec ce qu'elle savait faire. Elle fit appel à la neige amassée là, et la fit fondre pour modeler une pointe d'eau assassine qu'elle projeta avec violence contre la statue du soldat. La flèche s'écrasa pathétiquement contre celle-ci, la laissant indemne. Pire, le projectile de Naëli vint geler sur sa surface, et augmenta son volume.

Le Maître Seyunal imita alors Naëli et produisit une série d'attaques aussi vives que redoutables. Peine perdue.

La glace ne se fendilla même pas. La couche était plus dure que le diamant.

— Nous avons essayé par tous les moyens imaginables de guérir ceux qui s'étaient pétrifiés, lamenta Attirel. Vous n'avez pas plus de chances d'y parvenir, croyez-moi. Seul un cryomancien de grand talent peut libérer les nôtres de leur prison hivernale. Seul... notre empereur le peut.

Naëli secoua tristement la tête.

L'industrialisation avait affaibli l'Eau, et ainsi les Maîtres, précipitant la tétanie du souverain. Sans lui, les cryomanciens elfes n'avaient pas réussi à libérer les leurs du froid qui gelait l'ensemble du Valhas. Et La Murène — car c'était sans aucun doute elle qui avait envoyé ces assassins — avait achevé le travail en éliminant les derniers d'entre eux.

Le Maître Seyunal soupira tristement.

— Je n'ai aucune notion de cryomancie. Seul le Maître Quamir s'y connaissait un peu...

Naëli s'affaissa à côté d'Attirel, et laissa promener son regard sur la vaste plateforme supérieure d'Elnibonai, soudain rattrapée par une éternité de lassitude.

Attirel avait raison, cette fois.

Tout était perdu.

La Murène et les Princes marchands félons avaient gagné. Ils avaient détruit les elfes et enlevé le Maître Aethas, le seul qui avait une chance de les préserver de leur terrible destin. Elle laissa glisser une larme le long de sa joue, qui gela sur sa peau malmenée par le froid. Elle aurait tant aimé se montrer digne de sa mère, de la mission que les Maîtres de l'Eau lui avaient confiée. Elle aurait tant aimé sauver la communauté des hydromanciens en perdition. Sa communauté.

— Qu'est-ce que c'est que ça ? intervint soudain Jérémy, dont tout le monde avait oublié la présence.

Il portait entre ses mains trois livres en parfait état.

— Les grimoires de cryomancie de l'empereur, s'émerveilla Attirel, enfin soulagé par une bonne nouvelle.

Il s'approcha de Jérémy et entreprit de feuilleter les pages des anciens volumes.

— Ils n'ont pas l'air d'avoir trop souffert, murmura-t-il. Les sortilèges de l'empereur ont dû les préserver du froid. Ce sont sûrement les derniers écrits d'Elnibonai qui n'ont pas été enfermés dans les glaces.

Le Maître Seyunal émit un sifflement songeur.

— Peut-être qu'avec les informations que contiennent ces livres, je pourrais en savoir plus sur la cryomancie – peut-être assez pour libérer l'empereur. Je suis un Maître de l'Eau, ça devrait être possible.

— Encore faudrait-il le retrouver, grimaça Naëli. Il doit être entre les mains de La Murène. C'est forcément elle qui l'a enlevé.

— Il faudrait aller jusque dans la gueule du loup, dans sa sinistre cité d'Hydropolis, grinça Jérémy.

Seyunal soupira tristement.

— Certes. Et la cryomancie est ardue, sa maîtrise requiert des années d'un entraînement long et intensif. Mais c'est l'unique piste que j'ai.

Naëli ouvrit la bouche pour émettre une objection, puis se ravisa. C'était effectivement la seule chose qu'ils pouvaient faire. Elle hésita à se joindre à lui, mais une petite voix au fond de son esprit s'éleva doucement.

Il y avait encore la Coupe. Ses amis lui manquaient terriblement. Était-elle capable de les laisser tomber pour un projet qui devenait plus hasardeux qu'autre chose, et dans lequel elle risquait cette fois véritablement sa vie ?

Et puis, elle avait fait une promesse à Joan. Elle s'était engagée à terminer la Coupe. Et de la gagner. Quel genre d'amie était-elle si elle ne lui était même pas fidèle, à lui ?

Elle secoua la tête, résignée.

— Je vais partir, annonça-t-elle. Je dois retrouver mes compagnons et finir la Coupe. Je l'ai promis à Joan.

Au final, c'était bien la chose la plus sage qu'elle pouvait encore faire.

— Je t'accompagne, déclara Jérémy. Nous prendrons le *Nautilus*. Sans lui, nous n'arriverons jamais à temps.

Le Maître Seyunal hocha gravement la tête.

— Vous avez raison, approuva-t-il. Vous avez déjà fait bien plus que nécessaire pour notre communauté, et je ne saurais vous remercier assez. Profitez de la course et de vos compagnons. Vous êtes jeunes. Malgré les effroyables événements qui se préparent, vous avez encore une vie devant vous.

Il poussa un soupir empreint d'une infinie tristesse.

— Quant à moi, je dois continuer. Il ne me reste plus que ça. J'ai échoué à mes devoirs de pirate. Je ne peux pas me résoudre à échouer à ceux de Maître de l'Eau. Je suis pour ainsi dire le dernier…

Il marqua une pause avant de conclure.

— Si je dois mourir à la tâche, ainsi soit-il. Mais je ferai tout mon possible pour retrouver l'empereur, et pour le tirer de la glace.

Le froid mordait la chair de Naëli à travers son manteau, bien au-delà de sa peau. Mais une pensée joyeuse éclairait sa terrible situation.

Elle allait bientôt rejoindre ses amis.

PARTIE 7 : SARMAJOR

Principauté (

de Sarmajor

Fillis
Follan
Fillis
Mer de Fillis
Magenta 3
Sael
Ternion
ione
Satyn
Mer Sixte
Magenta 2
Midellan
aies
Damgane
Magenta 1
Terrol
Mer du septentrion

1

La magie bleue se divise en trois disciplines distinctes : l'hydromancie, la plus répandue ; la cryomancie, la plus difficile ; et la médomancie, la plus douce. Certains des plus grands magiciens, comme le prophète Noz'tar ou l'empereur des elfes, ont maîtrisé les trois. Ceux-là seuls ont réussi à toucher du doigt les formidables énergies de l'Eau et à s'approcher du plan élémentaire. Ceux-là seuls sont parvenus à communier avec l'Essence de l'Eau, l'invisible souveraine des territoires connus, qui d'un geste est capable de rayer terres et civilisations de la surface du monde.

Le Grimoire Englouti

La liste des participants à la Coupe s'amenuisait. Des seize équipes qui s'étaient attaquées à Nirvûn, il n'en restait que treize. Le départ de Fardüll était pour les Éclaireurs l'occasion de les observer scrupuleusement. Alors que Yoklavin Seth se livrait à l'un de ses sempiternels discours que plus personne n'écoutait depuis longtemps, Joan, Sayan, Molly et Yadriel scrutaient avec attention leurs derniers adversaires.

L'équipe de petites vieilles, les Aïeules, était toujours de la partie. Un peu fatiguée, visiblement.

Les gremlins qui avaient creusé le tunnel que les Éclaireurs avaient emprunté en début de parcours, qui s'appelaient Dormir sur son tas d'or, étaient également toujours là. Ils avaient l'air plus en forme que les ancêtres.

Bien sûr, il restait les aristocrates d'Ys et leur riche vaisseau, Pêché mortel ; les deux équipes brutales de la Scie-à-viande et du

Marteau-de-sang ; les mystérieux Gardiens Gris sur leur barque surnaturelle ; les Dieux de la Piste, toujours en tête de classement ; et les arrogantes Sœurs de la Lumière, qui n'avaient pas démérité depuis Kelebetokey.

Et puis, il restait quelques équipes que les Éclaireurs connaissaient moins : les Biches, une troupe d'amazones aux atours aussi séduisants que menaçants ; la Miniruche, un groupe composé d'humains et de K'il dont le nom comme le bateau étaient des hommages discrets à la glorieuse civilisation de Galbi ; le Drakkar-de-l'effroi, les nirvûnites à l'air sévère, à l'image de leur pays ; et pour finir, une étonnante équipe cosmopolite, le Raz-de-marée.

La compétition allait être rude. Chacune de ces équipes avait déjà fait ses preuves de nombreuses fois. Beaucoup de participants étaient d'anciens finalistes. Les Éclaireurs se demandaient même comment ils avaient réussi à intégrer ce palmarès d'élite.

Ils se faisaient beaucoup de souci pour Naëli, mais Joan leur avait confié que si Jérémy et Seyunal avaient réussi à la libérer, ce serait sûrement sur Sarmajor qu'ils la retrouveraient. Tous deux s'étaient donné rendez-vous chez le père de Naëli s'ils venaient à être séparés.

Par chance, l'itinéraire de la Coupe passait non loin du phare familial, sur l'île d'Élione. Il était donc possible qu'ils la retrouvent là-bas entre deux étapes. L'espoir réchauffait leurs cœurs. Les Éclaireurs étaient prêts à en découdre une nouvelle fois, armés d'une motivation renouvelée.

***

Rejoindre Sarmajor fut un périple long et difficile. D'autant que les conditions climatiques dans la mer du septentrion n'étaient guère clémentes. Les tempêtes qui balayaient le Nord étaient connues pour leur cruauté.

Cependant, les derniers coureurs en lice étaient des compétiteurs d'élite. La traversée n'était pour eux qu'une formalité. Une formalité qu'ils comptaient mettre à profit pour… réduire la concurrence.

La première équipe à succomber fut celle du Raz-de-marée. Elle avait pris la tête de la course, mais avait visé trop haut. Elle avait cherché à tout prix à rattraper un retard considérable, et avait surchargé ses capacités. Lors de la plus violente tempête, vers le milieu de la traversée, son navire en paya le prix fort. Alors qu'il se lançait à pleine vitesse au cœur de l'ouragan, son moteur capota et ses systèmes de propulsion auxiliaires furent submergés par les éléments. Le bâtiment se mit à chevaucher les vagues titanesques de manière chaotique, avant d'être avalé par la furie de l'océan. La Cijena enclencha un plan de sauvetage d'urgence, mais seule la moitié de l'équipe fut récupérée.

Ce que Yoklavin Seth avait annoncé se révélait véridique : c'était la fin de la compétition qui faisait le plus de victimes.

La seconde équipe qui abandonna fut celle de la Miniruche. Le groupe de K'il déclara une avarie moteur ou un quelconque problème technique qui les empêchait d'aller plus loin. Des circonstances de forfait assez opaques... Mais qui n'étonnèrent personne à ce stade de la course.

Suivant les indications de Molly, les Éclaireurs avaient décidé d'observer la prudence plutôt que de tenter de décrocher un palmarès glorieux mais hasardeux. Ils s'étaient placés en queue de peloton et remontaient lentement depuis le début de la traversée.

Aujourd'hui, par un temps voilé, ils s'apprêtaient à doubler un navire long et profilé, dont l'élégance était surprenante — les concurrents attachés à l'esthétique plutôt qu'à la performance étaient rares. De formidables effigies étaient sculptées sur ses flancs, et ses courbes sinueuses avaient un aspect hypnotique.

Alors qu'ils le dépassaient, ils furent hélés par un membre de l'équipage, une jeune femme en détresse agitant fiévreusement les bras.

Joan grimaça à l'idée de s'approcher.

— Ça pourrait être grave, objecta Sayan.

— Chacun pour soi, grogna Joan. La Coupe est impitoyable, si on s'arrête c'est fini.

Molly lui fit les gros yeux.

— Ce n'est pas parce que c'est une course qu'on ne doit pas avoir de cœur.

Il soupira.

— Bon, d'accord. Allons voir. Mais si ce n'est pas critique, on repart tout de suite.

L'*Esturgeon* s'approcha du vaisseau en difficulté, jusqu'à venir s'immobiliser à son côté.

— Quelque chose ne va pas ? demanda Molly d'une voix forte à l'intention de la jeune femme.

— Oui ! Non ! cria celle-ci, apparemment en panique. L'une de nos équipières a un grave problème de santé, et nous n'avons plus rien pour la soigner, ni pour communiquer avec la Cijena ! Par pitié, aidez-nous, ou elle va y passer !

Sayan haussa un sourcil, puis échangea un regard entendu avec Yadriel. Elle tendit une planche entre les deux bâtiments et s'apprêta à gagner le pont de l'autre vaisseau, le sameda sur les talons. Mais Joan, méfiant, lui barra la route.

— J'y vais, reste avec Molly.

— Si c'est une question de santé, il faut que ce soit moi, rétorqua Sayan d'un air agacé. Ma trousse bio-médic guérit n'importe quoi. Allez, pousse-toi.

Le jeune homme afficha un affreux rictus, puis la laissa passer, forcé d'admettre qu'elle avait raison.

— Nous sommes l'équipe des Éclaireurs, se présenta Sayan en arrivant devant l'inconnue. Nous avons peut-être quelques affaires de secours pour vous aider.

L'autre la remercia chaleureusement.

— Je suis Albiche, membre de l'équipe d'amazones, les Biches. Je suis désolée pour l'urgence de la situation, mais nous sommes en train de perdre Dambiche, notre navigatrice. Elle est tombée à l'eau lors de la tempête, et s'est fait mordre par une créature dont le venin la ronge petit à petit. Et comble de la malchance, notre radio nous a lâchées, donc impossible de prévenir la Cijena !

La malheureuse leva vers son interlocutrice un regard implorant.

— Au départ, nous pensions que ce n'était qu'un contretemps. Mais en une journée, l'état de Dambiche s'est détérioré. Elle ne survivra pas jusqu'à Sarmajor, c'est sûr.

Sayan hocha gravement la tête.

— Menez-moi à elle. Je vais voir ce que je peux faire.

L'amazone qui répondait au nom d'Albiche acquiesça.

— Pendant que vous l'examinez, pouvons-nous utiliser votre radio pour prévenir la Cijena ? s'enquit-elle d'un ton implorant.

Sayan grimaça. Elle n'était pas vraiment à l'aise avec l'idée de communiquer avec la Cijena. Elle n'entendait le faire qu'en cas d'extrême nécessité.

— Je vais d'abord voir si je peux aider votre amie infortunée.

Leur hôte hocha gravement la tête.

— C'est par ici.

Elle s'engouffra dans la cabine du navire, Sayan et Yadriel sur les talons. À l'intérieur, une silhouette hautaine et racée était assise sur un siège aux allures de trône, devant une couche sommaire sur laquelle une femme était agitée de terribles convulsions.

— Melbiche, rends-toi utile et va voir sur le pont si j'y suis, grinça l'amazone qui guidait Sayan et Yadriel en pénétrant dans la pièce.

Son acolyte posa sur son entourage un regard supérieur et se leva avec grâce, avant de passer devant ses invités d'un pas majestueux.

— Melbiche est une dame de haut rang, siffla Albiche. Ce qui nous rend parfois la vie difficile.

Yadriel fronça les sourcils.

— Cette situation ne m'inspire pas confiance, murmura-t-il à Sayan. Fais de ton mieux ici, je vais surveiller Son Altesse Sérénissime.

La jeune femme opina et se mit au travail. Elle analysa un instant l'état de la malheureuse, tentant de calmer ses convulsions, avant de pincer les lèvres.

Elle n'avait pas besoin d'en savoir plus.

Face à ça, sa trousse bio-médic était impuissante.

— Je ne peux rien pour elle, grimaça-t-elle à l'intention de son hôte. Vous avez raison, il faut demander de l'aide à la Cijena.

Elle se redressa.

— Venez, nous allons utiliser la radio pour alerter la Cijena. Ils auront tôt fait de vous secourir. En revanche, je pense que ce sera la fin de la course pour vous.

L'autre secoua la tête avec fatalité.

— Peu importe. Allons-y.

Toutes deux rejoignirent l'*Esturgeon*, accompagnées par Yadriel, sous le regard dédaigneux de l'étrange aristocrate amazone. Alors qu'elles allaient s'enfermer dans la cabine, Sayan demanda à Joan de la remplacer et prétexta un besoin de maintenance mécanique dans la cale. Le jeune homme fronça un sourcil, puis s'exécuta.

Une fois l'appel à l'aide lancé, ils se retrouvèrent tous sur le pont de l'*Esturgeon*.

— Les secours ne vont pas tarder, annonça Sayan à son hôte. Ça va être difficile, pour votre amie. Courage.

Elle serra la femme dans ses bras en guise de réconfort, avant de la laisser regagner son vaisseau.

Molly, Joan et Yadriel l'observèrent d'un air surpris. Leur compagne n'avait pas l'habitude de ce genre d'effusion. Était-ce parce qu'elle avait affaire à des amazones, sa patrie d'origine ? Elle ne les avait pourtant jamais portées dans son cœur.

Alors que l'*Esturgeon* s'éloignait lentement, Sayan adressa un signe de la main aux amazones, une ébauche de sourire sur le visage.

— On peut savoir ce qui s'est passé ? grinça Molly à qui l'échange semblait avoir complètement échappé.

Sayan inspira profondément.

— Vous n'avez jamais pris le temps de vous renseigner sur la concurrence ? s'amusa-t-elle. L'équipe des Biches est connue pour sa sournoiserie. En ça, elle fait honneur aux amazones, qui sont particulièrement retorses dans certains cas. J'ai tout de suite flairé le piège.

— Et ?

— La trousse bio-médic ne ment pas. Leur acolyte n'avait absolument rien. Elles ont toutes joué la comédie.

— Mais pourquoi ? grogna Joan.

— Pour faire diversion. Vous n'avez pas remarqué qu'on n'en a vu que trois, sur une équipe de cinq ? Les deux autres étaient en train de saboter l'*Esturgeon* pendant qu'on avait le dos tourné. C'est pour ça que je suis allé visiter la cale. J'y ai trouvé un petit bocal qui contenait un ensemble de bestioles particulièrement dangereuses...

Elle grimaça.

— Ces saletés de vers à bois. Lorsqu'ils sont lâchés, ces monstres peuvent ronger un navire entier en une journée. Heureusement, il y avait un dispositif actionnable à distance pour ouvrir le bocal. J'imagine que les Biches comptaient s'en servir une fois loin de nous, pour ne pas prendre le risque de contaminer leur navire...

— Tu as jeté ces horreurs à l'eau, j'espère ! paniqua Molly.

— Mieux. J'ai glissé le petit bocal dans la tunique de notre invitée en lui souhaitant bonne chance.

— Ah ! Je me disais bien que c'était louche, une telle démonstration d'affection ! ironisa Yadriel.

Sayan adressa un dernier signe de la main aux amazones un large sourire sur les lèvres. Sur leur navire, les deux comparses qui avaient manqué à l'appel venaient d'apparaître.

— Vos petits tours ont peut-être marché sur l'équipe de la Miniruche, mais il ne fallait pas vous frotter à moi, grinça Sayan avec cynisme.

***

— Alors ?

Carcabiche, redoutable leader de l'équipe d'amazone, observait le bateau concurrent s'éloigner d'un œil placide.

— Ils ont tout gobé, répondit joyeusement Albiche. Ce coup était d'une facilité enfantine. Dambiche a joué les grands malades, et ils ont été tellement troublés par l'air hautain de Melbiche qu'ils n'ont posé aucune question.

Carcabiche jeta un coup d'œil à l'intéressée, qui retournait vers la cabine d'un pas impérial.

— Dire qu'elle n'a même pas à se forcer…

Elle secoua la tête.

— Pour Mobibiche et moi, ça a été du gâteau. On n'a même pas eu à monter dans la barcasse. On s'est contentées de balancer le bocal à travers une écoutille.

Elle émit un ricanement sournois en reportant son regard sur les idiots qui leur disaient au revoir.

— Comme ils ont l'air naïfs. Les concurrents comme eux qui sont rongés par leurs sentiments bienveillants sont faibles et n'ont aucune chance de finir la course. C'est même stupéfiant qu'ils soient arrivés si loin.

Elle saisit le minuscule détonateur et appuya sur un bouton. Albiche tomba d'un coup au sol en poussant un cri aigu.

— Eh ! Qu'est-ce que c'était ?

Ses yeux s'écarquillèrent d'effroi alors qu'elle sentait des dizaines de bestioles grouiller sous sa tunique. Les vers à bois s'échappèrent en un instant et s'éparpillèrent sur le pont, à la grande surprise des Biches.

— Non ! hurla Carcabiche.

Elle tourna un regard de feu vers les concurrents.

Là-bas, la jeune femme aux cheveux rouges lui adressa un signe amusé de la main, sourire aux lèvres.

— La Cijena est déjà en route pour le sauvetage ! cria-t-elle dans une ultime moquerie.

Carcabiche émit un hurlement de rage qui dut porter jusqu'aux lointaines côtes de Sarmajor.

2

Article 153 : les plateformes industrielles. Des inventions qui ont considérablement contribué à l'essor économique mondial, en exploitant les gisements de gaz naturel des fonds marins. Bâties sur un réseau de tuyaux complexe, elles représentent un défi technique majeur, car elles doivent résister aux immenses vagues soulevées par les tempêtes. Il en existe trois types : les plateformes fixes du golfe de Nirvûn, accrochées au plancher océanique de manière rigide ; les plateformes mobiles du nord de Sarmajor, qui sont des barges de forage équipées de flotteurs et de bras amovibles ; et les plateformes flottantes de pleine mer maintenues par des câbles et un immense flotteur. Ces dernières exploitent des gisements à plus de trois cents mètres de profondeur.

Professeur Hawks, Traité scientifique

Il fallut une bonne dizaine de jours pour que les derniers compétiteurs parviennent à proximité de Magenta Trois, la plus septentrionale des îles de Sarmajor. Le trajet avait été d'une monotonie mortelle, tranchant radicalement avec le rythme de plus en plus effréné de la Coupe. Il n'y avait eu presque aucun accident, aucune agression entre les différents participants, comme si ces derniers avaient fini par se lasser du jeu.

Sayan avait mis ces quelques jours à profit pour effectuer une série de réparations de fortune sur l'*Once-d'Ébène*. Hélas, si les dégâts étaient à l'origine superficiels, la poursuite de la course sur Nirvûn avait sérieusement aggravé l'état du véhicule. S'arrêter pour réparer aurait certainement permis de sauver l'engin, mais cela aurait aussi signé la fin du parcours pour les Éclaireurs. Jamais ils n'auraient pu rattraper le retard emmagasiné.

Sayan avait rapidement compris que l'*Once* était irrécupérable. Aucun des nombreux outils et accessoires qu'elle avait préparés depuis le début de la Coupe ne lui serait utile. Les moteurs auxiliaires qu'elle avait fixés dessus avaient grillé, et la carrosserie était tordue, voire fendue par endroits. Seules les suspensions — qui avaient pourtant pris un coup sévère — avaient pu être sauvées grâce aux pièces de rechange. En désespoir de cause, Sayan avait tenté de réparer ce qui pouvait l'être… sans grand espoir.

Elle expliqua à ses compagnons la gravité de la situation alors qu'ils observaient la silhouette d'une plateforme flottante s'approcher lentement, debout sur le bastingage de l'*Esturgeon*.

— L'*Once* ne tiendra pas une étape entière, marmonna-t-elle sombrement. Je doute même qu'elle supporte une journée.

Joan leva un sourcil.

— Ça suffira peut-être, rétorqua-t-il sans quitter l'horizon du regard. Sarmajor est un véritable archipel, composé de milliers d'îles, et la circulation y est complexe. Trop de contraintes pour que l'étape terrestre dure plus de deux ou trois jours. La majeure partie sera sûrement une épreuve maritime.

— C'est déjà trop, pesta la jeune femme, ses cheveux rubis s'agitant souplement dans le vent.

— Si l'itinéraire de la Coupe nous emmène jusqu'à Élione, nous pourrons nous rendre chez mon père, ajouta Joan avec espoir. Il aura peut-être quelque chose dans son atelier pour nous sauver la mise.

Sayan resta muette, enfermée dans un pessimisme qui ne lui ressemblait pas.

Joan recentra son attention sur la plateforme dont ils n'étaient plus qu'à quelques centaines de mètres. C'était une vaste structure flottante construite en haute mer pour exploiter des gisements en profondeur, qui appartenait aux Industries Dagmar. La plupart des stations de ce type étaient situées dans la mer septentrionale ; celle-ci était la plus proche des côtes de Sarmajor. C'était là que la Cijena avait fixé l'arrivée de l'avant-dernière étape maritime.

Par chance, l'océan était calme. L'*Esturgeon* amorça sa manœuvre d'approche pour venir s'amarrer précautionneusement sous la plateforme. Beaucoup de concurrents étaient déjà sur place.

Joan aurait voulu pousser un soupir de soulagement, satisfait d'avoir enfin terminé cette étape morose, mais l'aspect lugubre de la structure industrielle lui ôta toute envie d'ouvrir la bouche. Il se contenta de gagner le ponton d'amarrage, où il découvrit avec surprise un comité d'accueil composé de trois personnes : un petit homme chargé de feuilles épaisses, Yoklavin Seth et Tikken le Terrible.

Le fourbe.

Voilà longtemps qu'ils n'avaient pas vu son museau.

Joan s'en serait bien passé encore un moment.

— Les Éclaireurs, déclara le cyborg d'un ton aussi froid qu'à l'accoutumée. Équipe numéro vingt-sept.

Il observa Sayan et Yadriel quitter le pont de l'*Esturgeon* d'un regard scrutateur. Les deux amis s'immobilisèrent en le découvrant, interdits.

Tikken leur indiqua d'avancer d'un geste impérieux.

— Je félicite personnellement chacune des équipes qui sont arrivées jusque-là, poursuivit-il avec plus de brutalité qu'il ne semblait le souhaiter. En tant que nouveau directeur de la Cijena, je tiens à renouveler mon admiration pour nos estimables concurrents. Vous ne vous êtes pas laissé perturber par les tristes événements qui ont agité la Coupe cette année, que ce soit la défection de son président ou le bouleversement de l'équipe de direction. C'est tout à votre honneur.

Joan songea qu'il ne leur avait jamais fait part d'une quelconque admiration, et qu'il ne leur « renouvelait » donc rien du tout. Devant lui, Tikken leva un poing et ordonna d'une voix autoritaire :

— Elgen Sansou. Donnez-leur la feuille de score.

Le petit homme à sa gauche s'exécuta fébrilement. Les Éclaireurs ne purent s'empêcher de remarquer que le ton avait changé à la Cijena. On était loin des discours de l'ancien président Smogg, qui avaient toujours été courtois, bien que rarement sincères. Toute politesse s'était envolée avec Tikken le Terrible, remplacée par une poigne de fer impitoyable. Le cyborg tentait d'être aimable, mais ce n'était guère une réussite.

Joan se saisit de la feuille de score avec suspicion, dont il parcourut le contenu en diagonale. Ils étaient encore en queue de peloton, à la onzième place.

Il haussa les épaules.

Au moins, ils étaient toujours dans la course.

— Je ne vois pas vos compagnons, susurra Tikken. Je souhaite féliciter une équipe de cinq, pas de trois.

Il fit un pas vers l'*Esturgeon*.

Yadriel lui barra le passage d'un bras.

— Nos hommes sont à la manœuvre, déclara-t-il avec complaisance. L'un de nos engins est sévèrement abîmé. Dans la Coupe, on ne se repose jamais, vous le savez mieux que quiconque. Mais nous leur transmettrons vos félicitations.

Tikken frémit de colère, mais réussit à se contenir.

— Les règles de la Coupe indiquent que les vaisseaux des participants sont leurs propriétés privées, insista Yadriel avec plus de fermeté. Nous avons toléré une visite d'enquête sur Kelebetokey, mais à présent que les autorités ont arrêté les instigateurs du complot qui a perturbé la Coupe cette année, nous souhaitons continuer à honorer les traditions de la course.

Tikken serra le poing et jeta à l'*Esturgeon* un regard plein de fiel. Par chance, Molly avait dû l'apercevoir, car elle n'était visible nulle part sur le pont. Il ne fallait pas qu'il la reconnaisse. Le cyborg toisa Yadriel avec mépris.

— Quelle honte que Boileux ait péri, grommela-t-il dans sa barbe. Il avait son utilité pour les basses besognes.

Il se détourna sèchement et s'éloigna à pas vifs.

Les Éclaireurs poussèrent des soupirs soulagés.

— Bien joué, Yadriel, le félicita Joan, encore tendu par la rencontre. Un peu plus et il découvrait Molly.

— Oui, mais ce n'est pas elle qu'il cherchait, grinça le sameda. Il ne l'a jamais vue, il ne porte aucune attention aux concurrents — croyez-moi, sinon, on ne serait pas arrivés si loin. Son dédain l'aveugle.

— Tu crois qu'il en avait après Naëli ? s'enquit Sayan, confuse.

— C'est probable, marmonna Yadriel. J'ai pensé un moment que seul Boileux savait qu'elle était une hydromancienne, mais je suis maintenant sûr que tous les conspirateurs sont au courant. Peut-être même qu'ils savent qu'elle est sur la piste des Maîtres de l'Eau. Et pourtant, ils l'ont laissée tranquille, alors que Kalecq, Boileux, et Tikken lui-même traquaient les hydromanciens sans relâche.

— Mais c'est absurde ! s'emporta Sayan. S'ils savent qu'elle est leur ennemie, pourquoi ne pas l'avoir arrêtée dès que possible ?

Le regard de Yadriel se perdit dans le vide, à l'endroit où Tikken et ses sbires avaient disparu quelques instants plus tôt.

— C'est certainement le plus inquiétant. Parce que je l'ignore complètement.

— En tous cas, il y a une bonne nouvelle, déclara Joan sur un ton plus joyeux. Vous avez entendu ce qu'il a dit tout bas ?

Les autres haussèrent les épaules en signe de dénégation.

— Le capitaine Boileux est mort, chuchota Joan avec un sourire malicieux. Un souci de moins à régler.

***

À la feuille de score avait été jointe une annexe qui présentait l'itinéraire suivi par la Coupe sur Sarmajor. Les Éclaireurs découvrirent avec appréhension le trajet défini par les organisateurs.

Mais ils eurent une agréable surprise.

Le départ serait donné le surlendemain sur Fillis, l'île la plus septentrionale. Ils avaient une petite journée de navigation pour la rejoindre. Puis ils gagneraient Élione le jour suivant et rouleraient jusqu'à Satyn, la plus grosse ville de la région. Ils avaient de la chance : Satyn se trouvait à peine à deux heures de route du phare où vivait le père de Naëli.

— On vogue jusqu'à Fillis demain, puis on rallie Satyn le jour suivant, se réjouit Sayan. De là, on gagne le phare. Ce qui veut dire qu'on retrouve Naëli dans moins de deux jours !

— Si elle s'en est sortie, grimaça Joan.

Sayan le foudroya du regard, avant de pointer le trajet sur la carte et de poursuivre comme si de rien n'était :

— Et, cerise sur le gâteau, on pourra reprendre le départ de la Coupe le lendemain sans problème. L'étape nous laisse une nuit de repos à Satyn, on aura largement le temps de faire l'aller-retour !

Joan et elle se mirent à commenter fébrilement le parcours. La suite les faisait traverser Magenta Un, la plus longue des îles de Sarmajor, sur laquelle se trouvait Midellan, la capitale de la Principauté. Un trajet de deux jours, après quoi ils devaient gagner l'archipel du Sud, et effectuer une brève étape maritime pour achever le parcours de Sarmajor.

Puis ce serait la fin de la Coupe.

L'étape décisive du retour à Sarkoth, où se terminait l'épreuve. Joan et Sayan étaient surexcités. Ils venaient de réaliser qu'il y avait finalement une chance pour qu'ils finissent la course. Ils avaient presque perdu espoir. L'*Once* était dans un sale état, mais Sayan avait réussi à effectuer quelques réparations d'urgence. En espérant que ça tienne...

Un grincement sonore, assorti d'une violente secousse, doucha leurs ardeurs. Le visage de Molly se crispa de manière inquiétante.

— Un orage approche, grimaça-t-elle. Cela fait déjà un moment que l'océan bouge. Ce n'est qu'une question de temps avant qu'il ne soit sur nous. J'espère que la Cijena a prévu un plan de secours, ou les nefs des concurrents vont s'écraser dramatiquement contre les piliers de la plateforme.

Elle ne croyait pas si bien dire.

Quelques minutes plus tard, le personnel de la station vint les chercher et les invita à faire pénétrer leur navire dans un vaste hangar à bateaux avec les autres vaisseaux de la Coupe. Alors qu'ils exécutaient la manœuvre, les pontons d'amarrage et les rampes d'accès situés à l'aplomb de la plateforme se replièrent dans une série de cliquètements mécaniques. Ils s'abritèrent un à un à l'intérieur du puissant pilier central qui s'enfonçait profondément dans la mer.

— Fascinant, ne put s'empêcher de remarquer Joan, impressionné par le monstre de métal.

L'*Esturgeon* s'inséra finalement dans le corps de la plateforme, et la lumière du jour laissa place aux éclairages artificiels. On annonça aux participants qu'ils avaient été rapatriés à l'intérieur en attendant que l'orage passe, et qu'il allait falloir arrimer très solidement les bateaux aux ancrages de la plateforme pour leur éviter de se briser contre ses parois.

— Dieu merci, grommela Molly. Ce ne sont pas des conditions pour être livrés à la merci des éléments.

Les concurrents eurent le droit de se balader où ils voulaient sur la station. Peu décidèrent de le faire, car la tempête malmenait tellement la pauvre structure qu'il était difficile de mettre un pied devant l'autre sans tanguer. Mais la curiosité de Sayan et Joan était plus forte, et ils entreprirent immédiatement d'en visiter tous les recoins. L'endroit était encore plus vaste qu'ils ne l'avaient imaginé. Ils découvrirent le zeppelin de la Cijena dans un immense hangar, des rangées infinies de couloirs, et même plusieurs postes de pilotage. Ce n'est qu'une fois arrivés au sommet de la station qu'ils tombèrent sur des hublots solidement ancrés dans la façade.

Ils risquèrent un œil à travers. Dehors, la tempête faisait rage. Des vagues de plusieurs dizaines de mètres se ruaient à l'assaut de la plateforme, engloutissant ses ponts dans leur colère terrifiante, et faisant vibrer ses murs à chaque choc. La station était ballotée par l'intempérie, oscillant lentement de droite à gauche, maintenue par son titanesque flotteur.

Joan et Sayan trouvaient ce chaos follement amusant.

Pas Molly et Yadriel. Lorsqu'ils retournèrent à bord de l'*Esturgeon*, leurs compagnons se démenaient pour empêcher le navire d'aller percuter les vaisseaux des concurrents. Les humeurs capricieuses de la plateforme faisaient danser la valse aux différents bâtiments. Les deux amis tentaient d'arrimer solidement l'*Esturgeon* au moyen de puissants bras de fer accrochés aux murs de la station, mais l'exercice était complexe.

Joan et Sayan accoururent pour leur porter assistance, et rapidement, l'*Esturgeon* se stabilisa. Mais pendant qu'ils s'activaient, d'autres concurrents peu scrupuleux profitaient de la situation. Sous leurs yeux effarés, le cuirassé du *Marteau-de-sang* décrivit un court arc de cercle et vint frapper de plein fouet le bateau des Aïeules, l'écrasant contre le bord de la cuve. L'infortuné navire percuta la paroi avec fracas, et résista un bref instant à la pression exercée par le *Marteau-de-sang*, mais il ne tint pas plus d'une poignée de secondes. Le cuirassé le broya impitoyablement, et l'esquif ravagé sombra dans le fond de la cuve.

Par chance, aucun des membres des Aïeules ne se trouvait à bord au moment de l'incident.

Ou par malchance.

Car l'équipe du Marteau-de-sang n'aurait pas osé agresser physiquement l'un de ses opposants. C'était contraire aux règles, et lui aurait valu la disqualification. Alors que là, les bandits se contentèrent d'évoquer un « regrettable incident ».

Personne ne fut dupe, mais le mal était fait, et il n'y avait aucune preuve, hormis des témoins qui seraient jugés parti pris car ils étaient tous des coureurs. Alors que les Éclaireurs observaient la scène, abasourdis par la violence et la mesquinerie de l'acte, Molly pesta avec véhémence.

— Qu'ils aillent pourrir en enfer. Heureusement que nous n'avons pas fait l'erreur de tous quitter le navire. Je vous le promets, nous allons leur faire regretter leurs agissements criminels.

***

Le lendemain, l'orage était passé. La mer s'était calmée, et les concurrents purent prendre le départ pour Fillis. L'équipe des Aïeules était sous le choc de l'agression dont elles avaient été les victimes. La Cijena avait conclu à un accident, et avait grassement dédommagé ses membres, mais la course était finie pour elles.

Chacun des participants l'avait compris : si la traversée jusqu'à Sarmajor avait été calme, il n'y aurait plus de cadeau à présent. Ce serait la Principauté la plus meurtrière, qui verrait la lutte la plus sauvage.

La guerre était déclarée.

Que le meilleur gagne.

3

Lana'zad était la matriarche d'une famille de raies mantas qui n'appréciait rien autant que la beauté des choses. Lors d'un périple dans la mer du septentrion, elle lança un défi à ses frères et sœurs : façonner la plus splendide œuvre qui soit, depuis le fond marin jusqu'à la surface des eaux. Les raies se mirent à l'ouvrage, et un chapelet d'îles fantastiques vit le jour. Mais Lana'zad ne put se décider à nommer une gagnante, car chacune des créations était unique et méritait la victoire. L'archipel devint un immense monument à la gloire du génie artistique des raies.

Sept créatures, sept créateurs, le mythe de Sarmajor

— Chauffard !

Joan leva un bras pour signifier qu'il n'avait que faire des insultes. Le camion qu'il venait de doubler à plein régime était d'une lenteur monumentale, et avait une tenue de route déplorable. De quoi faire perdre de précieuses minutes à un concurrent trop prudent.

Le jeune homme n'en revenait pas.

Le réseau automobile était complètement saturé. Sur Sarmajor, la législation professionnelle prévoyait une journée de repos obligatoire par mois *a minima*. Mieux valait rester chez soi à ce moment, parce que la circulation était tout bonnement chaotique. Et il avait fallu que la Coupe tombe pile ce jour-là !

Encore, si les routes avaient été coupées pour permettre le passage des concurrents. Mais non, le trafic était aussi intense qu'à l'accoutumée. Joan était sûr que les organisateurs l'avaient fait exprès.

Un coup tordu à la Yoklavin Seth.

Cela faisait plusieurs heures qu'il s'évertuait à slalomer entre des véhicules plus lents que des escargots. Les audacieux écarts qu'il avait dû réaliser lui avaient tiré des sueurs froides.

Il remit les gaz une fois son dépassement achevé. Il avait déjà perdu trop de temps. Mais il n'eut pas l'occasion d'aller bien loin. À quelques centaines de mètres, la route disparaissait sous la densité de la circulation.

Oh non !

Un bouchon. Joan connaissait assez bien le pays pour savoir que la voie était toujours encombrée à l'approche du pont qui reliait les îles de Fillis et d'Élione. Mais en évaluant sa position, il comprit aussi que le ralentissement qu'il y avait là était bien plus long que d'habitude ! Il pesta en amenant le *Loup-de-mer* à l'arrêt derrière la colonne de véhicules.

Vérole et boulon.

Il fallait qu'il trouve une astuce pour éviter cet encombrant obstacle. Il pouvait bien essayer de tracer au milieu des voitures, mais il détestait ça. C'était bien la seule chose qui lui déplaisait dans la conduite : les autres usagers. Il n'avait aucune confiance en eux, et craignait toujours les mouvements hasardeux d'un inconscient. Il suffisait d'un simple écart pour mener à la catastrophe.

Et parce qu'il n'aimait pas ça, il ne s'était jamais réellement entraîné à la conduite dans ces conditions. C'était sa seule faiblesse.

Alors qu'il se morigénait pour n'avoir jamais travaillé cet aspect de la course, un bolide survolté fusa à côté de lui et s'engagea au milieu de la colonne de véhicules.

— Ben alors, je croyais que c'était chez toi, par ici ? ironisa la voix de Sayan dans un hurlement moqueur.

Joan ouvrit de grands yeux effrayés.

Cette femme était complètement malade.

Une folle. Avec Molly, elles faisaient la paire. Elle fonçait à toute allure entre les engins à l'arrêt. Heureusement que l'état de l'*Once* s'était amélioré grâce aux réparations de fortune de la mécanicienne — ce qui avait d'ailleurs permis à Yadriel de reprendre sa place dessus.

Il grimaça.

Peut-être qu'elle était tout simplement plus courageuse que lui.

Bon, il n'avait pas vraiment le choix. Il devait le faire, même si l'angoisse allait rendre sa maîtrise incertaine. Alors qu'il s'apprêtait à suivre l'*Once-d'Ébène*, un klaxon tonitruant retentit derrière lui. Il interrompit sa manœuvre juste à temps pour éviter le terrifiant truck bardé de fer de la *Scie-à-viande*. Il agitait de manière menaçante des dizaines de lames autour de lui en faisant rugir son klaxon sans discontinuer, droit vers le ralentissement.

Le message était limpide.

« Dégagez, ou vous serez écrasés. »

Les autres conducteurs n'eurent pas besoin de réfléchir pour comprendre. Ils s'écartèrent en catastrophe pour ménager une voie royale au centre du bouchon, dans laquelle la *Scie-à-viande* s'engouffra.

Suivie de très près par une voiture profilée et élégante. Pêché mortel, les aristocrates d'Ys. Ils venaient de sauter sur une providentielle opportunité.

Le sang de Joan ne fit qu'un tour.

Il se rua lui aussi dans le passage ouvert par *la Scie-à-viande* avant qu'il ne se referme. Le terrifiant véhicule poursuivit son manège pendant un long moment, et finit même par rattraper l'*Once-d'Ébène*, qui s'écarta prudemment pour lui laisser la voie libre. Pas la peine de risquer la disqualification — ou plutôt la destruction — violente et sans appel.

Non loin du pont, d'inquiétantes sirènes se mirent à retentir. Joan savait parfaitement ce qu'elles signifiaient.

C'était la cavalerie.

Les autorités de contrôle routier de Sarmajor. Les règles étaient strictes sur la Principauté, et même la Coupe n'était pas au-dessus des lois. La police d'ici était réputée incorruptible, contrairement à beaucoup d'autres Principautés.

Ça, Joan le savait, et c'était un atout sur lequel il comptait s'appuyer. Il se rangea discrètement dans la file de véhicules et indiqua à Sayan de faire de même.

Quelques instants plus tard, la *Scie-à-viande* était encadrée par les deux-roues des autorités et forcée de s'immobiliser. Le sinistre engin orné de crânes tenta de résister, mais comprit vite que c'était inutile. Il perdrait encore davantage de temps. Il fut amené à l'arrêt et, cerise sur le gâteau, la voiture de Pêché mortel qui se trouvait juste derrière fut interpellée dans la foulée.

Joan retint un cri de victoire.

Imbéciles.

Ils en avaient pour un bon moment. Pas de privilèges ou de corruption, par ici !

Le *Loup-de-mer* repartit doucement. Joan prit garde à bien respecter le code de la route, et passa devant les concurrents immobilisés avec un sourire goguenard. L'*Once* le suivait de près. Quelques minutes plus tard, les deux engins gagnaient le pont en direction d'Élione.

Et la circulation se dégageait enfin.

***

C'est à moins d'une lieue de Satyn que la catastrophe eut lieu. L'*Once-d'Ébène* poussa un rugissement violent et dérapa avec force, projetant sa conductrice et son passager dans les fourrés qui bordaient la route. L'engin crissa un long moment, déstabilisé, avant de venir s'abîmer dans un fossé étroit, où l'un de ses moteurs auxiliaires prit feu.

Sayan peina à reprendre ses esprits. Elle aperçut vaguement Joan s'immobiliser non loin, alerté par le vacarme. Puis son regard s'emplit de panique, et elle se mit à trembler. Sous ses yeux embués, l'*Once-d'Ébène* en proie aux flammes vivait ses derniers instants.

— Non !

Elle quitta le buisson qui avait amorti sa chute en grognant de douleur, avant de boitiller vers l'*Once-d'Ébène* avec l'énergie du désespoir. Elle devait stopper la catastrophe. Il le fallait, elle…

Les bras puissants de Yadriel la ceinturèrent pour l'empêcher d'aller plus loin. Elle émit une protestation stridente en tentant de se dégager, mais il était déjà trop tard.

L'*Once-d'Ébène* explosa dans une gerbe de flammes.

4

« Je suis la Maîtresse Aelia Coursevague de Sarmajor. Je suis actuellement le plus jeune membre du cercle des Maîtres, ayant repris la place d'un Maître décédé il y a plus de cinquante ans. Le manque de communication entre les Maîtres et le déclin progressif des forces de l'Eau à la faveur de l'industrialisation me peine. Je cherche à rassembler notre communauté et à renforcer sa cohésion ; j'ai donc entrepris un voyage pour récolter les témoignages des autres Maîtres. »

Le témoignage de la Maîtresse Coursevague

Les côtes d'Élione étiraient leurs falaises indolentes dans la distance, illuminées par l'éclat cramoisi du crépuscule.

L'endroit n'avait pas changé. Debout dans la cabine de pilotage du *Nautilus* qui paressait à fleur d'eau au large du rivage, Naëli était perdue dans ses pensées.

Cela ne faisait qu'une poignée de mois qu'elle avait quitté sa terre natale, mais elle y revenait changée en profondeur, comme si des années avaient passé. Ce qu'elle avait vécu depuis le début de la course était si intense en émotions qu'elle aurait pu remplir une existence entière avec. De nouveaux amis, de nouveaux ennemis, des dangers à n'en plus finir, une épopée haletante qui l'avait fait mûrir considérablement.

En observant ainsi le lointain paysage où elle avait passé la majeure partie de sa vie, Naëli eut l'impression d'avoir grandi trop vite. Élione lui apparaissait aujourd'hui petite, médiocre. Maintenant qu'elle avait parcouru le vaste monde, elle se demandait comment elle avait pu se contenter d'un espace si restreint pendant tout ce temps. Comment elle avait pu avoir peur de découvrir d'autres horizons.

Était-elle toujours la jeune fille qui avait quitté la protection de Sarmajor en appréhendant avec angoisse les périls du monde extérieur ?

Perdue dans ses considérations identitaires, elle n'avait pas vu le *Nautilus* s'approcher de la terre.

— Nous allons suivre la côte vers le sud, comme tu me l'as indiqué, précisa la voix de Jérémy dans son dos. Il fera bientôt nuit. Es-tu sûre de pouvoir retrouver l'endroit dans l'obscurité ?

Naëli hocha la tête sans se retourner, un sourire amusé sur les lèvres.

Évidemment.

S'il y avait bien un lieu que l'on pouvait retrouver à n'importe quelle heure du jour et de la nuit, c'était chez elle. Alors que les ténèbres envahissaient l'horizon, une lueur distante se mit à clignoter doucement. Naëli leva un bras et annonça d'un ton serein :

— C'est là-bas.

***

En posant le pied sur la terre d'Élione, Naëli éprouva un vif sentiment de sérénité. Elle observa longuement le phare qui se tenait devant elle, solide comme le roc, téméraire figure dressée face à l'océan.

Elle poussa un soupir d'aise.

Elle était chez elle, ici.

En sécurité.

Avant même qu'elle ne fasse un pas vers le bâtiment, une silhouette bigarrée émergea de sa base. Elle serrait entre ses doigts un long bâton et une grosse lanterne. Elle scruta avec attention les inconnus et leur étrange vaisseau, l'air méfiant.

— Qui va là ?

L'homme se figea d'un coup. Puis il laissa choir tout ce qui occupait ses mains. Les lunettes qui pendaient au bout de son nez manquèrent de glisser sur le côté, victimes de sa stupéfaction. Il tenta d'articuler un mot, mais pas un son ne sortit de sa bouche. Naëli sentit son cœur se serrer, et elle se précipita en avant.

— Papa !

Des larmes perlèrent sous ses paupières lorsqu'elle sauta dans les bras de son père. Abasourdi, il enlaça mécaniquement sa fille, incapable de la moindre parole, tandis qu'elle laissait libre cours à son rire et à ses larmes entremêlés.

Toute sa réflexion sur le vaste monde et l'étroitesse de son foyer s'effondra d'un coup. Elle réalisa que malgré tout ce qu'elle avait pensé, il n'y avait rien de tel que d'être chez soi. Elle n'aurait jamais cru qu'il serait si bon de se retrouver dans l'étreinte protectrice de son père. Tous deux restèrent un long moment immobiles. Lui caressait doucement les cheveux de sa fille, et elle profitait de cet instant éphémère de bonheur partagé. Jérémy demeura en retrait, respectueux de l'intimité de leurs retrouvailles.

En réalisant qu'ils n'avaient pas l'intention de bouger, il finit toutefois par se racler la gorge avec discrétion. Le père de Naëli écarta les bras et afficha un sourire joyeux.

— Tu as beaucoup de choses à me raconter.

Sa mine se transforma d'un coup, prenant subitement un air faussement sévère.

— La première étant de m'expliquer pourquoi tu reviens dans un navire étrange accompagné d'un inconnu encore plus suspect !

***

— Voilà, tu sais tout.

Les doigts du père de Naëli étaient crispés sur sa tasse de rhum, en écho parfait à la paralysie spectaculaire qui avait figé l'ensemble de son visage. L'histoire que Naëli venait de lui présenter l'avait visiblement choqué. D'autant qu'elle mettait en scène sa fille, mais également feu son épouse.

Le silence qui régnait dans la cuisine où Naëli et lui s'étaient isolés était pesant. Il finit par avaler sa salive et se lever pour aller se servir un nouveau remontant.

— Alors récapitulons, articula-t-il lentement. Tu as trouvé un vieux bouquin dans une forêt, puis une créature est apparue dans l'océan pour t'annoncer que tu appartenais à une communauté de… de magiciens ?

— D'hydromanciens, corrigea Naëli. Mais oui, nous faisons de la magie.

Elle n'avait jamais parlé de ses pouvoirs avec son père. C'était un secret que seul Joan connaissait avant la Coupe. Pour prouver ses dires, elle façonna un courant en puisant dans l'eau de la carafe posée au centre de la table. Elle le fit tourner un instant dans les airs, avant de le ramener dans le récipient.

Son père vacilla — heureusement, il venait de regagner sa chaise.

— Tu as des pouvoirs magiques.

Il secoua la tête bêtement et répéta :

— Tu as des pouvoirs magiques.

Naëli se planta face à lui, agacé qu'il reste focalisé sur ce point.

— Essaye d'admettre ce que tu viens d'entendre. Tu peux faire ça pour moi ?

Son père pinça les lèvres, puis hocha la tête.

— J'ai appris que ces pouvoirs étaient contrôlés par une instance supérieure, les Maîtres de l'Eau, déclara Naëli en répétant ce qu'elle avait déjà dit plus tôt. Maman faisait partie de ces Maîtres, d'ailleurs. Le problème, c'est qu'ils ont été éliminés par un mystérieux ennemi qui se fait appeler « La Murène ».

— Pour qui travaillent les Princes marchands, compléta son père d'un ton plus que dubitatif.

Naëli hocha vigoureusement la tête.

— C'est elle qui est derrière le récent coup d'État qui a ébranlé les Sept Principautés. Tu es sûrement au courant : le Prince Gavranti et le Prince Vesperil ont éliminé leurs concurrents, avec l'aide de la femme de notre dirigeant disparu, le Prince Fergus. Mais ils ne sont que des pions dans le plan de La Murène. C'est elle qui tire les ficelles. Elle veut en finir avec les pouvoirs de l'Eau, qui sont déjà affaiblis par l'industrialisation.

— Et elle utilise les gardes du corps de la Cijena et les pirates pour arriver à ses fins, réagit son père avec une grimace. Ainsi qu'une équipe de la Coupe.

— C'est ça, répondit Naëli d'une voix posée qui se voulait pédagogue. Ceux-là récupèrent les hydromanciens. Enfin, récupéraient, car les pirates et l'équipe de traîtres ont été éliminés.

Le souvenir d'Aminata et des félons qui l'avaient utilisée hantait toujours ses pensées.

— La Murène draine les pouvoirs qui maintenaient en vie les anciennes civilisations des elfes et des nagas, poursuivit-elle en se mettant à faire les cent pas.

Elle avait volontairement omis de parler de son séjour à Ortanck. Son père devait déjà absorber suffisamment d'informations comme ça.

— Seul le dernier Maître encore en liberté, le plus puissant, peut s'opposer à elle.

— Ah oui, acheva son père, dont le scepticisme avait laissé place à l'ironie. L'empereur des elfes.

Avant ce soir, il pensait que les elfes étaient des créatures de légende. Il devait toujours le penser, d'ailleurs.

Naëli observa son père d'un regard triste. Elle comprenait bien qu'il la trouve folle à lier. Avant d'y être mêlée, cette histoire lui aurait paru complètement abracadabrante à elle aussi.

Elle soupira longuement.

C'était inutile.

Malgré les preuves qu'elle lui avait présentées, il ne la croirait jamais. Elle l'aimait du fond de son cœur, et ne souhaitait rien d'autre que le convaincre de la vérité, mais elle se rendait compte qu'elle ne faisait que perdre son énergie.

Elle retourna s'asseoir et prit les mains de son père entre les siennes.

— Merci de m'avoir écoutée. Tu ne crois sûrement pas grand-chose à ce que je te raconte, mais c'est gentil d'avoir entendu ce que j'avais à dire.

Il hocha gravement la tête. Puis elle quitta la pièce pour le laisser à son fond de verre. Le malheureux semblait complètement déboussolé, c'était trop dur de rester dans la même pièce que lui. Elle devait le laisser digérer l'information seul.

Elle rejoignit Jérémy qui avait décidé de monter au sommet du phare pour assister au lever de soleil. Elle gravit l'escalier quatre à quatre pour grimper jusqu'à la lanterne. Son ami était là, fasciné par le spectacle de l'aube naissante, les yeux perdus dans le lointain.

— Ah, Naëli ! s'exclama-t-il en la voyant apparaître. Te voilà.

Naëli le salua d'un hochement de tête las, et vint s'adosser à la lanterne à côté de lui.

— Pas sûre que mon père accepte mon histoire... Je me demande si j'aurais dû lui dire la vérité. Ça semble tellement le dépasser.

Elle se laissa glisser au sol.

— De toute manière, ça n'a guère plus d'importance. Ma quête a échoué. En même temps, qu'est-ce que je pouvais faire, moi ? Je ne connaissais même pas l'existence des hydromanciens avant la Coupe. Je me suis fixé trop de responsabilités, quelle idiote !

— Hum, répondit simplement Jérémy.

Naëli haussa un sourcil.

— En attendant, tu as récupéré en douce l'un des grimoires de l'empereur pour apprendre tout ce que tu peux en matière de cryomancie. Ce n'est pas vraiment le comportement de quelqu'un qui a abandonné.

Naëli ouvrit la bouche, mais ne parvint pas à répliquer.

Parce que Jérémy n'avait pas tort. En partant du Valhas, elle avait jugé bon d'emprunter l'un des volumes qui traitaient de cryomancie, et n'avait pas cessé d'apprendre et de s'entraîner depuis. Elle avait même déjà presque fini de lire ses centaines de pages, qui offraient un fascinant condensé d'informations sur la maîtrise de la magie de la glace. Si bien qu'elle apprivoisait d'ores et déjà cette forme de magie, avec une facilité et une rapidité déconcertantes.

C'était certainement grâce à la qualité du savoir dispensé par le grimoire de l'empereur. Et tout cela faisait renaître un fol espoir en elle. Mais elle n'avait pas encore osé se l'avouer.

Elle n'eut pas le temps de répondre à Jérémy, car l'écho d'un moteur lointain chatouilla ses oreilles. Elle chercha immédiatement du regard la source de la perturbation.

Au loin, les lumières de deux bolides à deux roues éclairaient la piste qui conduisait au phare.

L'excitation gagna Naëli.

C'était eux.

Déjà !

5

L'un des plus gros défis de la course est de savoir gérer les temps morts. Les concurrents les plus endurants ne sont pas les stars qui passent occasionnellement sous les feux de la rampe, mais les coureurs de fond constants dans leur progression, parce qu'ils savent se ménager des pauses sans être exceptionnels. La Coupe autorise les participants à faire ce qu'ils veulent de leur temps libre. Les meilleurs en profitent pour se détendre, s'amuser… Et repartent ainsi régénérés.

Nejim Palador, L'épreuve

— Alors, tu t'en es tirée, canaille ! gronda Sayan en serrant la tête de Naëli contre sa poitrine, lui frictionnant le crâne d'un geste plus violent qu'autre chose. Je savais que tu leur glisserais entre les griffes !

La jeune fille se dégagea avec difficulté, prise de vertiges. Les Éclaireurs venaient de passer une heure à lui témoigner leur affection de manière plus ou moins brutale, et elle était un peu submergée. Surtout que Sayan n'y allait pas de main morte…

Joan était plus discret, mais elle avait lu dans son regard un grand soulagement. Il était heureux qu'elle lui soit revenue saine et sauve.

Elle cligna des yeux pour reprendre ses esprits, et le sourire réapparut sur ses lèvres. Elle était incapable de s'en départir depuis qu'ils étaient arrivés. Elle était si contente de les revoir !

— Allez, ça suffit, maintenant, implora Yadriel en riant de bon cœur. Nous avons beaucoup de choses à nous dire.

Naëli approuva, et invita ses amis à la rejoindre dans la salle à manger du phare pour une séance d'explications approfondies. Elle entreprit de relater son aventure une nouvelle fois, et dut faire face à une foule de commentaires bruyants de la part de ses compagnons. Ils réclamèrent une quantité de détails ahurissante sur Ortanck et le Valhas. De quoi lui donner mal à la tête ! Elle dut interrompre leurs interrogations pour poser ses propres questions.

— Et vous ? demanda-t-elle. Comment s'est passée la suite de la Coupe ? Et pourquoi diable êtes-vous arrivés avec le *Loup-de-mer* et un véhicule des Dieux de la Piste ? Où est l'*Once-d'Ébène* ?

Les Éclaireurs échangèrent des regards gênés.

— L'*Once* n'a pas survécu, déclara tristement Joan. Elle a explosé avant Satyn.

Naëli porta la main à sa bouche. Elle comprenait mieux pourquoi les Éclaireurs semblaient partagés entre la joie et le chagrin.

— Nous avons eu de la chance de tomber sur Ethan pour finir l'étape, poursuivit Joan. Il a gentiment accepté de nous emmener jusqu'ici.

Le jeune membre de l'équipe des Dieux de la Piste, qui avait assisté à leur échange depuis le début en sirotant une tasse de thé fumant, leva une main pour signifier qu'il n'y avait pas besoin de le remercier.

Naëli mit à moment à réaliser ce qu'il s'était passé.

— Alors la Coupe est... terminée ? grimaça-t-elle.

Joan opina sombrement.

Apparemment, il s'était déjà fait une raison.

— On va déclarer forfait à Satyn demain, déplora-t-il. On devrait finir en dixième place, c'est honorable pour une équipe qui participe à la Coupe pour la première fois.

Son ton peiné tranchait avec ses paroles résignées. Naëli ressentait sa déception.

— Attends un peu que Molly apprenne ça, grommela le jeune homme. Elle va nous faire la peau.

La vieille dame devait encore être en route, car l'*Esturgeon* était censé les retrouver ici.

Naëli se mordit les lèvres. Elle savait bien qu'il aurait été complexe de poursuivre la Coupe avec toute cette histoire de complot. Avec toutes les responsabilités qui lui incombaient. Sans parler de la difficulté croissante de l'épreuve !

Mais elle ne pouvait s'empêcher d'être triste.

Ils avaient déjà manqué d'être éliminés à Galbi ; c'était la deuxième fois que leur rêve prenait brutalement fin.

— Si vous aviez un véhicule de rechange, rien ne vous forcerait à abandonner, déclara alors Ethan qui était resté silencieux jusqu'à maintenant.

Joan se tourna vers lui.

— Tu penses à un véhicule d'ici, de chez nous ?

Il secoua la tête avec fatalisme.

— Je n'en ai pas d'autres, et Naëli non plus. Nous avions tout misé sur le *Loup-de-mer* et l'*Once-d'Ébène*.

Ethan sourit d'un air bienveillant.

— Non, ce n'est pas ce que j'avais à l'esprit. Je pensais plutôt à mon propre bolide.

La déclaration laissa planer sur l'assemblée un silence de plomb. Chacun se figea en essayant d'imaginer ce qu'impliquait la proposition d'Ethan.

— Non, finit par protester froidement Joan. Ça signifie que les Dieux de la Piste abandonnent la course. Je refuse de poursuivre sans vous pour me tenir tête !

Ethan émit un rire amer.

— Depuis qu'on a tenté de m'enlever sur Galbi, je ne fais que me cacher pour ne pas mettre mes équipiers en danger. Après l'incident, j'ai pensé qu'on pourrait faire comme si de rien n'était, mais Tikken le Terrible n'a pas lâché le morceau. Il a fait inspecter le navire des dizaines de fois ! Tu avais raison, Naëli, la Coupe est dangereuse pour les hydromanciens. Je peux à peine utiliser mes pouvoirs pour aider mes compagnons. Et du coup, nous avons dégringolé dans le classement sur l'étape de Nirvûn. Mon équipe est sur la corde raide.

Il poussa un lourd soupir.

— Tu parles d'une course, grimaça-t-il. J'ignore pourquoi on te laisse tranquille, Naëli. Je pensais que ce serait pareil pour moi... Mais visiblement, ce n'est pas le cas.

Il afficha une moue résignée.

— Ce qui est sûr, c'est que nous ne tiendrons pas jusqu'au bout. Nous sommes tous épuisés, et je n'en peux plus de me cacher. Alors autant vous rendre service, non ?

Le visage de Joan était crispé dans une expression d'horreur profonde. Le pauvre garçon n'arrivait pas à prononcer un mot.

Ethan s'approcha de lui et posa une main sur son épaule.

— Si vous gagnez la Coupe, ce sera en défendant nos couleurs. Nous vous soutenons à présent à cent pour cent.

Joan secoua dramatiquement la tête.

— Je...

— Moi, ça me va, se réjouit Sayan.

Elle s'empressa de tirer de sa veste la feuille de score de la dernière étape. Comme les Éclaireurs pensaient avoir fini la course, elle n'avait pas pris le temps de la consulter. Elle se plongea dans une lecture attentive du décompte des points.

De son côté, Naëli hocha la tête, à moitié convaincue. Au fond d'elle-même, elle était partagée entre deux objectifs. Depuis qu'elle apprenait la cryomancie, elle avait envie de rejoindre le Maître Seyunal pour se mettre en quête d'Hydropolis. Ce n'était même pas qu'une envie : elle le voyait presque comme un devoir. Peut-être qu'avec ses nouvelles compétences, elle pourrait elle-même réveiller l'empereur. Ce n'était pas si fou !

Mais Joan la tuerait si elle le laissait tomber maintenant alors qu'une formidable opportunité s'offrait à eux. Elle lui avait promis...

— Je... hésita-t-elle. Le Maître Seyunal est parti pour Hydropolis. Je pensais...

Sayan l'interrompit brusquement en brandissant le récapitulatif des scores devant les yeux de ses compagnons.

— Arrêtez tout ! La Cijena a modifié la fin de l'itinéraire de la Coupe. Il faut que vous lisiez ça.

Elle posa le papier sur la table.

Le contenu de la note qui était jointe à la feuille de score glaça le sang de tous les individus présents. Et régla d'un coup l'épineux dilemme de Naëli.

La Coupe était censée s'achever à Ys, son point de départ, mais ce n'était pas ce qui était écrit. Les deux lettres du mot « Ys » avaient été remplacées par dix caractères d'or.

« Hydropolis ».

***

Joan, Sayan, Yadriel, Naëli et Ethan repartirent pour Satyn quelques heures plus tard. Il avait été décidé que Jérémy attendrait

Molly et l'informerait de la situation. Puis il embarquerait à bord de l'*Esturgeon*, et tous deux retrouveraient le reste de l'équipe à Fahra. C'était le point final de la course terrestre, situé au sud de Magenta Un, l'île principale de Sarmajor.

Quant à Ethan, ils allaient le ramener à Satyn auprès de ses compagnons, avant de prendre le départ de la prochaine étape. Son bolide était aménagé pour pouvoir transporter trois personnes, le trajet ne posait pas de problème.

Au moment de partir, Naëli embrassa son père, resté à l'écart. Il observait toute l'agitation qui ébranlait son phare d'un air ahuri, comme si tout cela le dépassait totalement. Elle déposa un baiser affectueux sur sa joue.

— Merci pour tout ce que tu fais pour moi, papa. Je te rendrai fier, je te le promets.

Il lui sourit tendrement, avant de la prendre dans ses bras.

— Je n'ai pas tout saisi dans ton histoire, déclara-t-il avec amusement. Mais j'ai compris que ça te tenait à cœur. Et c'est tout ce qui compte pour moi.

Il desserra son étreinte, et planta son regard dans celui de sa fille.

— Tu n'as pas besoin de gagner la Coupe, ou de chasser ce mystérieux ennemi pour me rendre fier. Je suis déjà si fier de toi.

Les yeux de Naëli s'embuèrent, et elle se blottit à nouveau contre lui. Elle avait un père formidable.

Non loin, Ethan avait pris Joan sous son épaule, et s'était penché vers lui d'un air de conspirateur.

— Bien, maintenant, écoute-moi.

Il baissa la voix.

— Le *Loup-de-mer* a été un très bon véhicule jusqu'ici, mais il ne tiendra pas le choc pour l'affrontement final. Vous empruntez déjà l'un de nos bolides ; prenez l'autre. Je peux prévenir mes compagnons dès notre arrivée à Satyn, ils n'y verront aucun inconvénient. Faites-nous honneur en remportant la Coupe avec.

Joan afficha un sourire de gratitude. Mais il secoua la tête pour refuser l'offre.

— Merci de nous sauver de la perte de l'*Once*, Ethan. Mais je souhaite que si nous gagnons, ce soit avec nos engins. Même si on les trouve rustiques. Je n'ai pas le choix pour l'*Once*, mais je garde le *Loup-de-mer*.

Ethan rigola, et croisa les bras contre sa poitrine.

— Tu es vraiment un coureur d'exception, toi. Tu mérites cette victoire !

6

Sarmajor est la Principauté qui compte le plus d'îles : on en dénombre plus de cinq mille. Son climat tempéré et sa qualité de vie en font un archipel agréable à vivre, qui connaît une véritable explosion démographique depuis plusieurs années. Son réseau routier est le plus dense des Sept Principautés et ses œuvres culturelles fascinent le monde entier. La Principauté a fait le choix d'accueillir tous les étrangers pour les intégrer ; mais si la richesse de sa diversité raciale, ethnique et confessionnelle contribue grandement à son rayonnement, les habitants historiques tirent la sonnette d'alarme quant au respect des traditions et à la dilution des identités régionales. Le gouvernement les a entendus et a mis sur pied un programme de valorisation et de communication autour des cultures locales.

L'Encyclopédie des Sept Principautés

Reprendre la course eut un drôle d'effet sur Naëli. Son séjour à Ortanck puis au Valhas lui avait fait perdre le rythme de la compétition. Mais elle choisit d'oublier ses autres tracas une fois arrivée sur la piste de départ. Pour fixer sa concentration, elle détailla les derniers concurrents.

Des vingt premiers arrivés à Port-Fou, à la fin de Galbi, il n'en restait que huit. Les plus menaçants, comme la Scie-à-viande et le Marteau-de-sang, étaient toujours de la partie, tout comme les sournois aristocrates de Sarkoth, Pêché mortel, ou les mystérieux Gardiens Gris. Il restait également l'équipe de gremlins, Dormir sur son tas d'or ; les autoritaires Sœurs de la Lumière ; et le farouche groupe du Drakkar-de-l'effroi. Les Dieux de la Piste avaient abandonné le matin même, suivant les directives d'Ethan. Ils s'étaient montrés plus soulagés qu'autre chose tant leur situation était devenue précaire : ils avaient subi des interrogatoires poussés de la part de Tikken, à la recherche de l'hydromancien qui lui avait glissé entre les doigts, et une série de fouilles en règle, qui les avaient mis dans un état nerveux déplorable.

Ils avaient donc déclaré forfait, pour le plus grand bonheur de Sayan, qui avait pris avec un ravissement proche de l'extase les commandes du bolide d'Ethan. Laisser à titre gracieux son véhicule à une autre équipe était peu protocolaire, et ils avaient dû s'expliquer auprès de Yoklavin Seth quelques instants plus tôt, mais l'homme n'avait pas été difficile à convaincre. L'abandon d'une équipe championne à la faveur d'une autre bien moins connue était un véritable scoop qui allait rapporter gros à la Cijena. Le porte-parole de la Cijena y avait tout de suite vu son intérêt.

Et puis, si l'on se référait aux strictes règles de la course, rien n'empêchait de changer de véhicule en cours de route, ni de récupérer celui d'un concurrent à l'abandon.

Naëli fut tirée de ses réflexions par le coup de feu marquant le départ de l'étape. Le *Loup-de-mer* bondit en avant en rugissant et entama immédiatement un solide corps-à-corps avec les autres sous les vivats d'une foule en liesse. La population de Sarmajor était flattée d'abriter la dernière partie de la course.

C'était le moment le plus exaltant.

***

Pour rejoindre Magenta Un depuis Élione, les coureurs devaient emprunter la Route Céleste, une construction majestueuse qui reliait l'archipel du sud à celui du nord par d'audacieuses courbes s'élevant au-dessus des flots. C'était une succession de ponts magnifiques, bâtis dans un matériau à la solidité éprouvée, sur lesquels circulait une route entourée de parois de verre qui avait été inaugurée à peine deux ans plus tôt. C'était l'une des structures les plus techniques des Sept Principautés, tant par sa longueur que par sa résistance aux éléments. Mais elle était vite apparue cruciale pour Sarmajor, dont les plus grosses difficultés de développement étaient liées à un territoire très insulaire. Établir des connexions fiables entre les îles était l'un des enjeux clefs de la politique de la Principauté. Et le coût exorbitant de la Route Céleste était lentement rentabilisé grâce aux droits de péage conséquents qui étaient demandés pour son utilisation.

Naëli et Joan l'avaient déjà empruntée de nombreuses fois pour se rendre à Midellan, la capitale. Ils connaissaient bien le trajet — et savaient aussi parfaitement combien il coûtait. Cependant, à leur grande surprise, la traversée ne fut facturée à aucun concurrent. La Cijena avait décidé de prendre en charge les frais pour l'ensemble des participants. Un geste gracieux qui saurait lui assurer une image positive, pour un coût modeste vu le peu de coureurs encore en lice.

Le temps était radieux et la traversée des ponts révéla un spectacle splendide. Les côtes de Magenta Un se découpaient dans la distance, tandis qu'une mer paisible étalait ses remous en contrebas. Les coureurs purent profiter de la vue à travers les parois transparentes. Le décor était tout simplement magique.

La Route Céleste aboutissait à l'aplomb de la baie de Midellan. On pouvait observer de loin l'immense phare qui se dressait au milieu de la mer et la fièvre de modernité qui agitait la capitale. Les infrastructures se chevauchaient dans une danse endiablée, personnifiant avec pertinence le rythme effréné de la cité.

La Coupe ne s'y arrêtait pas.

D'un côté, c'était une chance, parce que la circulation dans la métropole était tout bonnement apocalyptique. D'un autre côté, Naëli et Joan auraient bien aimé montrer la majesté de Midellan à Sayan et Yadriel. La ville aux mille canaux baignait dans les eaux claires de la baie, embellie de stades et d'édifices historiques qui abritaient universités, centres de recherche et académies culturelles. Elle n'avait pas volé son titre de cité des arts et des sports.

Ce fut presque à regret que Joan et Naëli s'engagèrent sur la grande route qui traversait Magenta Un de part en part. Le crépuscule pointait le bout de son nez, et ils n'avaient pas de temps à perdre. Ils étaient déjà bien en retard sur le reste des concurrents…

Par chance, Sayan et Yadriel avaient foncé loin devant. Le bolide des Dieux de la Piste était apparemment une véritable merveille, qui allait trop vite pour qu'ils décident de voyager ensemble — le *Loup-de-mer* les aurait tous ralentis. Ce qui devrait leur assurer un résultat correct, même si la compétition commençait à se faire très rude. Il ne restait plus que les coureurs les plus redoutables, et les Éclaireurs donnaient le meilleur d'eux-mêmes pour rivaliser.

En espérant que ce soit assez.

Cette étape durait deux jours. Et il n'était pas question, comme sur Nirvûn, de se ménager du repos. Là, tout se jouait sur la vitesse. Joan avait bon espoir de parvenir à Fahra, le terme du parcours, dès le lendemain midi. Pour ça, ils allaient devoir rouler de nuit. La dernière fois que Naëli et lui s'y étaient essayés, sur Galbi, ça ne leur avait pas vraiment réussi… Mais ils n'avaient pas le choix.

Et puis, c'était chez eux, ici. Ils connaissaient les raccourcis. Une chance que Sarmajor soit l'aboutissement de la course. Ou presque.

Naëli avait du mal à se concentrer.

Elle anticipait la suite avec anxiété.

Hydropolis.

7

L'hydromancie est la plus commune des trois disciplines de la magie bleue. C'est l'unique forme de magie capable de s'éveiller d'elle-même, sans entraînement préalable. Elle est tout à fait accessible aux novices de n'importe quel peuple, même si les nagas ont toujours eu plus de facilités à la prendre en main. Elle s'appuie sur la maîtrise de l'eau dans son état liquide, à des fins principalement utilitaires, comme influer sur le cours du torrent, générer des vagues, ou encore créer des bulles artificielles en manipulant les molécules d'eau.

Le Grimoire Englouti

Les coureurs rejoignirent Fahra le lendemain en milieu de journée. Ils étaient épuisés, mais fiers de leur performance. Car si le *Loup-de-mer* était arrivé avant-dernier, Sayan et Yadriel avaient fait beaucoup mieux avec le deux-roues phosphorescent des Dieux de la Piste.

— Ce bolide est juste incroyable, s'extasia Sayan alors que l'équipe se réunissait sur la jetée de la ville. Il fonce à toute allure et possède une maniabilité extraordinaire ! Il est ramassé, profilé, et sa forme cylindrique permet de réduire au maximum la prise au vent et les chocs. Une merveille. Je veux le même.

À cet instant, un hurlement tonitruant retentit sur la jetée. Tous les regards se tournèrent vers la silhouette qui fonçait vers eux comme une furie.

— NAËLI !!!!

La jeune fille eut à peine le temps de se préparer à recevoir Molly dans ses bras. La vieille dame lui sauta au cou, manquant de la faire tomber à la renverse, pour la couvrir de mille baisers. Les autres observèrent les deux amies s'étreindre d'un air attendri.

— J'ai vraiment cru que tu étais perdue ! rouspéta finalement Molly, une fois remise de ses émotions, d'un ton faussement grognon qui ne trompait personne. On arrête de se faire enlever, à présent ! C'est un ordre !

Les Éclaireurs éclatèrent de rire.

Il était bon de se retrouver tous ensemble.

Molly les mena ensuite jusqu'à l'*Esturgeon*, où Naëli lui narra son histoire, avant de parler du reste du parcours et de la sinistre destination de la Coupe. Jérémy les rejoignit discrètement, en prenant garde à ne pas se faire remarquer. Mais la furtivité était devenue une seconde nature pour lui.

— Hydropolis, grommela Molly. On ne sait même pas où c'est. Comment diable est-on supposés trouver une ville dont on ne connaît pas la localisation ?

Naëli haussa les épaules.

— J'imagine qu'ils vont nous révéler ces informations une fois arrivés à Thrym, à la fin de l'étape de Sarmajor.

Molly afficha une moue perplexe.

— Espérons…

Elle retourna à ses cartes.

— Rejoindre Thrym ne va pas être du gâteau. Il va falloir traverser le chapelet d'îles du sud de Sarmajor le plus vite possible. Et cette zone est connue pour sa navigation dangereuse. Plein d'écueils dissimulés sous les remous de l'océan, et des courants contraires qui ont coûté la vie à de nombreux marins. Il va falloir être prudents…

Elle maugréa de plus belle.

— Tu devrais dire aux autres de prendre du repos, et en faire autant. Départ à l'aube.

***

— Attention !

Le hurlement de Sayan fut salvateur pour Naëli. Elle se baissa instinctivement, et quelque chose d'aussi menaçant que colossal passa à un cheveu de son crâne.

La jeune fille sentit une sueur froide couler le long de son dos. L'*Esturgeon* avait pénétré dans une vaste grotte sombre creusée par la mer sous une île. Un rapide raccourci, qui était censé leur permettre de prendre de l'avance sur les autres. Mais qui cachait forcément un obscur danger... qui venait de se manifester.

— Qu'est-ce que c'était ? murmura Naëli dans le silence épais de la caverne.

— Aucune idée, répondit Sayan tout bas. Mais plus vite on sortira d'ici, mieux ce sera. Essayons de ne pas faire plus de bruit. Si nous avons affaire à des bêtes, la meilleure stratégie, c'est de ne pas attirer leur attention.

Naëli avala sa salive et se concentra sur l'issue de la grotte qu'on apercevait loin devant. Elle était illuminée par l'éclat du soleil, mais paraissait encore très éloignée.

La tension était palpable sur le pont de l'*Esturgeon*. À côté de Naëli, Yadriel raffermit sa prise sur sa hampe. Lui non plus n'était pas serein. Aux commandes, Molly dirigeait le navire, aiguillée par les observations de Joan qui lui indiquait les rochers et les remous susceptibles de mettre en péril la navigation.

Dans l'obscurité, on ne voyait pas grand-chose, et il était primordial que ces deux-là puissent se concentrer. Alors qu'ils progressaient, de nouveaux mouvements se firent sentir sur la surface des eaux. D'abord lointains, puis de plus en plus proches. La caverne s'anima d'étranges chuintements.

Les Éclaireurs étaient de moins en moins rassurés.

— Je... Et si j'allumais une fusée ? proposa Sayan d'un ton hésitant.

Yadriel émit un grognement incertain.

— Pas terrible pour passer inaperçu.

Il grinça des dents.

— Mais on ne sait pas ce qui bouge autour de nous, et c'est dangereux, je n'aime pas l'idée d'être pris de court. Vous en pensez quoi ?

Joan et Molly acquiescèrent vaguement, absorbés par leur tâche.

— Euh... Vous êtes sûrs ? grimaça Naëli.

Elle pinça les lèvres. Elle n'était guère emballée.

Mais si ses amis estimaient que c'était mieux...

— D'accord, vas-y, Sayan.

La jeune mécanicienne courut chercher une fusée, qu'elle alluma sur le pont de l'*Esturgeon*. Une lumière rouge éclaira la grotte, révélant sa voûte rocheuse.

Et tout autour, de titanesques créatures velues aux pattes immenses. Des araignées d'eau, de plus d'une dizaine de mètres de haut. Il y en avait toute une bande.

— Vous pensez toujours que c'est une bonne idée ? balbutia Naëli, au bord de la panique.

La fusée retomba dans l'eau, et sa lueur s'éteignit froidement. Les créatures, qui n'avaient jusqu'alors pas bougé, émirent des cris aigus. Elles se repéraient aux ondes propagées à la surface, et venaient d'être dérangées dans leur repos. Elles n'avaient pas l'air d'apprécier ça.

L'un des monstres avança vers l'*Esturgeon*. Les éclaireurs l'entendirent se déplacer à très grande vitesse sur les flots. Il passa à un mètre du bateau, sans le voir, et fonça vers la sortie de la grotte.

Derrière, d'autres araignées semblaient se mettre en mouvement. Si elles suivaient toutes la première, l'*Esturgeon* n'avait pas une chance d'y réchapper.

— Naëli ! cria Molly, un brin de panique dans la voix. Tu peux nous tirer de là rapidement ?

La jeune fille était tétanisée par la vision que la fusée avait révélée. Les têtes géantes des créatures agitant leurs effrayantes mandibules hantaient son esprit, pétrifiantes.

— Naëli ! hurla Sayan.

L'heure n'était plus à la discrétion.

Alors qu'on la secouait comme un pruneau, la jeune fille émergea de sa stupeur.

La grotte venait de s'éveiller, les araignées avaient commencé à avancer.

Et elles allaient vite.

Une série de solutions traversa l'esprit paniqué de Naëli. Alors que les monstres s'approchaient, elle tendit le bras en catastrophe et provoqua une violente secousse à la surface des eaux. Une vague puissante se forma derrière l'Esturgeon, tenant brièvement en respect les créatures.

Puis la mer se rua en avant.

Naëli porta la vague sous le navire, qui fit un bond en avant.

— Wooooah !

Les compagnons de Naëli tombèrent à la renverse.

— Molly, la barre ! cria la jeune fille.

Mais la navigatrice était restée cramponnée au gouvernail. Les dents serrées, elle positionna le bateau dans le bon sens et vint surfer sur la violente poussée de la vague, en direction de la sortie. L'issue de la grotte était mince, et la vague portait l'*Esturgeon* très haut.

Trop haut.

Avec horreur, Naëli réalisa que le navire allait s'écraser contre les stalactites qui affleuraient du toit caverneux.

Sous les hurlements terrorisés de l'équipe entière, le bateau passa à un millimètre de l'obstacle, et émergea de la grotte à une vitesse folle. Il fut propulsé avec la force d'un torrent enragé et glissa sur la vague qui s'affaissa rapidement pour le laisser filer jusqu'à l'océan.

Juste derrière lui, la bande entière de monstres surgit de la caverne. Les créatures avaient été prises de panique suite au passage des Éclaireurs, et elles couraient à présent en tous sens, complètement désorientées, entre la multitude de pitons rocheux qu'il y avait à cet endroit.

— C'est pas fini ! gronda Molly en constatant qu'ils n'étaient pas encore tirés d'affaire.

Elle actionna les moteurs du navire et le poussa entre deux écueils, avant de suivre un itinéraire hasardeux pour tenter d'échapper aux monstres. Son adresse était mise à rude épreuve. Mais après plusieurs virages soigneusement maîtrisés, elle parvint à quitter le territoire chaotique et à se débarrasser ainsi des créatures.

Elle n'eut pas le temps de souffler.

Au détour du piton suivant, l'*Esturgeon* tomba sur trois concurrents qui se livraient à une bataille sans merci. L'impressionnant drakkar de Nirvûn était presque collé au destroyer du Marteau-de-sang. Quelques mètres devant, le petit vaisseau de l'équipe de gremlins, Dormir sur son tas d'or, avançait à vive allure.

Les Éclaireurs manquèrent d'entrer en collision avec le premier bateau, qu'ils n'évitèrent que grâce à une manœuvre désespérée de Molly. L'*Esturgeon* vira en catastrophe. Alors qu'ils tentaient de s'éloigner, ils entendirent une puissante détonation.

Le *Marteau-de-sang* venait de faire feu sur le drakkar.

À bout portant.

La poupe du vaisseau nirvûnite explosa dans une déflagration de tonnerre, endommageant au passage une bonne partie du navire de son agresseur.

Les pitons rocheux avoisinants semblèrent alors s'animer d'un coup. D'autres araignées d'eau plus monstrueuses que les premières surgirent des voûtes creusées dans les falaises et s'agitèrent elles aussi en tous sens, affolées.

— Mais c'est pas vrai ! rugit Molly, furibonde.

Elle s'arqua sur la barre pour virer à tribord, évitant de justesse l'un des monstres.

Le vaisseau gremlin, à bâbord, manqua de réactivité. Une araignée le faucha violemment. Ses pattes abîmèrent une partie de la structure du bâtiment et elle s'effondra sur elle-même sous l'impact, chutant dans l'onde claire. Elle sombra immédiatement.

— Leurs pattes sont hydrophobes, elles repoussent l'eau, mais ce n'est pas le cas du reste de leur corps, même s'il est très léger ! comprit Sayan.

Elle n'eut pas le loisir de poursuivre son analyse.

Derrière, le combat entre le *Marteau-de-sang* et le *Drakkar-de-l'effroi* avait pris une tout autre tournure. Les participants en étaient venus aux armes sans prêter attention aux monstres qui les entouraient, visiblement emportés par la colère. Un second coup de canon retentit.

Le boulet tiré par le *Marteau-de-sang* déchiqueta une autre partie du drakkar. Le navire était condamné, à présent. Il allait sombrer dans cette baie, c'était inéluctable. Ses occupants semblaient avoir abandonné l'idée de sauver leur vaisseau. À la place, ils avaient choisi de se ruer à l'abordage du destroyer pour faire partager à leurs agresseurs leur terrible destin.

— Arrêtez ! hurla Naëli depuis le gaillard d'arrière de l'*Esturgeon*. Ils vont se tuer, ajouta-t-elle à l'intention de ses compagnons.

— On ne peut rien pour eux ! gronda Molly qui tentait d'échapper aux pattes d'un nouvel insecte — car les araignées d'eau, malgré leur nom, étaient des insectes. De toute façon, ce sont des concurrents violents, ils méritent bien ce qui…

Naëli n'entendit pas la suite. Elle observa avec effroi l'une des créatures se ruer sur les deux navires, et s'écraser sur le pont du *Marteau-de-sang*, en plein sur le canon qui avait déjà tiré deux fois.

La poudre prit feu immédiatement.

Le *Marteau-de-sang* et le *Drakkar-de-l'effroi* explosèrent à l'unisson, dans une déflagration monumentale, soufflant dans le cataclysme corps et biens. Le carnage se refléta longuement dans les yeux épouvantés de Naëli.

Joan était également pétrifié par la vision d'apocalypse. Les épaves des deux bâtiments n'étaient plus que des carcasses carbonisées qui s'enfonçaient lentement sous la surface de l'océan.

— Molly, suis l'autre équipe ! ordonna Sayan dans un hurlement péremptoire.

Elle venait de repérer une étrange traînée verte derrière le navire des gremlins qui avait miraculeusement réussi à se tirer d'affaire.

— Ils répandent un tensioactif pour réduire la tension superficielle de l'eau, et ainsi empêcher les monstres de marcher dessus !

Aucun des Éclaireurs n'avait la moindre idée de ce dont elle parlait. Mais ça avait l'air très malin, et elle avait raison : les araignées d'eau qui touchaient le produit dérapaient et sombraient au fond des mers.

Molly n'hésita pas une seconde.

Elle plaça l'*Esturgeon* dans le sillage du vaisseau gremlin endommagé, et poussa les moteurs à fond. Le navire passa entre les insectes affolés qui coulaient dès que leurs pattes parvenaient en contact du liquide. Et quelques minutes plus tard, les Éclaireurs quittaient la scène de carnage.

Sains et saufs.

8

« Je réponds au nom de Mallaé Fusillaine, et je suis la Maîtresse de Sarkoth. Je suis l'archiviste du cercle des Maîtres : je protège les anciens textes qui détaillent l'histoire de l'Eau, et qui retracent les différents conflits ayant agité notre ordre au cours des siècles. Ces écrits sont précieux, car ils renferment un savoir unique que le reste du monde a occulté, saisi par la fièvre de la modernité. Leur valeur est inestimable. C'est pourquoi il est crucial de les protéger. »

Le témoignage de la Maîtresse Fusillaine

— Bon débarras, grogna Molly. Le *Marteau-de-sang* n'a eu que ce qu'il méritait.

Naëli frissonna à nouveau. Cela faisait plusieurs heures qu'ils avaient assisté à la scène de destruction, mais les images continuaient à tourner en boucle dans sa tête. Et même si elle savait qu'une partie des victimes étaient des forbans sans foi ni loi, elle ne pouvait s'empêcher d'éprouver un profond malaise. La mort avait frappé si soudainement, si vite…

Et puis, les équipiers du *Drakkar-de-l'effroi* étaient peut-être de braves gens, eux. Elle ne les avait pas connus. C'était trop tard, à présent.

— Ressaisissez-vous, les jeunes, c'est la loi de la course ! gronda Molly devant l'air désemparé de Joan et Naëli. On en est sortis, c'est le principal.

— On arrive à Thrym ! lança Sayan depuis l'autre bout du navire, une longue vue à la main.

Molly serra les doigts autour du gouvernail, et ses yeux s'étrécirent.

— La fin du périple de Sarmajor, marmonna-t-elle. Profitez bien des derniers instants de calme qu'il nous reste, parce qu'à partir de là, la fin de la Coupe et le complot que nous affrontons vont prendre une tournure beaucoup plus dramatique.

La gorge de Naëli se noua encore davantage.

Lorsqu'ils pénétrèrent dans la baie de Thrym un peu plus tard, ils découvrirent qu'ils étaient les derniers. Les navires des concurrents étaient tous stationnés au large, mouillant paresseusement dans les eaux paisibles de la baie.

Dans le port, une foule compacte s'amassait. Les Éclaireurs furent stupéfaits par la quantité de spectateurs. Apparemment, beaucoup s'étaient déplacés pour cette ultime étape de la course. Il y avait même des dignitaires de Midellan, voire d'Ys, qui avaient fait le chemin pour assister à l'arrivée des participants.

Et que dire des infrastructures mises en place ! Une véritable fanfare accueillait les concurrents, et la ville elle-même semblait avoir été aménagée pour l'occasion. Lorsque l'*Esturgeon* fit son entrée dans la baie, des explosions sonores retentirent, et une pluie de confettis couvrit le ciel.

Un Yoklavin Seth au regard narquois surplombait le décor depuis une plateforme dressée au cœur de la baie, juste en dessous du zeppelin de la Cijena. Il semblait particulièrement excité par l'événement. Ses bras s'élevèrent dans un geste théâtral pendant que les Éclaireurs approchaient de sa position.

— Saluez la performance admirable de l'ultime équipe, les challengers que personne n'attendait sur cette édition de la Coupe : les Éclaireurs ! tonna-t-il d'une voix amplifiée par un savant dispositif qui la faisait résonner dans toute la baie.

Une acclamation fervente suivit sa tirade. Les Éclaireurs écarquillèrent les yeux. Des centaines de personnes saluaient leur arrivée, plus qu'ils n'en avaient jamais vu.

— Une équipe inconnue, sans historique, sans engins d'exception, qui est parvenue à rester en lice jusqu'ici, parmi les six derniers concurrents ! reprit Yoklavin Seth. Ils ont tout bravé sans broncher, et ce n'est que grâce à leur génie et leur maîtrise de la course qu'ils sont parvenus si loin. Auront-ils de quoi triompher des ultimes épreuves ? Qu'on leur réserve un tonnerre d'applaudissements, parce qu'ils le méritent !

La baie tout entière vrombit sous les cris des spectateurs. Puis la première clameur laissa place à un grondement rythmé, lorsque le public se mit à scander leur nom avec enthousiasme.

Les Éclaireurs.

Les Éclaireurs.

Les Éclaireurs.

Ils le répétaient encore et encore, inlassablement.

Les cinq amis étaient abasourdis.

Si on leur avait dit qu'ils connaîtraient un tel succès au début de la course, ils ne l'auraient pas cru. Quel chemin parcouru pour en arriver là !

Ils étaient devenus célèbres.

Leurs prouesses les avaient rendus célèbres.

L'euphorie leur montait au cerveau avec plus de force qu'une éruption volcanique.

— Est-il besoin d'effectuer un classement ? rugit la voix de Yoklavin Seth.

Le public beugla de plus belle.

— Parfait, alors le voici ! poursuivit le présentateur avec un sourire carnassier. Des derniers aux premiers : les Éclaireurs, les fougueux et formidables jeunots de cette neuvième édition, à la sixième place ! Dormir sur son tas d'or, nos fieffés gremlins qui semblent décidément avoir plus d'un tour dans leur sac, cinquième place ! La Scie-à-viande, les brutaux et féroces collectionneurs de crânes, à la quatrième place… précédés par les Sœurs de la Lumière, toujours aussi mystérieuses et autoritaires, avec leur flamboyant galion aux mille vitraux, à la troisième place ! À la seconde place, les Gardiens Gris, qu'on ne présente plus… Ils furent les champions de la septième édition, se pourrait-il qu'ils ajoutent une seconde victoire à leur audacieux palmarès ? Le destin nous le dira… Ce qui est certain, c'est qu'ils sont toujours aussi mystérieux ! D'ailleurs, où sont-ils ?

La barque de l'étrange équipe était si petite qu'elle passait inaperçue au milieu des autres participants. Ce qui tira un rire amusé au porte-parole de la Cijena.

— Ah, les voilà. Bien… Il ne me reste plus qu'à présenter les premiers, les champions du classement actuel : Pêché mortel, les redoutables aristocrates d'Ys ! Ils ont failli ne pas participer à la course cette année, mais leur résultat honorable assure la Cijena qu'elle a fait le bon choix. Après tout, ils sont vainqueurs de l'édition de l'an passé… Seront-ils les premiers depuis Frénésie Convulsion à remporter la Coupe plusieurs sessions d'affilée ?

Il laissa ses paroles flotter un instant dans l'atmosphère avant de conclure.

— En ce qui concerne les éliminations sur cette ultime Principauté, on notera la disparition du Marteau-de-sang, terrible et impitoyable équipe avalée par la fureur de l'archipel, l'abandon des Biches, les sournoises amazones qui se sont frottées à plus malins qu'elles, et surtout le forfait des Dieux de la Piste, grands vainqueurs de la troisième édition qui ont achevé les parcours de toutes les autres sessions depuis, entrant systématiquement dans le top dix ! Leur abandon est inexpliqué, c'est un véritable coup de tonnerre qui ébranle cette neuvième édition !

La foule parut à nouveau prête à s'embraser, mais Yoklavin Seth coupa court à la rumeur d'un revers de bras.

— Mais il n'est pas encore temps de regarder en arrière, annonça-t-il d'un ton mielleux. Car il reste une dernière étape. Une ultime épreuve, pour différencier les meilleurs parmi les meilleurs. Cher public, cette année, le parcours de la Coupe a été modifié pour vous offrir un spectacle grandiose… Nos concurrents ne se rendront pas à Ys, mais sur la toute nouvelle cité édifiée par les Princes marchands. Et pour vous la présenter, je laisse la parole à celle qui saura le mieux vous en parler…

Un personnage mince à la mine arrogante fit son apparition aux côtés de Yoklavin Seth, qui s'effaça d'une révérence gracieuse. C'était une femme au visage angulaire, avec une longue robe de satin aux reflets bleutés.

Ymelda Fergus, maîtresse temporaire de Sarmajor depuis que son époux le Prince marchand avait disparu.

— Cinq années, articula-t-elle lentement.

Sa voix était sèche et rauque.

— Cela fait cinq années que la construction de cette cité a été lancée, continua-t-elle posément. Cinq années à cultiver le mystère et l'anonymat, pour offrir au monde la plus grandiose des surprises. Aujourd'hui, c'est enfin terminé. L'ensemble des Sept Principautés va pouvoir découvrir la majesté de la plus noble et fascinante des constructions jamais entreprises par notre civilisation. La Coupe va poursuivre son chemin jusqu'à notre nouvelle ville itinérante, capable de parcourir des lieues sur les mers, sous les mers, et même dans les airs…

Elle ouvrit grand les bras.

— …Hydropolis !

La foule avait retenu son souffle. La surprise était en effet colossale. Mais après une seconde de silence stupéfait, elle explosa.

Et cette fois, la baie de Thrym elle-même sembla vaciller sous le choc. Ymelda Fergus dut attendre que les choses se calment pour reprendre d'une voix douce.

— En raison du secret ménagé jusqu'à présent et des impératifs logistiques, les places pour assister à l'arrivée de la Coupe et à l'inauguration d'Hydropolis sont chères. Seuls quelques élus pourront y accéder ! Mais le jeu en vaut la chandelle, je puis vous l'assurer… Il suffira de s'adresser à n'importe lequel des relais de communication du groupe Fergus.

Molly cracha au sol.

— Sélectionner le public qui peut assister à l'arrivée de la course… grogna-t-elle. Alors voilà comment on récompense les passionnés. Par l'argent. Le divertissement pour les plus riches.

Naëli ne l'écoutait qu'à moitié.

Elle était focalisée sur les mots de la régente de Sarmajor.

Hydropolis, une ville itinérante ? Comme Altor'Narac ?

Les paroles d'Ymelda Fergus étaient pleines d'insinuations menaçantes. La cité était présentée comme un havre pour les riches, mais quel but plus ténébreux avait-elle ? C'était là qu'étaient emprisonnés tous ses alliés…

Alors que les acclamations de la foule se transformaient en un mugissement scandalisé, les Éclaireurs échangèrent des regards angoissés. Les paroles de la dirigeante de Sarmajor ouvraient de nombreux questionnements. Mais dans le fond, elles ne changeaient rien à leur situation.

Les dés étaient jetés.

Hydropolis serait la fin de l'aventure.

PARTIE 8 : HYDROPOLIS

1

Les pièges de la Coupe sont de tous types, mais les plus redoutés sont les énigmes. Il s'agit de défis qui mettent à l'épreuve la logique et la capacité de raisonnement des coureurs. Ces tests sont ceux qui coûtent le plus cher en cas d'erreur. Et ce sont ceux qui font que la Coupe est une épreuve complète sous tous les aspects.

Nejim Palador, L'épreuve

— Enfin un peu d'air frais, soupira Jérémy avec aise. Je commence vraiment à trouver la cale de l'*Esturgeon* petite. Vivement qu'on en finisse... J'ai du mal à vivre caché.

Naëli acquiesça doucement, et posa sur son ami un regard plein de sollicitude. Jérémy était bien brave de continuer à naviguer avec eux alors qu'il devait rester enfermé dans la cale la majeure partie du temps. Ce n'était qu'une fois l'équipe seule, en pleine mer, qu'il pouvait montrer le bout de son nez. Comme en cette morne matinée où les nuages obscurcissaient le ciel.

Le climat de Sarmajor n'avait aucun secret pour Naëli. Le soleil y était plus rare que sur les autres Principautés, et l'archipel était connu pour ses intempéries. Aujourd'hui, le temps était couvert, ce qui annonçait une solide tempête.

Les Éclaireurs avaient pris une brève nuit de repos, pour attaquer la dernière étape de la course dès l'aube. Le départ de Thrym s'était déroulé en grande pompe sous les acclamations fournies du public : les concurrents avaient pris la mer les uns après les autres en fonction du classement, chacun profitant de son heure de gloire en passant l'entrée du port. Les Gardiens Gris et les Sœurs de la Lumière avaient goûté leur succès avec modestie, mais la Scie-à-viande et les gremlins de Dormir sur son tas d'or n'avaient pas caché leur fierté. Quant à l'équipe Pêché mortel, elle avait carrément jeté des fleurs à ses admirateurs.

Les Éclaireurs, pour qui c'était une grande première, avaient été gênés. Leur célébrité en peine explosion était déstabilisante. Bien sûr, c'était agréable, mais ils étaient conscients des dangers que la renommée pouvait engendrer. La Coupe n'était pas encore finie, loin de là. Il fallait rester concentré.

De toute manière, ils eurent vite d'autres choses en tête. La première étant d'identifier le cap à suivre… car les organisateurs n'avaient laissé aucun indice quant à l'emplacement d'Hydropolis.

C'était le clou du spectacle.

Les participants devaient faire face à un ultime défi : trouver une ville itinérante cachée quelque part sur les mers des Sept Principautés sans indication précise, ce qui revenait à chercher une aiguille dans une botte de foin. Tout ce dont ils disposaient, c'était un indice griffonné sur un bout de papier.

Mon pire ennemi est le soleil de midi.

Ça ne les aidait pas beaucoup.

Joan et Jérémy avaient d'abord pensé que la réponse était le Nord, à l'opposé du soleil de midi, justement. Mais ça paraissait trop facile. Bien trop pour la Cijena. Et pourquoi était-il un ennemi ?

Tous deux avaient donc passé la moitié de la journée enfermés dans la cabine à tenter de percer le mystère de l'indice. Sayan avait essayé de s'y pencher également, mais n'avait pas tenu cinq minutes. Après avoir froncé les sourcils si fort qu'elle avait dû en tirer une douloureuse migraine, elle avait levé les bras au ciel d'un geste exaspéré et était sortie astiquer l'*Esturgeon* pour s'occuper les mains.

Pendant ce temps, Molly avait entrepris de faire tourner le navire en cercles réguliers. C'était plus intelligent que de choisir un cap hasardeux, qui pourrait très bien être la direction contraire de celle qu'il fallait prendre. Par ailleurs, il valait mieux ne pas rester immobile ; l'*Esturgeon* constituerait une cible facile pour des concurrents un peu trop agressifs…

Jérémy avait fini par capituler pour s'accorder une pause bien méritée. Il était sorti prendre l'air sur le pont, et s'était mis à observer les flots en silence avec Naëli, comme ils le faisaient souvent.

— C'est beau aussi, une mer voilée, déclara-t-il avec un soupir. Ça a un charme différent.

Naëli dodelina de la tête. Elle ne partageait pas entièrement son avis. La mer était belle oui, mais lorsque l'océan était agité par les intempéries, elle pensait encore à ce qui était arrivé à sa mère. Et elle ne pouvait s'empêcher d'éprouver un soupçon de frayeur.

Jérémy dut sentir son trouble, car il changea de sujet.

— Que feras-tu une fois arrivée à Hydropolis ? Tu as un plan pour la suite des opérations ?

Naëli grimaça, gênée.

— Je l'ignore encore, répondit-elle. Je... Il faut que je délivre les Maîtres de l'Eau, c'est certain. Et je dois trouver un moyen de réveiller l'empereur de glace. Après... J'imagine qu'il saura quoi faire.

Jérémy resta sceptique.

— Et comment s'y prendre pour délivrer les Maîtres ? Je te signale que nous nous jetons dans la gueule du loup.

Naëli tourna vers lui un sourire radieux.

— J'ai confiance en nous. On trouvera quelque chose.

Puis elle écarquilla les yeux.

— Jérémy... Je pense que j'ai compris ! Mon pire ennemi est le soleil de midi... C'est à coup sûr quelque chose qui a à voir avec la luminosité ! Il faut attendre la nuit, je suis certaine que l'obscurité nous fournira la réponse...

Elle ne croyait pas si bien dire.

De longues heures plus tard, sous la voûte étoilée, une lueur scintillante apparut dans le ciel, se déplaçant lentement en direction du sud-est.

— Le dirigeable de la Cijena, comprit Molly, les yeux étincelants. Il fallait attendre la nuit ici pour démarrer la course. Naëli, tu es un génie !

— Nous avons bien fait d'être patients, se félicita Naëli. Au temps pour ceux qui sont déjà partis dans une mauvaise direction !

***

Le dirigeable de la Cijena les guida toute la nuit. Il avança à allure moyenne, pour finalement s'immobiliser à l'aube naissante juste au-dessus d'une petite île solitaire.

— Bon, eh bien je pense qu'il faut débarquer, déclara Sayan au bout d'une heure d'inactivité. Clairement, le dirigeable ne s'est pas arrêté pour attendre tout le monde, mais parce qu'il y a quelque chose à faire sur ce rocher. Donc à tous les coups, il y a un second indice dissimulé quelque part là-bas.

Les autres acquiescèrent, et une dizaine de minutes plus tard, ils débarquaient sur l'île rocailleuse. Sayan — qui semblait avoir décidé de prendre en main la suite des opérations — ordonna à Yadriel et Joan de fouiller le côté ouest de l'île, tandis que Naëli et elle-même s'occupaient du côté est. Elles explorèrent les environs pendant une bonne heure, avant de tomber sur un promontoire orgueilleux qui se dressait à l'aplomb d'une falaise à pic. Au milieu d'un petit cercle de terre, un ensemble de pierre avait été disposé de manière à former une lettre.

« H ».

— Voilà notre indice ! exulta Naëli. L'îlot est désert, ces cailloux ont forcément été posés ici pour porter un message. C'est le H d'Hydropolis !

Sayan opina.

— D'accord, on a trouvé l'indice. Mais qu'est-ce qu'il veut dire ?

Naëli se gratta le front. Elle n'en avait pas la moindre idée. Elle se mit à fouiller le promontoire à la recherche d'une explication, mais elle ne dénicha pas de seconde information. Seulement d'autres cailloux et des mottes de terre balayées par le vent.

Joan et Yadriel finirent par les rejoindre, mais ils ne se montrèrent pas plus perspicaces.

— Inutile, se lamenta Joan. Il n'y a aucune explication, on perd notre temps ici. Si ça se trouve, ce H est un leurre posé par les organisateurs pour nous induire en erreur.

Il se laissa tomber au sol en tailleur, l'air épuisé. Les autres n'accordèrent aucune attention à son abattement et poursuivirent leurs pronostics. En voyant qu'ils n'avaient pas l'intention de lâcher l'affaire, Joan inspira un bon coup et déclara qu'il avait besoin de se dégourdir les jambes pour réfléchir. Il repartit faire un tour de l'île, à la recherche d'un autre indice.

Ce n'est qu'arrivé sur une petite plage de sable blanc qu'il fronça les sourcils.

Le tracé des rives de l'île était étrangement net. Cette plage semblait avoir été coupée au couteau. Ses formes anguleuses n'avaient rien des contours ondulés qui auraient dû la caractériser.

Et alors, il comprit.

Il remonta en hurlant vers le promontoire, surexcité.

— J'ai trouvé !

Les autres l'observèrent courir vers eux avec stupéfaction.

— L'île est... une carte, haleta-t-il une fois arrivé en haut, le souffle court. Ses flancs... ont été découpés pour former un plan... et le H a été placé sur ce plan pour indiquer la position d'Hydropolis.

Sayan et Naëli ouvrirent de grands yeux ébahis.

Mais elles n'eurent pas besoin de plus d'explications pour comprendre.

— Il faut cartographier l'île, déclara Sayan en extirpant de ses poches un calepin usagé.

Elle en déchira quelques pages qu'elle distribua aux autres.

— Je m'occupe de la partie nord. Naëli, à l'est, Joan, à l'ouest, Yadriel, au sud. On se retrouve sur la rive dans une heure !

L'exercice leur prit moins de temps que prévu. Moins d'une heure plus tard, ils avaient reconstitué la carte dans la cabine de l'*Esturgeon*. Armé d'une loupe, Jérémy scrutait leur ouvrage avec attention. L'ancien secrétaire était le plus à même de percer ses secrets, car il avait longuement étudié les plans de la Cijena au cours de sa carrière passée.

— C'est une carte, finit-il par annoncer d'un air expert.

Naëli leva les yeux au ciel.

— Indéniablement.

— On sait, mais une carte de quoi ? coupa Sayan, tremblante d'excitation.

Ce petit jeu d'énigmes semblait très nettement peser sur ses nerfs.

— Oh, facile, répondit Jérémy d'un haussement d'épaules désintéressé. C'est un plan du triangle des Ophares. Un minuscule archipel perdu au cœur de la mer médiane, à la confluence de la mer du septentrion et de l'océan oriental. C'est un endroit difficile d'accès en raison des très puissants courants qui y règnent. Les bateaux qui s'y aventurent sont rarement retrouvés.

Il s'attarda un instant sur la carte.

— Oui, c'est bien ça. Vous voyez les trois promontoires, là ? Chacun représente une des îles du triangle des Ophares. Je m'étais beaucoup intéressé à cette zone mystérieuse lorsque je travaillais à la Cijena, je la connais par cœur.

Naëli haussa un sourcil étonné.

— Comment peux-tu en savoir autant si l'endroit est si peu connu ?

Jérémy afficha une moue supérieure.

— Être secrétaire de Philas Smogg avait tout de même quelques avantages. Comme l'accès à certaines archives uniques au monde...

— On te fait confiance, Jérémy, intervint Joan qui aurait été impressionné par les connaissances géographiques de Jérémy s'il n'avait pas été aussi tendu par le stress de la course. Quel cap suivons-nous ?

Jérémy tourna vers lui un regard déterminé.

— Plein est.

2

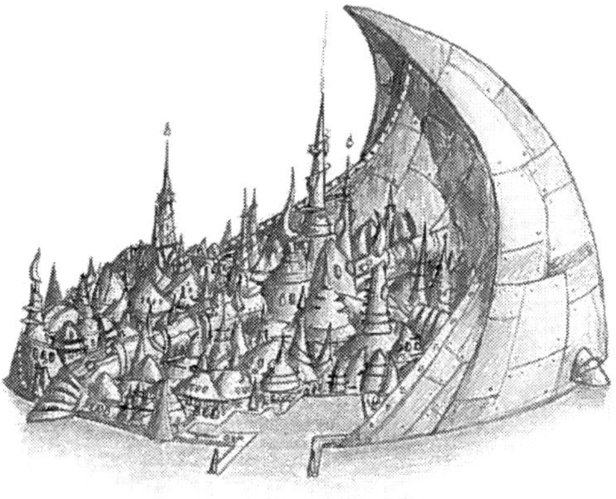

Article 1246 : Le triangle des Ophares. Le lieu est réputé pour échapper aux règles de la physique. Il est dit qu'il recèle un mystère qui dépasse la compréhension mortelle. Il n'en est rien. Le triangle des Ophares n'a rien de surnaturel ou de mystique ; il est régi par les mêmes lois que le reste du monde. C'est une combinaison de courants contraires, de conditions météorologiques particulières et d'accidents naturels, qui rend l'endroit dangereux. Ses énigmes s'expliquent donc rationnellement, elles demandent juste une culture scientifique qui manque à la majorité.

Professeur Hawks, Traité scientifique

Le triangle des Ophares était effectivement particulièrement difficile d'accès. Malgré les connaissances géographiques précises de Jérémy, l'*Esturgeon* faillit passer à côté. Ce n'est que grâce à l'expérience de Molly qu'ils parvinrent à redresser le cap, une semaine après être partis de Sarmajor. La vieille navigatrice reconnut immédiatement les changements de courants, et adapta les manœuvres. Tout l'équipage fut sur le qui-vive pour lui prêter assistance. Ils n'eurent pas le temps de chômer : pendant une bonne dizaine d'heures, ils durent, pour reprendre les termes nautiques de Molly, « ferler les voiles » et les déplier presque aussitôt, faire appel aux moteurs auxiliaires puis les éteindre, faire demi-tour, « louvoyer » pour répondre aux humeurs capricieuses du vent, « choquer puis border les cordages », « abattre de quatre-vingt-dix degrés », puis « lofer » pour enfin retrouver une allure convenable...

Ils commençaient tous à avoir l'habitude du vocabulaire nautique, mais ils durent s'y mettre sérieusement cette fois-là parce qu'ils n'avaient pas une seconde de répit. Lorsqu'ils approchèrent de l'île la plus occidentale des Ophares, ils étaient tous fourbus, et leurs muscles en feu les faisaient cruellement souffrir.

— On y est arrivés, souffla Sayan avec un sourire épuisé mais ravi.

— Et avec brio, répondit Yadriel, soulagé d'être sorti des terribles courants. Je crois qu'on a même réussi à larguer l'équipe qui nous suivait depuis le début de l'épreuve.

— Quoi ? s'insurgea Naëli. Quelle équipe ?

Yadriel afficha un sourire qui se voulait apaisant.

— Oh, je ne vous ai rien dit pour ne pas vous alarmer, mais l'équipe de gremlins nous avait discrètement pris en filature. J'imagine qu'elle n'était pas la seule, je doute fort que d'autres concurrents aient trouvé les solutions aux énigmes de la Cijena aussi vite que nous. Surtout en ce qui concerne les Ophares. Sans Jérémy et son précieux savoir, on n'aurait jamais compris...

— Ne t'inquiète pas pour ça, il y en a d'autres qui ont les moyens d'avoir cette connaissance, grommela Molly. Pêché mortel, par exemple.

Elle pointa le rivage de l'île qui leur faisait face. Un drapeau aux couleurs de Sarkoth flottait triomphalement sur la grève. Les aristocrates d'Ys étaient déjà arrivés.

— Par où allons-nous, maintenant ? demanda-t-elle à Jérémy sans prêter plus d'attention à l'oriflamme.

— Nous devons traverser le triangle pour nous rendre sur l'île méridionale. Le « H » était à cet endroit sur la carte.

Molly approuva gravement.

— Alors en route, ordonna Joan. Nous naviguerons de nuit pour ne pas perdre de temps.

— Je le déconseille fortement, grimaça Jérémy. Il y a une raison pour laquelle les navires disparaissent au milieu du triangle. Et nous sommes tous épuisés. Il serait plus sage de s'arrêter sur l'île pour la nuit.

Joan fronça les sourcils.

— Ce serait mieux, en effet, déclara Naëli avant qu'il ait le temps de répliquer. Je ne me vois pas me battre de nuit contre les courants et tout ce qui se cache là-dedans.

À ces mots, une vibration sourde s'éleva de la poupe de l'*Esturgeon*. C'était le ronflement sonore de Sayan, qui s'était endormie contre le bastingage sans autre cérémonie.

Naëli éclata de rire.

Voilà qui réglait la question.

***

La nuit fut troublée par un concert de bruits inquiétants qui résonnaient à intervalles réguliers dans le lointain. Malgré la fatigue, aucun des Éclaireurs ne prit vraiment de repos. Hormis Sayan, dont les ronflements s'avérèrent tout aussi perturbants que les grondements qui agitaient les ténèbres de la nuit.

Ils repartirent à l'aube, suivant un cap sud-est. Selon l'estimation de Jérémy, ils devraient naviguer toute la journée avant d'atteindre l'île méridionale. Plus, s'ils rencontraient des problèmes inattendus...

Le temps était radieux, mais braver les courants fut encore plus ardu que la veille. D'apparence pourtant paisible, la force des eaux était telle qu'il leur arrivait de reculer alors que les moteurs tournaient à plein régime. Et le vent semblait s'être évanoui, ce qui rendait l'*Esturgeon* entièrement dépendant de la machinerie de Sayan.

Naëli tenta d'utiliser ses pouvoirs pour aider le navire, mais pour la première fois, elle fut impuissante. Elle fut à peine capable d'immobiliser l'*Esturgeon*, et elle manqua de tourner de l'œil tant elle consomma d'énergie dans l'effort. Les flots étaient trop puissants pour elle. Même s'ils étaient ses amis, elle ne pouvait les contraindre. Ils étaient libres, comme elle. Et ils le lui rappelaient clairement.

Lorsque le soleil atteignit son zénith, ils tombèrent sur une carcasse noire dérivant à vive allure. Ils identifièrent rapidement les restes du vaisseau des gremlins d'Hoz, ceux-là mêmes que Yadriel avait reconnus la veille. Naëli poussa une exclamation horrifiée en découvrant l'épave, mais l'océan l'emporta au loin avant qu'elle ait pu la scruter plus attentivement. La seule certitude était qu'il n'y avait aucun survivant.

— Restez concentrés, ordonna Molly qui sentait l'angoisse saisir l'équipage. D'autres ont pu faire de fausses manœuvres, mais l'*Esturgeon* ne faillira pas. Mille forbans, vous avez ma parole que nous sortirons intacts de ce triangle de malheur !

Hélas, nulle île ne se profila à l'horizon au cours de l'après-midi. Pire, ils reconnurent plusieurs fois le même récif sur lequel étaient embrochés les restes d'un vieux galion. Ce qui ne pouvait signifier qu'une chose.

— Nous tournons en rond, gémit Sayan d'une voix catastrophée. Les courants nous ramènent sur nos pas !

— L'après-midi avance à pas de géant, renchérit Jérémy. Si on n'a toujours rien trouvé d'ici le crépuscule, la situation va devenir critique.

Naëli et Joan se mirent à argumenter à leur tour, saisis par l'appréhension. Yadriel tenta de pacifier les choses, mais sans succès. Le pont de l'*Esturgeon* se transforma en une scène de drame.

Jusqu'à ce que la voix tonitruante de Molly ne couvre le tumulte dans un rugissement de tonnerre.

— Silence, moussaillons !

Les autres se turent immédiatement, pétrifiés.

— Je ne tolèrerai pas de crise de panique à bord de mon bâtiment ! On n'a pas le temps pour ça ! Le prochain qui émet une protestation, je le jette par-dessus bord, est-ce que c'est clair ?

Les Éclaireurs se mordirent les lèvres et acquiescèrent gravement.

— Alors chacun à son poste ! aboya la vieille timonière.

Ils s'ébrouèrent et foncèrent se remettre au travail. Leur bataille acharnée contre les courants reprit de plus belle, mais cette fois, leurs efforts finirent par porter leurs fruits. Alors que les feux du soleil couchant illuminaient l'océan, une île apparut à l'horizon.

— Eh bien voilà ! se réjouit Molly. Beau travail !

Elle poussa un soupir de contentement et lança aux autres :

— Yadriel, Joan, Naëli, vous descendez ! Nous touchons au but, les dernières informations se trouvent forcément sur cette île.

Les trois amis opinèrent. Mais ils n'eurent pas le temps de s'exécuter, car une violente secousse ébranla l'*Esturgeon*. Le navire vacilla un instant sous le choc, et son équipage fut projeté au sol. Naëli vit des étoiles danser devant ses yeux, et peina à reprendre ses esprits.

— Qu'est-ce…

Elle réalisa avec étonnement qu'elle ne souffrait aucun dommage. Et pour cause : Joan s'était révélé un amortisseur confortable. Elle se redressa tant bien que mal, avant d'aider son ami à se remettre sur pied. Il poussa un grognement affligé en se massant le crâne.

— Tu pèses ton poids, commenta-t-il sobrement.

Naëli se serait offusquée si Jérémy n'avait pas émergé de la cabine d'un pas chancelant.

— Que… Que s'est-il passé ?

— On a heurté quelque chose, répondit Yadriel.

— Faux ! rétorqua Molly depuis la barre, cramponnée au gouvernail. C'est quelque chose qui nous a heurtés.

Les autres poussèrent des gémissements horrifiés. Mais avant qu'ils aient pu réagir, un cri de panique résonna à bâbord.

— À l'aide !

Sayan.

Les Éclaireurs se ruèrent contre le bastingage. La jeune femme avait basculé par-dessus bord, et les courants l'avaient déjà éloignée de plusieurs dizaines de mètres.

— Sayan ! hurla Molly. Tous à vos postes, il faut qu'on la repêche immédiatement !

Naëli ouvrit de grands yeux catastrophés. Molly avait raison, il fallait agir très vite ! S'ils ne la récupéraient pas rapidement, elle risquait d'être avalée par l'un des typhons qu'ils avaient réussi à éviter jusqu'à maintenant !

— Moteurs à leur puissance maximale ! beugla Molly. Et déployez les voiles, même s'il n'y a pas de vent !

Mais Naëli ne lui obéit pas.

Il était déjà trop tard. Malgré toute la compétence de Molly, le navire n'aurait jamais le temps de virer de bord et de foncer récupérer leur amie.

Elle seule pouvait encore sauver Sayan.

Elle se rua à la poupe de l'*Esturgeon*, et se plongea dans les flots. Dès qu'elle identifia la perturbation causée par la jeune mécanicienne, elle focalisa tous ses pouvoirs dessus, dans une tentative désespérée pour freiner sa dérive.

Mais il n'y avait pas que les gestes anarchiques de Sayan qui agitaient la mer. Des mouvements beaucoup plus importants troublaient la quiétude de l'océan en profondeur.

Le sang de Naëli se glaça dans ses veines.

Il y avait quelque chose, là-dessous.

— Les fonds marins sont habités ! cria-t-elle d'un ton paniqué.

Puis elle serra les dents.

Sayan.

La seule chance qu'elle avait de la sauver, c'était de rester concentrée sur sa tâche. Elle ne pouvait pas se permettre de se laisser aller au désespoir. Elle focalisa toute son énergie sur les courants qui emportaient son amie et parvint à les ralentir un peu.

L'opération épuisait son pouvoir à grande vitesse, mais ce fut suffisant pour que l'*Esturgeon* rattrape la mécanicienne à la dérive. Le navire s'était placé dans le sens du courant et bénéficiait de sa force. Le talent de Molly lui avait fait gagner quelques précieuses secondes.

— Sayan, accroche-toi ! cria Yadriel en lançant une longue corde dans l'eau.

La jeune femme se démena autant qu'elle put pour attraper le lien salutaire. Grâce à un mouvement habile de Molly, elle parvint à s'en saisir, et Yadriel se mit à tirer de toutes ses forces pour la rapatrier à bord.

— Vite ! hurla Naëli.

Les créatures des profondeurs approchaient. Bientôt, elle n'eut même plus besoin de ses pouvoirs pour les sentir. D'inquiétantes nageoires dorsales affleurèrent à la surface des eaux à quelques dizaines de mètres, se rapprochant dramatiquement du navire.

Et de Sayan.

Naëli tenta de les ralentir, mais l'océan ne voulait plus d'elle. Elle avait puisé dans ses dernières forces. Elle ouvrit de grands yeux terrifiés, impuissante, en réalisant que Sayan allait être dévorée.

Il aurait fallu un miracle pour qu'elle s'en sorte…

Quelques instants avant que les monstres n'atteignent son amie, ils sombrèrent d'un coup sous la surface. Naëli sentit un vif mouvement agiter les eaux, comme si une bataille invisible se déroulait en profondeur. Alors qu'elle clignait des yeux, abasourdie, Yadriel hissa finalement Sayan sur le pont.

Naëli sentit le combat continuer un moment sous l'*Esturgeon*. Molly enchaîna une série de manœuvres audacieuses pour amener le navire sur un endroit calme, et s'éloigna rapidement de la zone de danger.

— Me... Merci, hoqueta Sayan en état de choc, tandis que Jérémy lui couvrait les épaules d'une épaisse couverture. J'ai.. J'ai bien cru que c'était fini pour moi.

— L'important, c'est qu'on t'ait tirée de là, lança Molly. Naëli, qu'est-ce qu'il s'est passé ?

L'intéressée poussa un soupir de soulagement en sentant les monstres s'éloigner.

— Je ne sais pas, répondit-elle. Des créatures des profondeurs. Quelque chose les a empêchées de s'attaquer à Sayan. Je pense qu'elles gardent l'île...

Elle s'interrompit brutalement, les yeux rivés sur l'île en question. Un galion doré s'en approchait. Elle reconnut le bâtiment des Sœurs de la Lumière, l'un des derniers concurrents.

Les monstres se ruaient dessus.

Voilà pourquoi ils avaient abandonné la poursuite. Ils avaient trouvé un plus gros gibier. Et sous le regard épouvanté de Naëli, ils passèrent à l'attaque.

Les bêtes semblaient sorties tout droit d'un terrifiant cauchemar. Les plus grosses faisaient la taille d'une baleine, avec un corps couvert de piques et d'écailles noires. Leurs gueules étaient tout bonnement titanesques, capables d'engloutir dix hommes en une bouchée.

Le galion se défendit vaillamment. Les Sœurs de la Lumière poussèrent des cris de guerre et jetèrent des projectiles aveuglants sur leurs assaillants. Elles invoquèrent d'étranges puissances et parvinrent à repousser l'attaque pendant un temps.

Puis l'île frémit.

Ses rives vibrèrent, et ses falaises abîmèrent dans les flots. Comme une terrifiante apparition apocalyptique, elle s'ébranla enfin, pour avancer en direction du galion. Sous le regard tétanisé des Éclaireurs, le rocher se creusa d'une faille gigantesque, dévoilant une véritable gueule garnie de crocs pierreux.

Une vision de cauchemar.

Qui engloutit le navire concurrent dans un fracas titanesque. Une onde monumentale se propagea à la surface des flots.

Molly se prépara au choc. Un tsunami miniature se ruait vers l'*Esturgeon*. Ce dernier encaissa stoïquement la vague, et son équipage dut s'abriter pour ne pas passer par-dessus bord.

Lorsque les Éclaireurs reprirent leurs esprits quelques minutes plus tard, l'océan avait retrouvé son calme. Et l'île terrifiante avait récupéré son aspect inoffensif. Il n'y avait personne, hormis eux, pour témoigner de la disparition totale de la malheureuse équipe des Sœurs de la Lumière.

Ils étaient trop choqués pour réagir. Pendant un long moment, l'*Esturgeon* dériva lentement en direction du sud, porté par des courants plus calmes. Le soleil achevait sa course dans le ciel et bientôt, la lumière se mit à décroître. Alors que les feux de l'astre déclinant illuminaient la mer, Jérémy se décida à parler.

— Voilà donc la raison pour laquelle le triangle des Ophares est si mystérieux, murmura-t-il. Un léviathan surveille la zone.

— C'était un leurre, répondit placidement Molly. Regardez. La vraie île du Sud.

Droit devant, une seconde terre grandissait dans la distance. Molly avait raison, l'île-monstre n'avait été qu'une diversion terrible destinée à broyer ses victimes.

Alors qu'ils approchaient, Naëli sentit une nouvelle perturbation dans l'océan. Un frisson glacé parcourut son échine, mais elle se calma rapidement en réalisant qu'il ne s'agissait pas des monstres. Ces derniers remuaient les flots avec violence, comme s'ils tranchaient dans leur masse liquide. Au contraire, ce qu'elle percevait là était un mouvement qui épousait les eaux. Il était sinueux, fluide.

Avec stupeur, elle reconnut l'énergie de l'Essence de l'Eau, avec qui elle avait communiqué sur Ys, puis que Joan et elle avaient rencontrée sur la Grande barrière de corail des semaines auparavant sous la forme d'un immense serpent aquatique.

Tout devint limpide.

Elle comprit ce qui s'était passé en un éclair.

C'était l'Essence qui avait percuté le navire pour faire tomber Sayan. Elle avait ainsi éloigné les Éclaireurs de l'île-léviathan, et les avait sauvés d'un affreux destin.

Ils lui devaient la vie.

— Merci, souffla Naëli.

La créature s'approchait timidement de l'*Esturgeon*. La jeune fille l'observa onduler dans l'eau claire avec bienveillance, même si elle ne put s'empêcher d'éprouver un sentiment amer. Car depuis leur dernière rencontre, elle avait perdu sa taille de titan, réduite à celle d'un simple serpent de mer. Ce qui ne pouvait signifier qu'une chose : la puissance de l'Eau était à genoux. Il n'en restait plus grand-chose.

Ils devaient se hâter d'arriver à Hydropolis, ou c'en serait fini d'elle. Et sans Essence de l'Eau, plus de Maîtres de l'Eau, plus d'hydromanciens.

Plus de pouvoir.

3

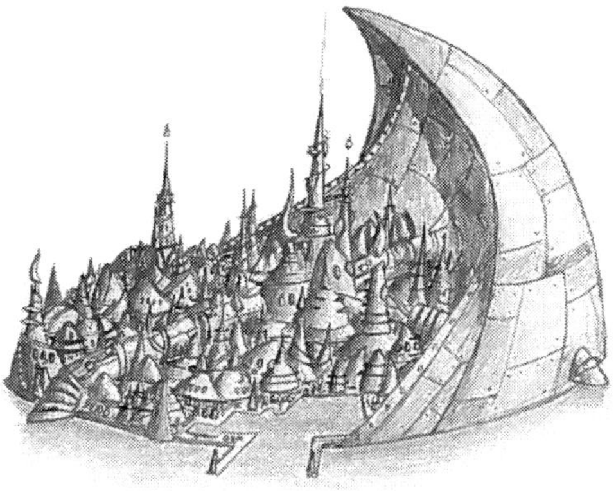

« Mon nom est Anaka Hoelo. J'habite dans un grand manoir sur l'île septentrionale d'Hoz et j'entretiens un commerce florissant avec les établissements privés de La Gantja. Oui, je leur vends des substances psychoactives hautement raffinées grâce à un savant mélange d'hydromancie et d'alchimie. Oui, je fais usage de mon pouvoir pour générer des profits sur de la distribution de produits illicites. Et oui, en effet, c'est très lucratif. Mais je suis le Maître d'Hoz, la Principauté du marché noir… Ai-je vraiment le choix ? Mettez-vous à ma place : n'auriez-vous pas saisi votre chance ? »

Le témoignage du Maître Hoelo

L'île était une surface plate et continue. Un unique relief se dressait en son centre, percé d'une petite grotte. Trouver le troisième indice ne fut guère compliqué. Il avait été gravé sur la paroi rocheuse de la caverne.

« Hydropolis ne se dévoile qu'à ceux qui en payent le prix. »

La figure d'un gremlin à la mine sournoise était sculptée au-dessus du message. En dessous, il y avait une longue série de minces compartiments, qui semblaient tous contenir quelque chose. La plupart avaient été scellés, sauf quatre. Et parmi ces quatre-là, l'un avait déjà délivré son trésor.

— Une cellule par équipe restante, comprit Joan dans un souffle.

Il avait raison : on pouvait lire le nom des groupes encore dans la course à côté des compartiments. Avec la disparition des Sœurs de la Lumière et de Dormir sur son tas d'or, il n'y avait plus que quatre participants en lice. Le compartiment qui avait déjà été ouvert était celui de Pêché mortel. Il restait celui de la Scie-à-viande, celui des Gardiens Gris, et celui des Éclaireurs.

— Nous... nous sommes deuxièmes ? s'extasia Naëli.

— « Hydropolis ne se dévoile qu'à ceux qui en payent le prix »..., répondit Sayan d'un ton sinistre depuis l'autre côté de la grotte. Vous n'allez pas le croire.

Ses compagnons la rejoignirent et découvrirent un espace taillé dans le roc qui permettait d'insérer des pièces.

— Ce n'est pas une métaphore, grinça la mécanicienne. Il faut vraiment payer.

La révélation doucha d'un coup l'enthousiasme de Naëli. Elle cilla, peinant à réaliser. Le prix dont il fallait s'acquitter était élevé. Très élevé.

Prohibitif.

Il fallait insérer dans l'ouverture une vingtaine de pièces d'or. Jamais les Éclaireurs n'avaient eu, ou même vu, une telle somme. Seuls les riches possédaient de l'or.

Le poing de Naëli se crispa.

— Alors c'est ça ? On finit par faire l'ultime différence sur la fortune ?

Joan cogna contre la paroi de la grotte.

— C'est contre les règles de la Coupe ! L'épreuve est faite en dépit de toute considération pécuniaire, hormis le financement des sponsors !

— Pas étonnant que seul Pêché mortel ait réussi à payer, cracha Naëli avec fiel.

— Peut-être qu'on peut essayer de forcer l'ouverture ? proposa Jérémy.

— Je ne pense pas, répondit Yadriel.

Il désigna une forme ramassée dans un coin de la caverne. Un individu gisait là, prostré, un marteau brisé à ses pieds. Son équipement couvert de pointes et de crânes ne laissait planer aucun doute quant à son identité.

— Un membre de la Scie-à-viande, souffla Sayan.

Yadriel s'approcha prudemment et toucha l'homme de sa longue hampe. En l'absence de réaction, il s'accroupit et scruta son visage avec attention. Puis il se releva, un air attristé sur la figure.

— Mort, regretta-t-il. C'est bien ce que je pensais.

— Bien fait pour lui, dit Sayan avec un haussement d'épaules. Pour une fois que cette équipe se rend utile. Grâce à elle, on évitera de se faire zigouiller sur une île déserte, perdue au milieu de l'océan, juste parce qu'on n'est pas assez riches.

Elle regretta ses paroles devant le regard réprobateur de ses amis.

— Bon, d'accord, c'est pas joyeux. Mais qu'est-ce qu'on va faire ?

Yadriel soupira avec amertume.

— Regagner l'*Esturgeon*, d'abord, et expliquer la situation à Molly. S'il y a une décision à prendre, nous la prendrons ensemble. On pourra peut-être tenter de partir dans une direction aléatoire, si on a de la chance, ça pourrait marcher…

Ses amis lui lancèrent un regard sceptique. En silence, ils regagnèrent le navire, où ils annoncèrent la triste nouvelle à la timonière de l'équipe. Molly tempêta plus fort qu'elle ne l'avait jamais fait. Elle se mit même à invectiver la Cijena depuis le gaillard d'arrière, lançant des piques sévères dans la pénombre de la nuit tombée, comme si le dirigeable était juste au-dessus de leur position.

— Silence, ordonna soudain Naëli, alors que la vieille championne hurlait sa haine.

— Quoi, silence ? rugit Molly. Tu trouves ça normal, toi, de sélectionner par l'argent sur une épreuve sportive ? Jamais de toute l'histoire de la Coupe ça n'est arrivé ! Ils ne vont pas s'en tirer comme ça ! Tu vas voir, je vais…

— Silence ! répéta Naëli.

Molly se tut d'un coup, stupéfaite par le ton impérieux de la jeune fille. Cette dernière se concentra alors intensément.

Quelque chose se mouvait dans l'océan, au sud-ouest de leur position. Quelque chose d'immense, qu'elle pouvait sentir de très loin. C'était bien plus gros que le léviathan, et ça faisait un raffut de tonnerre dans l'espace aquatique. Naëli le ressentait au plus profond de son être.

Elle sentait aussi l'irritation des eaux, qui n'appréciaient pas la perturbation. Il ne lui fallut pas longtemps pour comprendre qu'une seule chose pouvait provoquer un tel chamboulement contre nature.

La ville itinérante d'Hydropolis.

Un large sourire apparut sur sa figure.

— On dirait qu'on ne va pas avoir besoin de cet argent, après tout, déclara-t-elle d'un ton réjoui.

***

Naëli pouvait sentir le déplacement d'Hydropolis de très loin. D'ordinaire, le mouvement d'une telle masse aurait immanquablement suscité l'intérêt des eaux. Mais là, elles n'étaient pas qu'intéressées.

Elles étaient enragées.

Une immense souffrance doublée d'une intense colère résonnait profondément en Naëli. Si profondément que son corps lui-même était affaibli. Ses compagnons lui avaient proposé de s'allonger dans la cabine, mais elle avait insisté pour s'asseoir à la poupe du navire et continuer à suivre le trajet. Elle devait guider leur route.

Elle seule pouvait le faire.

Le serpent de mer resta dans le sillage de l'*Esturgeon*, mais il soutint difficilement son rythme. Naëli sentait que la souffrance de la créature était bien plus vive que la sienne. Elle était l'avatar de l'Eau, et le mouvement d'Hydropolis la blessait cruellement.

Les Éclaireurs naviguèrent pendant trois jours. Grâce à Naëli, ils pouvaient même voyager de nuit, car elle n'avait pas besoin de lumière pour se repérer. Ils gagnèrent ainsi un temps précieux. Et par bonheur, le matin du troisième jour, la douleur de Naëli disparut. Hydropolis devait s'être immobilisée.

À ce moment, le serpent de mer s'approcha du navire, l'air exsangue, implorant. Il mesurait désormais moins d'un mètre de long. Naëli demanda à ce qu'on remplisse un bac fixé sur le pont et qu'on le rapatrie à bord. Pendant le reste de la journée, l'animal paressa doucement dans son bassin improvisé, plongé dans une profonde torpeur. Naëli veilla sur lui avec attention. Elle avait de plus en plus de mal à utiliser l'hydromancie, et elle avait compris que la disponibilité de ses pouvoirs était liée à l'état de la créature. Il fallait prendre soin d'elle.

Sayan découvrit le jour même qu'ils étaient suivis, de loin. Les survivants de l'équipe de la Scie-à-viande, qui n'avaient pas non plus pu payer la taxe, semblaient avoir eu l'idée lumineuse de les suivre. Mais ils restaient à bonne distance, aussi les Éclaireurs se contentèrent-ils de les surveiller avec vigilance sans chercher le conflit.

Aux premières lueurs du couchant, une forme indistincte apparut à l'horizon. Alors qu'elle grossissait lentement à mesure qu'ils s'en approchaient, le dirigeable de la Cijena passa au-dessus de l'*Esturgeon*, filant droit sur l'objectif encore lointain.

— Hydropolis, souffla Naëli. On arrive.

Ses amis ne répondirent rien.

L'anxiété était presque palpable sur le pont. Ils n'y étaient pas encore… Et qui savait ce qu'ils allaient y trouver ?

Ils n'eurent pas à se poser la question longtemps, car un autre sujet requit toute leur attention. Devant, un orgueilleux bâtiment voguait paresseusement vers Hydropolis. C'était le navire de Pêché mortel.

— Ils sont étrangement lents, remarqua Yadriel.

— Ils ont dû estimer que personne d'autre n'avait les moyens de finir la course, railla Molly. Ils se pensent débarrassés de la concurrence. Pas de chance pour eux. Les Éclaireurs sont peut-être moins fortunés, mais ils ont plus d'un tour dans leur sac.

— La Scie-à-viande aussi, grimaça le sameda.

Il s'était retourné pour observer ce qui se passait de l'autre côté du navire. À l'approche de la destination finale, l'équipe qui les suivait à distance respectueuse semblait avoir décidé qu'elle n'avait plus besoin d'eux, et les rattrapait à grande vitesse. Ses intentions étaient claires : elle ne partagerait pas la victoire.

Molly pesta et tourna vers l'équipage un regard de feu.

— La partie s'annonce serrée, moussaillons ! Je ne sais pas où sont les Gardiens Gris, mais nous nous battons ici contre les deux dernières équipes en lice ! Il y a fort à parier que nous jouons la victoire de la Coupe des Sept Principautés sur ce coup-là !

Une sourde angoisse saisit l'estomac de Naëli, doublée d'une excitation sans pareille.

— On ne va pas quand même pas laisser un groupe de pompeux aristocrates pleins aux as ou une bande de brutes sans scrupules nous voler la victoire, pas vrai ? poursuivit Molly d'un ton qui relevait presque de la harangue populaire.

Sayan et Joan grondèrent leur approbation à l'unisson. Une étrange fièvre venait de saisir l'équipe.

C'était la fièvre de la course.

La dernière.

Sayan frappa un grand coup contre le mât de misaine.

— Je promets de ne manger que des légumes pendant un mois entier si on perd cette maudite Coupe ! s'exclama-t-elle.

— Et moi, de rire à toutes vos blagues douteuses, qu'elles soient bonnes ou mauvaises ! renchérit Joan.

— À vos postes, mille forbans ! rugit Molly. On va leur faire mordre la poussière !

Elle resserra sa prise sur le gouvernail.

Que le sprint final commence.

4

La cryomancie est la magie du givre. L'effort qu'elle demande en termes d'imagination et de concentration est intense, aussi sa maîtrise est complexe et réservée aux initiés. C'est une discipline créative, qui permet de construire et de sculpter à partir de l'eau à son état solide. Paradoxalement, c'est aussi la magie la plus destructrice, ce qui en fait une arme redoutable en cas de conflit. Le peuple elfe en a ainsi fait usage à la fois pour édifier la splendide cité d'Elnibonai... et pour écraser ses ennemis.

Le Grimoire Englouti

Les aristocrates de Pêché mortel mirent un certain temps avant de s'apercevoir qu'ils étaient suivis. Ils devaient vraiment être certains de leur victoire pour s'autoriser une telle arrogance. Mais après tout, c'était dans l'esprit de l'équipe, qui estimait que tout lui était dû depuis le début de la Coupe.

Tandis que l'*Esturgeon* les dépassait par la gauche, Naëli afficha un sourire carnassier. Il était temps de leur prouver qu'ils avaient eu tort sur toute la ligne.

Mais la *Scie-à-viande* risquait de leur compliquer la tâche. Le groupe de brutes avait repéré le navire de Pêché mortel, et s'était déporté lui aussi sur la gauche en enclenchant un puissant dispositif de propulsion. Il rattrapait les autres à toute allure, et les Éclaireurs étaient pris en tenaille entre leur bâtiment et celui de Pêché mortel.

— Des moteurs à énergie transfuge, pesta Sayan. Ils avaient gardé cet atout pour la fin. La compétition va être rude.

— À énergie transfuge ? grimaça Naëli. Qu'est-ce que ça veut dire ?

Sayan arqua un sourcil.

— Je ne sais pas vraiment. C'est un produit illicite vendu à prix d'or sur le marché noir, très peu de gens ont les moyens de s'en procurer. La seule chose que je sais, c'est que ça a une puissance prodigieuse. On est mal.

Jérémy posa sur le navire de la Scie-à-viande un regard soucieux.

— L'énergie transfuge est un mélange de carburant classique et d'énergie magique, expliqua-t-il. Un peu comme ta trousse bio-médic, Sayan. Sauf que la force magique est siphonnée directement depuis un individu qui possède des aptitudes particulières… rarement en lui demandant son avis.

— Un hydromancien, répondit Naëli.

Jérémy hocha la tête.

— Le procédé d'alimentation d'Ortanck utilisait de l'énergie transfuge, ajouta-t-il à l'intention de Naëli. Tu en as fait la douloureuse expérience.

Naëli frissonna. Elle gardait un très mauvais souvenir de son aventure dans la cité naga.

— Effectivement, la vente d'énergie transfuge est complètement illégale, reprit Jérémy. Après avoir été extraite d'un hydromancien, elle est stockée. La Scie-à-viande a dû la voler…

— Et Pêché mortel a dû l'acheter, renchérit Sayan en désignant le navire des aristocrates, dont l'allure venait brutalement de forcir. Eux aussi possédaient cet atout. On est vraiment mal.

— On n'a pas dit notre dernier mot, fulmina Naëli. Je suis la dernière hydromancienne en lice, et je vais mieux depuis qu'Hydropolis s'est arrêtée. Voyons donc si je suis à la hauteur de cette énergie transfuge.

— Si je peux me permettre, argua Jérémy, tes dons utilisés de manière brute comme ça ne pourront rivaliser avec les moteurs adverses. C'est de la magie couplée à de la mécanique, c'est plus puissant. Si on pouvait drainer ton pouvoir dans le moteur de l'*Esturgeon*…

— Drainer le pouvoir de Naëli ? s'insurgea Sayan. Il n'en est pas question !

— Tu pourrais le faire ? la coupa brutalement Naëli.

Jérémy se mordit les lèvres.

— J'ai déjà vu un moteur à énergie transfuge… J'ai pu analyser son fonctionnement en détail, et je pense que je pourrais réussir à reproduire le procédé.

— Alors fais-le, ordonna Naëli d'un ton qui ne souffrait aucune discussion. Utilise tes connaissances sur le moteur de Sayan.

Elle leva un bras impérieux alors que ses compagnons criaient leur réprobation à l'unisson. Jérémy hocha gravement la tête et s'engouffra dans les profondeurs de l'Esturgeon. Elle le suivit de près.

— Sayan, il faudrait mieux que tu viennes avec nous, déclara-t-elle. C'est ton moteur, après tout.

Crispée, la mécanicienne obéit silencieusement.

Joan et Yadriel voulurent réagir, mais Molly ne leur en laissa pas l'occasion.

— Très bien, puisque c'est comme ça… Joan, à la navigation ! gronda-t-elle. Tu vas me guider, car je ne serais pas étonnée que les organisateurs aient laissé quelques ultimes écueils sur notre chemin ! Yadriel, surveille les autres concurrents !

Joan se précipita à la proue, tandis que le sameda allait chercher son arme. Pendant ce temps, Jérémy, Sayan et Naëli s'engouffraient dans les profondeurs du navire. Une fois arrivés dans la cale, ils se dirigèrent vers le moteur, que Jérémy scruta avec attention.

— Où est le réservoir de carburant ? demanda-t-il simplement.

Sayan lui montra un cylindre épais sur la gauche. Elle dévissa la manivelle qui permettait d'accéder à son contenu, et Jérémy se tourna vers Naëli.

— Voilà, annonça-t-il. Il faut que tu déverses tes énergies là-dedans.

L'intéressée cligna bêtement des yeux.

— Quoi, c'est tout ? s'emporta Sayan.

Jérémy afficha un air navré.

— Euh, oui… Il faut juste changer le type de carburant.

Mais alors que la fougueuse jeune femme prétendait qu'elle aurait pu trouver ça toute seule, Naëli s'approcha du réservoir. Elle n'avait pas le temps de tergiverser.

Elle ignorait complètement comment s'y prendre.

Elle se concentra pour tenter d'agir sur le carburant en lui-même, mais sans succès. Ce n'était qu'un combustible dans une machine inerte.

— Attends, je vais couper le moteur, précisa Sayan. C'est dangereux d'ouvrir le réservoir quand il est en marche.

Elle tira sur un levier. Le moteur poussa un rugissement et crépita un instant, la faisant tomber à la renverse. À cet instant, Naëli se sentit aspirée. Sa vue se brouilla, et elle lâcha un vif cri de douleur en sentant brusquement son énergie être absorbée dans l'engin.

Ça n'avait rien à voir avec ce qu'elle avait l'habitude d'expérimenter. Sa conscience ne s'étiolait pas dans l'onde claire, douce et paisible. Elle était arrachée à son être dans un terrible effort contre nature.

La souffrance disparut d'un coup, et Naëli retrouva ses sens. Elle était étendue à côté du réservoir, comme si elle avait brusquement perdu l'équilibre. Sayan était accroupie à ses côtés, paniquée.

— Ça va ? demanda-t-elle avec un rictus inquiet. Tu hurlais tellement fort que j'ai recoupé le moteur.

Naëli se releva avec difficulté.

C'était exactement comme à Ortanck. Le même asservissement terrible de ses pouvoirs.

Elle secoua la tête.

— C'est extrêmement douloureux. Mais il faut continuer. Ce n'est qu'ainsi qu'on pourra rattraper les autres.

Sayan hésita un instant.

— Sayan ! gronda Naëli. C'est un ordre !

La jeune femme opina gravement, et actionna à nouveau le mécanisme. La souffrance revint, encore plus intense. Mais Naëli tenta de la contenir. Elle devait le faire, pour ses amis.

Elle ne tint pas longtemps face à la douleur.

Elle s'évanouit pour la seconde fois.

***

Elle reprit conscience quelques minutes plus tard. Jérémy se penchait au-dessus d'elle, catastrophé. Lorsqu'il la vit ouvrir les yeux, il poussa un soupir de soulagement.

— Tu es en vie. J'ai craint le pire !

Naëli se frotta la tête. Son crâne lui faisait un mal de chien.

— Je suis désolée, Naëli, grimaça Sayan à côté de Jérémy. Ça fait trois minutes que tu hurles, je ne pouvais pas continuer à te faire souffrir comme ça. Il fallait qu'on s'arrête.

Elle détourna le regard.

— De toute façon, même avec tes pouvoirs, on n'arrive pas à tenir le rythme, regretta Jérémy. Les autres sont en train de nous distancer.

Naëli se mordit les lèvres.

Des machines faisaient mieux qu'elle ?

— Les eaux sont affaiblies, expliqua Jérémy. Tu puises ta force en elles, mais nos concurrents utilisent une énergie stockée depuis longtemps, donc ils ne souffrent pas des mêmes effets. Il faut qu'on trouve autre chose.

Naëli se redressa avec difficulté, et se dirigea vers l'escalier d'un pas titubant, Sayan et Jérémy sur les talons.

Sur le pont, la situation était dramatique.

Yadriel tentait de tenir en respect deux énergumènes à la mine patibulaire, armés de lourdes haches de combat et couverts d'ossements. Certainement des membres de la Scie-à-viande. Ils avaient finalement décidé d'éliminer la concurrence d'une manière plus brutale.

Pendant ce temps, Joan indiquait à Molly un chemin tortueux pour éviter les tirs agressifs du navire de Pêché mortel, à bâbord. Ce dernier était pourvu de canons de longue portée, qui mettaient l'*Esturgeon* en péril.

— On est cernés à bâbord comme à tribord ! constata Naëli, affolée.

— Pris entre deux feux, paniqua Jérémy.

Il secoua la tête dramatiquement.

— Cette fois, je crois que la seule issue, c'est de laisser les concurrents mener la course ! On a peut-être une chance de les voir s'entre-tuer ?

— Plutôt crever ! s'écria Sayan, déterminée à vendre sa peau avec l'énergie du désespoir.

Elle se saisit d'un épais maillet et se rua au secours de Yadriel en poussant un cri de guerre tonitruant.

Naëli plissa les yeux et se tourna vers Jérémy.

Elle venait d'imaginer une solution de dernier recours.

— Je pense qu'il est temps de faire appel aux connaissances que j'ai acquises depuis le Valhas. Il est l'heure d'utiliser... la cryomancie.

Jérémy avala sa salive.

— Tu es sûre ? C'est encore très éprouvant pour toi, souviens-toi de ton dernier entraînement... Tu pourrais y laisser ta peau !

Naëli l'ignora.

Elle bondit sur le gaillard d'arrière et plissa les yeux en direction du navire de Pêché mortel qui continuait de les arroser d'un feu nourri. Elle tenta de convoquer les forces qu'elle avait appris à maîtriser depuis quelque temps, mais l'angoisse l'empêchait d'y parvenir. Elle paniqua en réalisant que les énergies de l'eau n'étaient plus assez puissantes pour qu'elle puisse les utiliser.

Puis elle écarquilla les yeux de terreur. Comme au ralenti, elle vit un boulet fuser droit sur elle. D'instinct, elle leva les bras et s'abrita derrière.

Mais elle ne reçut aucun choc.

Au bout de quelques secondes, elle baissa son coude. Le projectile était immobilisé à quelques centimètres de sa tête, figé dans une épaisse gangue de givre qui s'accrochait au sol.

Naëli observa ses mains avec stupéfaction. Des flocons glacés voletaient doucement dans ses paumes.

Un large sourire s'étira sur sa figure.

Elle avait réussi.

Ses pouvoirs étaient toujours là !

Elle se redressa vers le navire de Pêché mortel, dans une posture haute et fière, et tendit les bras. Elle sentit un froid intense la saisir, et une vague de givre jaillit de ses doigts pour venir frapper le vaisseau de Pêché mortel avec violence. Le projectile de glace s'écrasa sur toute sa structure. En l'espace d'une seconde, le bateau et son équipage se figèrent, immobilisés sous une lourde couche de givre. La surface de l'océan elle-même se congela sur quelques mètres.

Naëli exulta.

Mais juste à côté d'elle, Molly poussa un cri de douleur. L'un des agresseurs avait profité de la distraction pour se glisser sur le gaillard d'arrière. Il lança à Naëli un sourire moqueur avant de sauter du navire.

Les Éclaireurs n'eurent pas le temps de faire un geste. Une détonation retentit et une partie de la poupe de l'*Esturgeon* explosa.

***

Joan, Sayan, Jérémy et Yadriel se couvrirent la tête pour se protéger des débris. Une fois l'instant de surprise passé, Joan se rua à l'arrière. Les agresseurs encore à bord avaient été éjectés du navire dans l'explosion, mais Molly et Naëli étaient étendues dans les décombres du gaillard d'arrière, inconscientes. Le jeune homme se précipita à leur côté.

Il prit leur pouls et constata avec soulagement qu'elles étaient toujours en vie.

— Pousse-toi de là, ordonna Sayan qui l'avait rejoint avec empressement, sa trousse bio-médic à la main.

Elle effectua un rapide diagnostic de la situation et hocha la tête.

— Elles vont bien, je m'en occupe. Toi, tu as encore du travail.

Il l'observa sans comprendre, avant de jeter un œil aux alentours. Un large chenal d'accès au port d'Hydropolis se dressait à peine deux cents mètres plus loin. Un chenal vers lequel la *Scie-à-viande* fonçait à toute allure.

Joan serra les poings et se saisit du gouvernail qui était miraculeusement intact.

— Vous allez payer, vous m'entendez ? hurla-t-il. On ne perdra jamais, pas contre vous !

Une haine flamboyante brûlait dans le fond de ses prunelles. Il savait qu'il n'aurait pas le temps de doubler l'adversaire, mais il avait une autre idée en tête. Il fit basculer l'*Esturgeon* à tribord.

Droit sur le bâtiment ennemi.

Étonnamment, la *Scie-à-viande* ralentit l'allure, comme pour le laisser gagner du terrain. Lorsque les deux navires furent suffisamment proches pour que Joan puisse noter le sourire carnassier du barreur en face, un ensemble de monstrueuses scies mécaniques jaillit du corps du bateau adverse, avant de se mettre à tourner frénétiquement.

L'*Esturgeon* allait être coupé en rondelles en un instant.

Rien n'aurait pu faire plus plaisir aux survivants de la Scie-à-viande.

— Joan ! hurla Sayan, épouvantée.

Trop tard.

Le carnage était inévitable.

Une des lames dévora le flanc de l'*Esturgeon*.

Elle s'éloigna quelques secondes plus tard, distancée. Joan poussa un cri de victoire alors que le navire des Éclaireurs s'engageait dans le chenal, deux ou trois mètres devant l'autre. Il venait de négocier le virage avec brio, doublant son concurrent trop pressé de le déchiqueter pour surveiller sa navigation.

Une foule en délire s'amassait sur les bords du chenal, mais les Éclaireurs étaient trop concentrés pour faire attention à leurs hurlements. Derrière, l'équipage de la *Scie-à-viande* n'avait pas dit son dernier mot.

— C'est pas fini ! ragea leur timonier en actionnant de nouveau les moteurs à énergie transfuge.

— Oh que si... grommela Yadriel d'un air sombre.

Sans que ses compagnons aient le temps de réagir, il sprinta jusqu'au gaillard d'arrière et effectua un bond mémorable. Un vol plané parfaitement maîtrisé le fit atterrir en plein sur la figure de l'un des équipiers de la Scie-à-viande qui s'effondra sous le choc.

Yadriel ne laissa pas le temps de réagir aux survivants de l'équipage adverse. Il disparut dans les profondeurs du vaisseau.

Vers le moteur.

Sayan et Joan entendirent un grand fracas en provenance de sa cale. Le navire ralentit d'un coup sec, avant de pivoter dangereusement vers bâbord. Le barreur afficha une expression paniquée, tandis que Yadriel émergeait d'une écoutille et plongeait dans les flots.

Sayan se précipita pour lui lancer une corde.

À l'instant où le sameda remit pied sur le pont, la Scie-à-viande vint s'abîmer contre le bord du chenal, et une acclamation fervente ébranla l'océan.

Car l'*Esturgeon* venait de franchir la ligne d'arrivée.

Les Éclaireurs avaient remporté la Coupe des Sept Principautés.

5

« Maîtresse Damantel de Kelebetokey, pour vous servir. Je suis une amazone. J'ai été formée par la Maîtresse précédente, qui était une néréide — la Maîtresse de Kelebetokey est à tour de rôle une amazone et une néréide, et ce depuis des générations. Grâce au respect de ses traditions ancestrales, Kelebetokey est la seule Principauté dans laquelle Maîtres de l'Eau et autorités travaillent en étroite collaboration. Ainsi, je suis très proche de notre reine suprême, comme celle qui me précédait était proche de la reine des néréides. Une richesse que les autres Maîtres nous envient. »

Le témoignage de la Maîtresse Damantel

— On approche, annonça le Maître Seyunal.

Funeste Lamenoire approuva d'un air grave.

Hydropolis venait d'apparaître à l'horizon.

Ils touchaient au but.

Lorsqu'elle avait reçu le message du vieux pirate, elle n'y avait pas cru. Elle le pensait perdu pour toujours. La Voix de l'Océan, le modérateur et porte-parole des forbans, était censé être mort depuis le sac d'Altor'Narac. Et pourtant, c'était bien Seyunal qui se tenait devant elle, en chair et en os, plus redoutable que jamais. Dans son message, il lui avait expliqué les mystérieux événements qui agitaient les Sept Principautés. Il avait imploré l'aide de Funeste, dernière capitaine de la glorieuse piraterie.

L'équipage de la *Melancolia* n'avait pas hésité une seule seconde à répondre à son appel. Après avoir accompli leur vengeance sur le capitaine Boileux, le traître, ils s'étaient trouvés désœuvrés. Découvrir que la Voix de l'océan était encore en vie avait ranimé en eux une flamme endormie. Les pirates n'avaient rien compris du complot qui était à l'œuvre, hormis qu'ils allaient affronter l'Amirauté et ses dirigeants.

Mais c'était suffisant pour les convaincre. Car l'Amirauté était la flotte qui avait détruit leur foyer. Ils étaient prêts à réclamer vengeance. Leurs forces auraient été dérisoires comparées à celles de l'ennemi, n'eut été l'apparition d'alliés inattendus quelques jours plus tôt.

Anyra, Prince marchand de Kelebetokey, reine suprême des amazones, et Halimède, reine suprême des néréides, avaient décidé de joindre la *Melancolia* dans son combat. La reine Anyra était l'unique Prince à avoir échappé à l'attentat perpétré par ses pairs, et elle comptait bien leur faire payer, puis récupérer la terre de Kelebetokey. Elle avait réussi à rallier de nombreuses amazones, ainsi que les néréides qui lui avaient apporté leur support total. Les troupes alliées restaient largement inférieures à celles de l'Amirauté, mais les forces étaient déjà plus équilibrées.

— La flotte encercle la ville, nota le Prince Anyra en désignant les dizaines de bateaux qu'on apercevait au loin, tout autour d'Hydropolis. Nous allons avoir du mal à percer ce barrage.

— Nous n'aurons qu'à retenir l'attention de l'Amirauté, répondit le Maître Seyunal. J'ai un plan.

Ses deux yeux bleus observaient Funeste d'un air insistant. Cette dernière hocha gravement la tête. Elle savait ce qu'elle avait à faire.

***

Un grondement sourd vrombissait dans les oreilles de Naëli. Elle ouvrit faiblement les paupières, le visage crispé, peinant à reprendre conscience.

Que s'était-il passé ?

Elle cligna des yeux, et le décor devint plus net. Elle remarqua qu'elle était allongée, et que Joan et Sayan se penchaient au-dessus d'elle d'un air soucieux. Elle se redressa péniblement en position assise avec un rictus de douleur. Le bruit de fond agressait ses tympans.

Puis elle posa un regard désemparé autour d'elle. Elle se trouvait sur la poupe de l'*Esturgeon*, qui était en lambeaux. Molly était là aussi, adossée contre le bastingage. Elle avait l'air dans le même état qu'elle. Yadriel l'aidait à reprendre ses esprits.

Le souvenir des derniers événements frappa Naëli comme un coup de massue.

La course finale, la cryomancie, l'explosion.

Le grondement sourd qui pulsait à ses oreilles se fit plus distinct alors qu'elle récupérait ses sens. Au-dessus du pénible fond sonore, elle entendit la voix de ses amis.

— Ça va ? Eh, Naëli ? Ça va ?

Elle secoua la tête pour se remettre les idées en place.

Les visages de ses compagnons se stabilisèrent enfin.

— Oui... Je crois, répondit-elle en s'asseyant.

— Mille forbans, grogna alors Molly en se frottant le front. J'ai l'impression qu'une baleine à bosse vient de s'allonger sur mon crâne.

— Ça valait le coup, déclara Yadriel. Parce que nous avons gagné la Coupe.

Naëli tourna la tête vers bâbord. Et ce n'est que là qu'elle comprit d'où venait la clameur assourdissante qui blessait ses oreilles. Autour de l'*Esturgeon*, sur les pontons d'Hydropolis, une foule hystérique poussait des acclamations à s'en rompre les côtes.

Elle cligna bêtement des yeux, observant tour à tour la cohue, ses amis, l'*Esturgeon*. Les paroles de Yadriel faisaient lentement leur chemin dans son esprit.

Ils avaient gagné.

Ils avaient gagné ?

Elle éclata d'un rire nerveux, évacuant ainsi d'un coup l'énorme pression qui pesait sur ses épaules. Et ses compagnons se mirent à rire à leur tour. Sèchement d'abord, comme s'ils avaient autant de mal qu'elle à réaliser.

Puis les yeux de Joan s'écarquillèrent.

— On a gagné, souffla-t-il, éberlué. On a gagné !

Il se releva d'un bond.

Non, ce n'était pas leur imagination. Ils avaient passé la ligne d'arrivée en premier. Ils étaient au cœur d'Hydropolis. Ils avaient remporté la Coupe !

Il poussa un immense cri de victoire.

— Grand malade ! rugit Sayan en se dressant à son tour. Comment as-tu eu l'idée de cette manœuvre complètement folle ? Tu es un génie !

Elle sauta sur Joan et se mit à le faire tourner à lui en rompre les articulations.

— J'étais sûr que la *Scie-à-viande* ne résisterait pas à l'envie de nous réduire en charpie ! exulta le jeune homme. J'ai tout misé sur le fait qu'elle ralentisse l'allure, et j'ai anticipé le virage avant qu'elle ne sorte ses lames... Mais c'était moins une ! Et je n'aurais jamais pensé que ça marcherait !

Le rythme endiablé de Sayan le fit tourner au rouge pivoine.

— Bravo, l'artiste, commenta Yadriel.

Molly semblait encore assommée.

— Mille forbans, murmura-t-elle. Vous l'avez fait.

Elle poussa un cri de douleur en se remettant sur pied, mais ignora son mal et se cramponna au gouvernail. Là, elle posa sur la foule un regard abasourdi.

— Vous l'avez fait ! répéta-t-elle.

— Et Naëli ! hurla Sayan, à présent complètement hystérique. C'était dingue, cette magie, comment as-tu fait ça ?

La jeune fille était submergée par l'émotion. Joan se tourna face à elle, et leurs regards embués se croisèrent.

— On a gagné, ma belle, articula-t-il d'un ton chevrotant. Grâce à toi.

Il l'enlaça tendrement et Naëli noua ses bras autour de sa taille.

— Grâce à nous tous ! tonna Molly d'une voix forte en se joignant à leur embrassade d'un geste maternel, bien qu'un peu brutal.

Sayan et Yadriel les rejoignirent aussitôt.

Pendant un long moment, les cinq amis restèrent ainsi, savourant l'émotion intense qui les liait en cet instant unique.

Ils l'avaient fait.

Contre toute attente, ils avaient remporté la Coupe des Sept Principautés. Ils étaient les champions de la neuvième édition !

Mais attribuer leur succès à leurs seules compétences à tous les cinq aurait été injuste. Il y avait quelqu'un d'autre qui y avait contribué.

Naëli mit fin à leur embrassade avec douceur, et afficha un sourire malicieux.

— Je pense qu'il convient de fêter cette victoire dans la cabine, annonça-t-elle. Il nous reste quelqu'un à féliciter.

***

Jérémy pleura en apprenant la nouvelle. Naëli dut rester avec lui pour l'aider à se remettre de ses émotions, et les autres en profitèrent pour aller stationner l'*Esturgeon* dans le port de plaisance d'Hydropolis — à côté des barges de luxe qui se livraient à un indécent concours de débauche.

Yoklavin Seth les attendait sur le quai. Pour la première fois, il semblait véritablement impressionné. Ses applaudissements étaient sincères. Sayan, Joan et Yadriel furent heureux de lui serrer la main. Naëli finit par émerger de la cabine, et s'empressa de les rejoindre.

Mais elle s'immobilisa avant de quitter le navire.

— Molly ? demanda-t-elle à la timonière qui se dirigeait vers la cale. Tu ne viens pas avec nous ?

La vieille dame émit un rire amusé.

— Voyons, Naëli, tu sais bien que je ne peux risquer d'être reconnue par Tikken le Terrible.

Elle s'approcha pour prendre les mains de la jeune fille entre les siennes.

— Et puis, j'ai déjà eu mon heure de gloire. J'ai gagné la première édition, je te rappelle !

Son regard la couvait d'une affection immense.

— Allez, profitez de votre célébrité, conclut-elle. Vous l'avez méritée.

Naëli hocha la tête, des larmes au coin des yeux, avant de rejoindre ses compagnons. À son tour, elle serra la main de Yoklavin Seth, dont la poigne était plus ferme qu'elle ne l'aurait imaginée. Puis l'homme les enjoignit à le suivre vers la tribune où la Cijena allait sacrer leur victoire.

Les quatre amis lui emboîtèrent le pas. Il les guida vers le cœur de la ville, à travers une foule compacte qui s'amassait sur leur passage. Une foule encore plus riche que celle qui avait suivi le départ de la Coupe à Ys. Il y avait là le gratin des Sept Principautés.

Les Éclaireurs flottaient sur le doux nuage de la victoire. Heureusement, car sans cela, Hydropolis les aurait mis mal à l'aise. La ville entière respirait la démesure. Les palaces somptueux entourés de luxuriants jardins artificiels y côtoyaient les imposants monuments décoratifs, entre lesquels serpentaient des cours d'eau qui n'avaient rien de naturel. Le plus intrigant restant l'immense structure qui s'élevait au centre de la cité. C'était une citadelle aux formes cylindriques, qui étendait des bras massifs jusqu'à l'océan dans lequel ils plongeaient avidement. On aurait dit une gigantesque pompe.

Malgré l'euphorie du succès, Naëli ne put s'empêcher de faire le lien avec la situation dramatique dans laquelle se trouvaient les puissances de l'Eau, et avec la souffrance qu'elle avait subie lors du trajet jusqu'ici. La ville était un réservoir d'énergie hydromancienne à l'aspect terrifiant.

Alors qu'elle se livrait à ces sinistres considérations, Yoklavin Seth invita son équipe à gravir une succession de marches fastueuses d'un geste affable. L'escalier grimpait jusqu'à un belvédère pompeux entouré de colonnes ouvragées. Un immense tapis de velours y était étalé. En son centre, les mains jointes et l'air grave, trois silhouettes attendaient paisiblement l'arrivée des Éclaireurs.

Les Princes marchands Gavranti, Vesperil et Ymelda Fergus.

Leurs visages s'élargirent de sourires mielleux lorsque les champions avancèrent sur le belvédère.

— Chers coureurs, dit le Prince Vesperil en ouvrant les bras. Toutes mes félicitations. Vous avez vaincu les équipes Pêché mortel et la Scie-à-viande, vos ultimes concurrents. Nous venons de recevoir la déclaration de forfait de l'équipe des Gardiens Gris, qui n'arriveront pas à Hydropolis.

Il se tourna vers la foule qui observait la scène en contrebas, et invita les quatre amis à faire un pas en avant.

— Les vainqueurs de la neuvième édition de la Coupe des Sept Principautés ! L'équipe numéro vingt-sept, les Éclaireurs !

Une ovation fracassante s'éleva, et les intéressés frémirent. Alors que le tumulte agitait l'assistance, le Prince Vesperil reprit son discours à l'intention des quatre compagnons.

— Un grand bravo, commenta-t-il. Qui eût cru qu'une équipe inconnue, dont c'est la première participation, qui compte jeunesse et fougue, détrônerait les plus remarquables coureurs des Sept Principautés, y compris de Sarkoth, avec une telle élégance ?

La mention de sa propre Principauté n'était pas une coïncidence. Il devait s'attendre à ce que ce soit les siens qui remportent la Coupe.

— En effet, ajouta Ymelda Fergus. Vous faites la fierté de Sarmajor. En sortant d'ici, vous n'aurez pas seulement gagné le prix réservé aux vainqueurs de la Coupe, mais également une nouvelle célébrité. Votre équipe va être sous les feux de la rampe pendant un long moment !

— En parlant de prix, intervint le Prince Gavranti. Quelqu'un, à qui cette Coupe doit beaucoup, tient à vous le remettre en personne. Si vous voulez bien nous suivre...

La dirigeante de la Principauté d'Hoz se détourna pour s'engager sur une splendide passerelle qui reliait le belvédère à la citadelle. Les deux autres Princes se fendirent de révérences courtoises avant de lui emboîter le pas. Les Éclaireurs échangèrent des regards surpris.

— La Murène, souffla Naëli, qui avait définitivement repris contact avec la réalité.

Elle plissa les yeux en direction de la passerelle.

— Trop tard pour reculer, à présent.

Et elle s'y engagea d'un pas décidé.

***

La citadelle d'Hydropolis était un vaste enchevêtrement de tubes et de voûtes, qui n'évoquait rien d'autre qu'une colossale machinerie. Pas de doute, c'était la cité elle-même qui pompait l'énergie des Eaux.

Les Princes marchands guidèrent Naëli et ses amis vers les plus hauts niveaux de la structure à travers une succession d'escaliers et de corridors ciselés. Ils grimpèrent jusqu'à une vaste pièce ouverte aux quatre vents qui dominait l'ensemble de la ville.

Là, une silhouette drapée dans un large manteau se tenait fièrement face au vide.

La Murène.

En les entendant arriver, elle poussa un long soupir de satisfaction sans daigner se retourner.

— Enfin... Mes redoutables Éclaireurs.

Naëli se figea d'un coup. La voix chargée d'émotion lui était familière.

Mais non.

C'était impossible.

L'inconnue se tourna d'un geste fluide, et ouvrit grand les bras.

— Bienvenue à Hydropolis, ma fille.

6

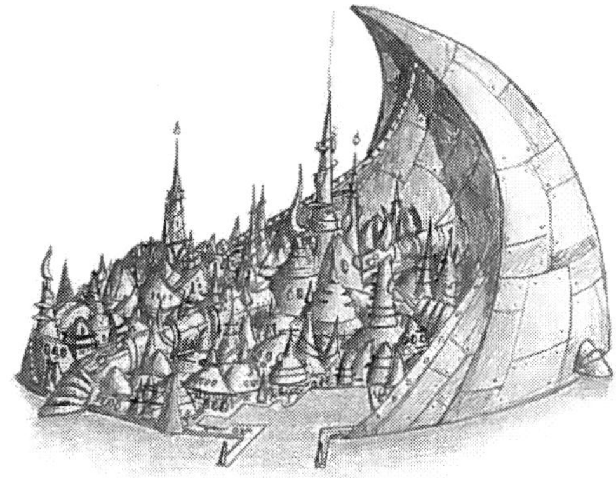

Gagner la Coupe des Sept Principautés est l'une des plus fantastiques réussites au monde. C'est une victoire sur les concurrents, sur les organisateurs, et sur soi-même. Les vainqueurs peuvent être fiers de leur performance. Fiers d'avoir remporté une compétition sportive, mais aussi d'avoir parfait leur connaissance du monde. D'avoir tissé des liens. D'avoir souffert des imprévus, et de les avoir écartés. D'avoir gardé la motivation, la force. D'avoir surmonté les épreuves. D'avoir surmonté… L'épreuve.

Nejim Palador, L'épreuve

L'esprit de Naëli était comme paralysé. Elle était incapable du moindre mouvement, de la moindre parole. Elle était complètement tétanisée.

Comment était-ce possible ?

Aelia Coursevague avait été emportée par l'océan des années plus tôt. Disparue corps et biens, emmenant avec elle tous ses secrets.

Disparue pour toujours.

— Est-ce que… je rêve ? s'entendit-elle articuler.

C'est ça, elle devait rêver. Elle avait abusé de ses forces en faisant appel à la cryomancie et nageait en plein délire.

Sa mère ne pouvait pas être vivante.

Naëli avait fait son deuil depuis longtemps.

Pourtant, la femme qui lui faisait face avait ses traits. Sous son lourd manteau, elle était vêtue sobrement, comme l'était sa mère jadis. Elle secoua doucement la tête, un sourire affectueux sur les lèvres.

— Non, ma fille, tu ne rêves pas. Je suis bien là.

Naëli fit un pas en avant.

Elle se pinça et se força à cligner des yeux.

Mais sa mère était toujours devant elle.

Elle se tourna vers ses compagnons. Ils semblaient aussi abasourdis qu'elle. Même les Princes marchands affichaient des mines stupéfaites.

Elle reporta son attention sur sa mère. Cette dernière avait à nouveau ouvert les bras, l'invitant à rejoindre son étreinte. Naëli avança lentement, incertaine, titubant comme une aveugle. Sa conscience était engourdie.

Elle ferma les yeux et alla poser sa joue contre la poitrine de sa mère. Son étreinte protectrice l'entoura, lui tirant un frisson d'émotion.

Elle pouvait la toucher.

Ce n'était pas un rêve.

Sa mère était bien vivante, et elle la serrait dans ses bras !

Une larme roula sur sa joue tandis qu'elle se pressait contre son corps.

Son esprit était en train de surmonter un blocage immense, et elle sentait l'émotion la submerger. Comment était-ce possible ?

Elle lui avait tant manqué...

— Où étais-tu ? articula-t-elle avec difficulté, la voix nouée. Pourquoi n'es-tu pas revenue ?

— J'avais des choses à faire, murmura Aelia en guise de réponse. Je ne pouvais y mêler ma famille. C'eut été trop dangereux.

Elle se détacha de sa fille, qu'elle prit par les épaules, avant de planter son regard dans le sien.

— Mais maintenant que tu as gagné la Coupe, tu es prête à me rejoindre.

— Te... rejoindre ? bégaya Naëli, qui avait toutes les peines du monde à comprendre ce qui était en train de se passer.

— Oui, opina sa mère. La Coupe a fait fleurir tes capacités, bien au-delà de mes espérances. J'étais tellement heureuse lorsque j'ai découvert que tu souhaitais concourir ! Il n'y a pas de meilleure épreuve pour faire progresser un hydromancien. Il fallait que tu ailles jusqu'au bout pour que je sache si je pouvais compter sur toi. Et tu l'as fait. Tu as gagné ! Je suis si fière de toi, tu n'imagines pas à quel point.

Naëli fit un pas en arrière.

La mention des hydromanciens venait d'avoir l'effet d'une douche glacée.

Ses lèvres se mirent à trembler toutes seules.

— Mais… C'est toi… La Murène, chuchota-t-elle.

Elle fut soudain saisie d'une panique profonde. Mensonge ! Celle qui se tenait en face d'elle était l'odieuse organisatrice du complot qui avait déjà coûté si cher aux Sept Principautés ! Ce n'était pas sa mère !

Et pourtant si.

Elle avait ses yeux.

Et à l'intérieur de ceux-ci, elle lisait une réelle fierté. Un véritable amour. Elle pensait vraiment ce qu'elle disait.

— La Murène était un nom d'emprunt nécessaire pour préserver mon anonymat, répondit sa mère d'un ton las. Il le fallait pour ne pas inquiéter mes anciens collègues Maîtres de l'Eau. Mais je n'en aurai plus besoin, maintenant que tu es avec moi.

Naëli conserva le silence. Elle était bouleversée, et l'émotion nouait sa gorge. Elle n'arrivait pas à réfléchir correctement.

Sa mère fit un geste en direction du Prince Vesperil, qui s'inclina avant de se tourner vers les compagnons de Naëli.

— Nous ferions mieux de respecter leur intimité, déclara-t-il à voix basse. Suivez-moi.

Les trois amis jetèrent un regard soucieux à Naëli. Ils n'eurent pas l'air sereins à l'idée de la laisser seule ici avec leur grande ennemie, même si elle s'avérait être sa mère. Mais ils n'hésitèrent pas longtemps, car le visage du Prince Vesperil se durcit d'une expression menaçante, et ils durent quitter l'endroit derrière lui et ses deux homologues, laissant Naëli seule avec sa mère.

— J'imagine que tu ne sais rien de tes pouvoirs ni des Maîtres de l'Eau, poursuivit Aelia à l'intention de Naëli.

— Si… chuchota la jeune fille.

Aelia haussa un sourcil surpris.

— Dans un recueil trouvé sur Sarkoth, s'empressa d'ajouter Naëli.

Elle était éperdue. La vérité sortait de sa bouche toute seule. C'était La Murène qu'elle avait en face d'elle, celle qu'elle combattait depuis le début de son périple. Il ne fallait pas lui révéler tout ça !

Non, c'était sa mère. La personne en qui elle avait le plus confiance. Elle pouvait tout lui dire.

— Ah, les écrits de Mallaé, acquiesça Aelia avec lassitude. Je les ai longuement cherchés, mais n'ai jamais réussi à mettre la main dessus.

Elle se tourna vers Hydropolis qui étendait ses tentacules en contrebas.

— Fort bien, tu sais donc certainement beaucoup de choses. Mais tu ignores comment j'en suis arrivée là. Laisse-moi t'expliquer.

Son regard se perdit dans le vague.

— Je faisais partie des Maîtres de l'Eau, jadis. Nous étions chargés de veiller à la bonne utilisation des pouvoirs élémentaires. Mais par la faute de l'industrialisation, les énergies de l'Eau perdaient leur force. La modernité était en train de tuer l'Essence de l'Eau… et nous avec. J'ai parcouru le monde à la recherche de mes collègues, avec qui je n'avais presque plus aucun lien. Je voulais qu'ensemble, nous luttions contre ce terrible déclin.

Elle poussa un profond soupir.

— Les Maîtres n'étaient pas prêts à bouger un cil, engoncés dans des traditions séculaires d'un autre âge. L'Essence elle-même semblait résignée à laisser le monde moderne grignoter son pouvoir jour après jour.

Elle serra le poing.

— Je me rendis compte que mes efforts pour mobiliser ma communauté étaient inutiles. L'Eau elle-même renonçait à se défendre. Il fallait donc que je la force. Mais comment ? Je cherchai longuement une réponse, et ce ne fut que lorsque je rencontrai le Professeur Hawks que l'avenir s'éclaira. Il était l'un des meilleurs cerveaux de la science, et en tant que tel, il aurait dû être mon ennemi juré. Mais il vit la situation sous un autre angle. Et c'est cette perspective nouvelle qui amena la solution : il ne fallait pas combattre l'industrialisation pour préserver les pouvoirs de l'Eau. Il fallait s'en servir.

Elle marqua une pause évocatrice.

— Ensemble, nous établîmes les plans d'une machine puissante capable de siphonner les énergies élémentaires. Hydropolis. Une cité entière qui puisait ces énergies à leur source. En récupérant les forces de l'Eau, nous étions à même de les stocker, et donc de les protéger de leur lente dilution. Il ne nous manquait qu'un sponsor. Hawks connaissait beaucoup de monde, ses projets étaient financés par la Haute Banque de Kur. Mais il avait déjà beaucoup consommé auprès de cette dernière, aussi préféra-t-il vendre notre idée sur le marché noir. Il dut rendre l'offre alléchante ; il présenta donc notre projet comme un moyen de s'accaparer les énergies de l'Eau. On parlait d'un pouvoir que nul autre n'avait jamais eu sur les Sept Principautés…

Elle émit un faible rire.

— L'idée fit son chemin dans les sphères occultes et parvint aux oreilles du Prince Gavranti. En parallèle, les réseaux de communication du Groupe Fergus captèrent l'information qu'ils transmirent à leur dirigeant. Les services d'espionnage du Prince Vesperil firent de même. Je rencontrai chacun des trois Princes pour leur expliquer mon plan ; je trouvai avantageux d'équilibrer les forces entre les trois concurrents.

Elle secoua la tête.

— Antoni Fergus était un homme de principes. Il refusa catégoriquement le projet qu'il qualifia de « déshumanisant », et menaça de tout révéler. Heureusement pour nous, sa femme, elle, ne résista pas à l'appât du gain. Elle nous permit de mettre son époux aux fers avant qu'il ne raconte tout.

Elle inspira longuement.

— Le chantier d'Hydropolis avait déjà débuté depuis des années, mais il prit une autre dimension grâce à cette contribution. Il ne manquait plus qu'une chose : les catalyseurs de la puissance élémentaire. Nul n'était mieux indiqué que les Maîtres de l'Eau pour remplir ce rôle. Avec eux entre mes mains, l'Essence tomberait sous mon pouvoir.

Elle secoua la tête dramatiquement.

— Tu l'as compris, je ne pouvais plus compter sur elle. Pour sa propre survie, je devais la contrôler. Je devais tout contrôler.

Un sourire malin apparut sur ses lèvres.

— Comme tu peux t'en douter, tout a fonctionné à merveille. Aujourd'hui, les Maîtres sont pour la plupart en mon pouvoir, il n'y a plus d'hydromanciens pour s'opposer à moi, et Hydropolis est achevée.

— Tu les as séquestrés, frémit Naëli. Voire tués. Je l'ai vu, au cours de la Coupe. Certains ont péri sous mes yeux, par ta faute.

La discussion l'avait fait émerger de sa sourde torpeur. Elle tentait de remettre de l'ordre dans ce qu'elle entendait, mais l'émotion l'empêchait encore de réfléchir clairement. Et une colère enfouie surgissait en elle, comme pour compenser la joie profonde qu'elle avait éprouvée un moment plus tôt en découvrant sa mère.

Cette dernière se mordit les lèvres.

— Je ne suis pas fière des méthodes employées par mes équipes. J'ai fait tout ce que j'ai pu pour convaincre, préserver, mais parfois, je n'ai pas eu le choix...

— Des équipes comme celle de Tikken le Terrible ! s'exclama alors Naëli. Tu as utilisé des mercenaires sans foi ni loi pour parvenir à tes fins ! Le capitaine Boileux a failli me jeter aux méduses ! Et une amie chère, Aminata, est morte à cause de l'odieux chantage de tes sbires !

— Je sais, je sais, répondit sa mère doucement pour tenter d'apaiser la colère de sa fille. Tu n'imagines pas le poids de la culpabilité qui pèse sur mes épaules. Je ne pouvais pas tout contrôler, mais les fautifs ont tous été punis pour leurs actions, je peux te l'assurer.

Naëli tremblait de tous ses membres.

La confusion empirait dans son esprit embrumé.

— Calme-toi, murmura doucement sa mère en la prenant à nouveau dans ses bras. C'est fini, à présent. Et les Princes n'ont été que des moyens pour parvenir à mes fins. Ils n'utiliseront jamais la puissance de l'Eau pour asservir le monde, je te le promets. Il fallait juste que je brandisse cet argument pour les convaincre. Tout ce que j'ai fait, je l'ai fait pour l'Eau. Pour nous. Pour toi.

Le cerveau de Naëli fonctionnait au ralenti.

— Ne veux-tu pas protéger l'Eau, toi aussi ? souffla sa mère.

Elle hocha la tête d'un air absent.

Bien sûr que si.

C'est ce qu'elle essayait de faire depuis le début de son aventure.

— Parfois, il faut se faire violence pour obtenir ce que l'on veut, conclut Aelia. Je sais que tu me comprends.

Naëli cligna des yeux, incrédule.

Sa mère s'écarta doucement et lui offrit un sourire radieux.

— Viens, j'ai quelque chose à te montrer.

7

Chaque pays a sa propre force navale. Les flottes de Sarmajor et de Kelebetokey sont composées de navires légers et rapides, excellents en escarmouche. Les flottes de Kur, de Hoz et de Nirvûn sont plutôt imposantes, constituées de bâtiments solides et lourdement armés. Elles sont peu maniables, mais possèdent une puissante force de frappe. Les flottes de Sarkoth et de Galbi sont à cheval entre les deux : leurs navires sont souples mais résistants, taillés pour répondre rapidement aux décisions stratégiques de leurs officiers. Quant à l'Amirauté, elle compte des représentants de chaque flotte, en nombre conséquent. C'est ce qui la rend si redoutable.

L'Encyclopédie des Sept Principautés

Le Prince Anyra plissa les yeux en direction d'Hydropolis.

Les navires de l'Amirauté étaient en mouvement. Ils les avaient repérés. À présent, il n'y avait plus de retour en arrière possible.

— Alors c'est l'heure, déclara une voix douce à côté d'elle.

La reine Halimède observait sa sœur jumelle de son regard diaphane. Anyra lui rendit son sourire affectueux. Toutes deux se tenaient à la proue du vaisseau amiral de leur flotte, prêtes à en découdre. Le bâtiment était l'un des derniers navires mixtes des civilisations amazone et néréide. Ceux-ci étaient des constructions fascinantes, sises sur les coquilles d'anciens mollusques géants ou sur les restes de crustacés monstrueux. Les navires qui avaient survécu aux différentes guerres avaient été aménagés avec les apports précieux de la modernité pour en faire des vaisseaux hybrides à l'efficacité redoutable.

La structure du navire amiral était un équilibre parfait entre une partie immergée occupée par les néréides et un pont émergé utilisé par les amazones, le tout reposant sur la coque massive d'une huître gigantesque. La coque en question était pourvue d'une puissante artillerie et agrémentée de nombreuses sphères articulées qui permettaient une parfaite complémentarité entre les différentes communautés embarquées à bord. Elle comportait également un énorme moteur fixé au travers de la coque.

Anyra se dressait au bout du pont. Sa sœur nageait dans un petit bassin marin niché dans un creux de la coque de l'huître, juste en dessous d'elle. C'était là qu'étaient situées les commandes du navire.

— Oui, ma sœur, répondit Anyra. Il est temps de jouer notre rôle dans ce conflit. Et de récupérer ce qui nous a été volé.

Halimède approuva.

— Les néréides sont un peuple très discret. Nous ne faisons jamais parler de nous, nous préférons rester dans l'ombre de la civilisation amazone… Nous avons toujours fonctionné comme cela, c'était notre accord.

Elle plissa ses yeux verticaux avec insistance, et son visage doux prit soudain une expression menaçante.

— Mais nous ne sommes pas en retard pour autant, et l'ennemi aurait tort de nous sous-estimer. J'espère qu'il appréciera la surprise.

En dessous du navire, une impressionnante machinerie se mit en marche, laissant apparaître une poignée de torpilles monumentales. Les néréides qui nageaient dans les profondeurs du vaisseau actionnèrent une série de leviers, préparant les projectiles à opérer leur œuvre de mort.

Anyra tourna la tête vers Halimède.

— Ensemble, pour un dernier combat.

La néréide posa sur elle un regard empreint d'une affection infinie. Les liens tissés entre les reines jumelles de Kelebetokey étaient au-delà de la compréhension du commun des mortels.

— Toujours, ma sœur.

***

Joan était sous le choc.

La mère de Naëli.

Ils venaient de voir la mère de Naëli.

— Tu l'as reconnue ? murmura Sayan d'une toute petite voix pour que les trois Princes devant ne les entendent pas.

Joan afficha une grimace navrée.

— Je ne l'ai jamais connue, je suis arrivé après… l'accident. Elle était censée être morte depuis des années…

Sayan grommela une sombre imprécation.

— On n'aurait jamais dû la laisser seule avec elle.

Joan ne savait pas quoi penser.

— On n'a pas vraiment eu le choix. Et Naëli n'a pas hésité. C'était vraiment sa mère, j'en suis sûr. Il doit y avoir des choses qu'on ignore.

— Mais alors, c'est elle, La Murène ?

Joan se mordit les lèvres. Il n'en avait aucune idée.

Et il commençait à angoisser vis-à-vis de leur situation actuelle. Les Princes leur avaient fait traverser un nombre incalculable de coursives sombres, ils étaient désormais incapables de retrouver leur chemin jusqu'à Naëli.

Enfin, les Princes s'immobilisèrent dans une vaste pièce plongée dans la pénombre, avant de se tourner vers eux d'un air impérieux.

— Restez là, ordonna le Prince Vesperil d'un ton sec.

Il n'y avait plus une once d'amabilité dans sa voix. Au contraire, on aurait dit qu'il tentait de contrôler une rage intérieure. Ses lèvres étaient agitées d'un tic nerveux qui trahissait une intense colère.

Ses deux homologues et lui rebroussèrent chemin jusqu'à l'entrée de la pièce où ils se retournèrent pompeusement. Le Prince Gavranti actionna alors un levier qu'aucun des Éclaireurs n'avait vu, et la salle s'illumina. Pas grâce à d'élégantes lampes pendant du plafond. Non, la luminosité provenait de longs barreaux bleuâtres qui striaient la pièce en rangs serrés.

Et enfermaient les Éclaireurs dans une redoutable prison.

— Traîtres ! hurla Joan en se ruant sur les barres cruelles.

À peine eut-il touché l'une d'elles qu'il se retrouva au sol, électrifié.

— Joan ! s'exclama Sayan.

— J'aurais dû m'en douter ! rugit Yadriel en approchant aussi près qu'il le pouvait des Princes restés à l'extérieur de la cellule. Si je n'avais pas voulu respecter les retrouvailles de Naëli et de sa mère…

— Silence, vermine ! cracha le Pince Vesperil avant de se tourner vers ses homologues. À propos de ces retrouvailles… J'ose espérer que vous n'étiez pas au courant de cette affaire ? Que la fille de notre partenaire participait à la course ?

Il détachait ses mots qui vibraient d'une colère contenue.

— Non, déplora le Prince Gavranti. Mais ça n'a guère d'importance pour moi.

— Ça en a pour moi ! cracha Vesperil. Nous avions convenu que l'équipe que j'avais moi-même apprêtée, Pêché mortel, gagnerait la Coupe. C'est pour ça qu'on avait ordonné à la Cijena d'installer ce dernier indice sur le parcours. Seuls mes sbires pouvaient payer le prix !

— Vesperil, vous êtes triste à mourir, ricana Gavranti. Se faire du souci pour une chose aussi triviale que la Coupe, alors que nous sommes plongés dans un dessein tellement plus grandiose…

— À travers Pêché mortel, c'est Ys qu'on insulte ! fulmina Vesperil. C'est de moi que l'on se moque ! Et je n'aime pas que La Murène agisse ainsi. Je n'ai pas l'habitude d'être dupé. Et si elle nous dissimulait autre chose ?

— Je partage votre avis sur ce point, argua Ymelda Fergus. Jusqu'à maintenant, nous avons toujours eu toutes les cartes en main. Cette situation est très inconfortable.

Gavranti haussa les épaules.

— Le plan Succion arrive à sa conclusion, poursuivit Ymelda Fergus. Peut-être est-il temps de faire un peu de ménage… Je n'ai jamais aimé partager.

Ses collègues plissèrent les yeux en signe d'intérêt.

— Moi non plus, maintenant que vous le dites, répondit Gavranti avec un sourire de connivence.

Vesperil hocha la tête.

— Fort bien. Il faut trouver Tikken.

Les trois Princes quittèrent la pièce sans plus de cérémonie, laissant les Éclaireurs seuls dans leur cruelle prison.

— Les fourbes ! pesta Sayan. On est bien trop bêtes ! On aurait dû se méfier !

Joan se relevait en toussotant. La grille électrique n'avait pas été tendre avec lui.

— Quand je pense que les financeurs eux-mêmes ont triché pour faire gagner l'une de leurs équipes... Je suis fier qu'on les ait écrasés.

Sayan approuva vivement.

— Les amis, souffla alors Yadriel. Nous ne sommes pas seuls ici. Il y a plein d'autres cellules autour de la nôtre.

Joan et Sayan jetèrent un coup d'œil derrière les barreaux bleutés de leur prison. En effet, il y avait un certain nombre de geôles carrées autour de la leur. Toutes n'étaient pas illuminées, mais dans celles qui l'étaient, des captifs gisaient aussi piteusement qu'eux-mêmes.

Dans la cellule qui jouxtait la leur, il y avait même un enfant. Un jeune garçon, qui se tenait assis tout au fond, et les observait avec méfiance. Il avait dû suivre l'intégralité de leur échange.

Sayan s'approcha à pas lents du bord de la geôle, puis se figea d'un coup.

Elle venait de reconnaître l'étranger.

— Cal ?

Elle tomba à genoux au bord de la cellule, passant ses bras à travers vers le jeune homme de l'autre prison.

— Oh, Cal, c'est toi !

En face, son petit frère ouvrit de grands yeux stupéfaits.

— Grande sœur ?

Il se leva, incrédule, et fit un pas hésitant dans sa direction.

— C'est toi ?

— Oui, c'est moi, mon grand ! lâcha Sayan dont la voix était brisée par l'émotion. Viens là, viens là !

Des sanglots incontrôlables s'étaient mis à agiter sa poitrine, à mi-chemin entre larmes et rire. Les barreaux l'empêchaient de serrer son frère contre elle, mais elle put presser ses petites mains dans les siennes. Très fort.

— Oh, Cal, tu es en vie ! J'ai eu tellement peur !

Sayan se mit à balbutier des paroles incompréhensibles, parmi lesquelles on put saisir « Galbi », « K'il », « village » et « absent »... Son frère aussi versait de chaudes larmes sur ses poignets fébriles.

— Je savais que tu viendrais me chercher, geignit-il faiblement. Tu l'avais promis.

— Oui, mon grand. Je te l'avais promis.

Elle caressa doucement son visage en se calmant, puis sécha ses larmes et hoqueta un rire triste.

— Que s'est-il passé, Cal ? Que t'est-il arrivé ? Les habitants du village m'ont dit que tu avais disparu du jour au lendemain.

Le garçon renifla bruyamment.

— Les méchants ont frappé dans la nuit noire. Le Maître Jot'il a été assommé, et ils m'ont mis un bâillon sur la bouche. Après, ils nous installés dans un gros véhicule qui nous a conduits jusqu'à un bateau. C'est là que j'ai compris que c'était des pirates. Ils n'arrêtaient pas de piquer le Maître pour ne pas qu'il se réveille.

— Des pirates, commenta sombrement Yadriel. Leur capitaine, il avait un grand chapeau et parlait comme un faux aristocrate ?

Cal approuva vigoureusement.

Yadriel poussa un profond soupir.

— En tous cas, tu n'as plus à avoir peur de lui, bonhomme. Il est mort.

Cal afficha une moue sceptique.

— Dommage, répliqua-t-il à la grande surprise du sameda. En vrai, il ne me faisait pas peur du tout, il n'était pas méchant. Il me laissait même en liberté sur le navire, et il y avait une gentille dame avec une longue épée qui m'apprenait plein de choses.

— Funeste, comprit Sayan. Ne t'inquiète pas, on l'a sauvée, elle.

Les lèvres de Cal s'élargirent d'un sourire innocent.

Mais sa mine s'assombrit aussi vite qu'elle s'était éclairée.

— C'est devenu beaucoup moins drôle quand on est arrivés ici. Ils ont emporté le Maître quelque part, mais j'ignore où. Et moi, j'ai été enfermé là.

— Depuis combien de temps ? s'alarma Sayan.

Cal afficha un rictus incertain.

— Je ne sais pas. Je n'arrive pas à compter...

— C'est pas grave, mon grand, le rassura sa sœur. L'important, c'est qu'on soit avec toi.

— Ils ont arrêté tout le monde, il y a même des Princes marchands, ajouta Cal en désignant deux cellules un peu éloignées qui contenaient respectivement un K'il et un homme d'âge mûr.

— Le Prince Def'il et le Prince Fergus, comprit Sayan.

Les deux Princes étaient trop loin pour discuter sans hausser le ton, mais ils leur adressèrent des signes de main joviaux. Les Éclaireurs y répondirent avec politesse.

— D'ailleurs, je dois te dire quelque chose, ajouta Sayan à l'intention de son frère avec un sourire en coin. On a gagné. La Coupe, on l'a gagné.

Les yeux du petit garçon s'illuminèrent.

— Nooooon ? C'est vrai ?

— Mais oui !

— Vous êtes des champions !

Sur le visage de Cal se peignit une admiration sans bornes. Tout d'un coup, l'ensemble de ses tracas s'envola, comme partis en fumée. Il jeta un regard de vénération à sa sœur.

— Tu as gagné la course, et tu es venue me chercher, dit-il. Tu es la meilleure sœur de tout l'univers !

Sayan détourna les yeux. D'autres larmes se frayaient un chemin jusqu'à eux.

À côté, Joan portait à peine attention à ces émouvantes retrouvailles. Il était bien trop concentré.

Il fulminait.

Si c'était bien la mère de Naëli qui avait fait tout ça, il fallait absolument qu'il sorte de cette prison.

Son amie était en danger.

***

— Ça fait bien trop longtemps qu'ils sont partis. Je n'aime pas ça.

Dans la cale de l'*Esturgeon*, Molly faisait les cent pas. À côté d'elle, Jérémy observait le minuscule serpent de mer que Naëli avait rapatrié sur le navire. Ce dernier était devenu si petit qu'il avait fini par l'enlever de son bac pour le plonger dans un étroit bocal. Le secrétaire n'avait pas tout compris aux explications de Naëli, mais une chose était certaine : ce n'était pas bon.

— Peut-être qu'Hydropolis est très grande, et qu'ils ont été emmenés à l'autre bout de la ville ? répondit-il d'un ton hésitant en s'arrachant à sa contemplation.

— N'importe quoi, rétorqua Molly. Les podiums de la Coupe sont toujours situés juste à proximité de l'arrivée pour pouvoir enchaîner rapidement avec la cérémonie.

— Alors c'est probablement la cérémonie qui dure un peu. Non ?

— Ils seraient forcément venus nous prévenir !

Molly s'immobilisa d'un coup.

— Ils sont en danger, j'en suis sûre. Il faut qu'on parte à leur recherche.

— Quoi ? s'étrangla Jérémy. Dans ce nid de vipères ? Mais je suis recherché, moi ! Et toi, si tu tombes sur Tikken, on est mal !

— Je m'en fiche. Tikken est peut-être en train de les disséquer bout par bout, je ne vais certainement pas le laisser faire.

Elle ramassa le maillet que Sayan avait utilisé la veille contre les agresseurs de la Scie-à-viande et le glissa sous sa ceinture.

— J'y vais. Tu viens si tu veux, je ne peux pas te forcer.

Jérémy se dressa d'un bond.

— Mais c'est de la folie ! Molly !

La vieille dame s'apprêtait à monter sur le pont quand un appel discret retentit depuis celui-ci.

— Psst, il y a quelqu'un ?

Un instant plus tard, une femme gracile pénétrait dans la cale, en compagnie d'un homme d'âge mûr. Tous deux étaient vêtus comme des pirates.

— Maître Seyunal ! s'exclama Jérémy.

— Que faites-vous ici ? demanda Molly, abasourdie.

— Nous sommes venus vous aider, voyons, répondit l'intéressé en se débarrassant des saletés qui encombraient sa redingote.

— Vous avez réussi à trouver Hydropolis ! se réjouit Jérémy. Excellent !

Le Maître hocha la tête.

— Ce ne fut pas si difficile. La ville est aussi bruyante dans la sphère élémentaire de l'Eau qu'un troupeau de buffles sur la plaine.

Il afficha un sourire fatigué.

— Mais le plus dur reste à faire.

Il se tourna vers son équipière.

— Je vous présente Funeste Lamenoire, capitaine de la *Melancolia*, dernier vaisseau actif de la piraterie.

Molly ouvrit de grands yeux ronds comme des soucoupes.

— Mais je vous reconnais ! Vous étiez le second du capitaine Boileux ! C'est vous que mes équipiers ont secourue sur Altor'Narac !

Funeste afficha un large sourire et s'inclina.

— Pour vous servir.

Lorsqu'elle se releva, son visage était redevenu grave.

— Navrée pour ce regrettable incident, d'ailleurs. L'équipage et moi-même suivions les ordres du capitaine Boileux. Il ne vous embêtera plus, j'ai traité le problème… de manière définitive.

— Oui, nous savons, répondit Molly. N'en parlons plus.

— J'ai découvert que c'est grâce à Funeste et ses hommes que j'ai échappé au capitaine Boileux, ajouta le Maître Seyunal. Ce sont eux qui l'ont attaqué, provoquant la diversion salutaire qui nous a permis de nous enfuir, la Maîtresse Lil'yan et moi, juste avant de vous trouver.

— Nous sommes venus ici en réponse à l'appel de la Voix de l'Océan, enchaîna Funeste.

Les autres l'observèrent d'un air incrédule.

— Pardon, le Maître Seyunal, se reprit-elle. La situation est apparemment critique, et la piraterie a choisi d'apporter sa contribution dans le combat à venir. Nous sommes prêts à en découdre avec l'Amirauté.

— L'Amirauté ?

— Vous n'imaginez pas qu'Hydropolis est sans surveillance, répondit le Maître Seyunal. La fine fleur de la flotte amirale la défend.

Molly fronça les sourcils.

— Je n'y avais pas prêté attention, grommela-t-elle. Comment avez-vous fait pour traverser leur blocus ?

— Je suis un Maître de l'Eau, tout de même, grogna le pirate d'un air faussement indigné. Ce n'est qu'un tour de passe-passe pour moi.

Il leva un doigt expert.

— La *Melancolia* est stationnée au large de la ville, avec à son bord les sbires de Funeste et l'équipe d'elfes d'Attirel. Mais elle n'est pas seule. Nous avons rencontré des alliés inattendus.

Il prit une profonde inspiration.

— Contre toute attente, la reine suprême Anyra de Kelebetokey a survécu. Elle a rassemblé une flotte d'amazones et de néréides pour venir nous prêter main-forte.

Un éclair chaleureux traversa le regard de Molly.

— Ça, c'est une bonne nouvelle.

Funeste approuva.

— Grâce à ces renforts, nous n'aurons pas à nous soucier de l'Amirauté. Ils feront diversion.

— Diversion ?

— Pour notre mission d'infiltration. Le succès de toute l'opération repose sur notre capacité à libérer les Maîtres de l'Eau et l'empereur Aethas. Sans eux, impossible de triompher de La Murène.

Il joignit les mains en guise de conclusion.

— Bien, où est Naëli ? demanda-t-il.

Jérémy pinça les lèvres.

— Le reste de l'équipe a disparu. Joan, Sayan, Yadriel et Naëli sont partis recevoir leur récompense, et n'ont pas reparu depuis.

Funeste émit un juron sonore.

— Marins d'eau douce !

Le Maître Seyunal afficha une grimace peu avenante.

— Voilà qui contrarie mes plans.

Molly leva la main.

— En aucun cas. Nous allons faire exactement ce que vous avez dit. Nous infiltrer.

8

Article 2256 : les prisons à énergie transfuge. L'un des derniers projets sur lesquels j'ai pu travailler, au sein du sanctuaire technologique qu'est Hydropolis. Le procédé est simple : la prison est remplie de petites trappes circulaires qui s'ouvrent pour laisser passer des faisceaux d'énergie transfuge lorsque l'on active l'interrupteur. Cela forme des barreaux lumineux immatériels, mais impénétrables. Celui qui tente de traverser est électrifié et repoussé. Certains ont même été découpés en rondelles.

Professeur Hawks, Traité scientifique

Naëli tentait vainement de remettre de l'ordre dans ses idées en parcourant les coursives de la citadelle d'Hydropolis. Mais l'émotion était si forte qu'elle était incapable de réfléchir correctement.

Elle aurait voulu dire tant de choses à la femme qui la précédait d'un pas gracile. Les pensées se bousculaient dans sa tête, sans qu'aucun mot ne s'échappe de sa gorge nouée.

Et si sa mère avait raison ?

Si son projet était finalement le seul moyen de sauver les puissances de l'Eau ? Sous cette perspective, beaucoup de choses prenaient un tout autre sens.

L'immobilisme des Maîtres de l'Eau, par exemple. Les plus puissants d'entre eux n'avaient pas bougé un doigt face à la modernité. Lil'yan, la naga, avait même kidnappé Naëli pour servir les desseins du Prince Hul'doj. Et que dire du Maître Lyn Grant, qui s'était jeté dans la gueule du loup sans réfléchir en lui laissant une mission colossale sur les bras ?

Les paroles de sa mère avaient toujours été empreintes de sagesse. Elle n'avait jamais eu tort. Se pouvait-il qu'une fois de plus, elle ait été dans le vrai ?

Soudain, Aelia s'immobilisa et se tourna vers sa fille d'un air malicieux.

— On arrive, murmura-t-elle.

Et elle passa une arche ouvragée qui s'élevait sur sa droite. Naëli lui emboîta le pas, pour pénétrer dans la pièce qui s'étirait derrière.

Elle se figea à l'entrée.

C'était une vaste salle circulaire entourée de toutes parts par d'immenses baies vitrées. Sauf que les vitres ne donnaient pas sur l'extérieur. Elles révélaient une galaxie d'un bleu marin, un cosmos dans lequel paressaient des liens d'énergie pure qui se chevauchaient sans heurts.

Les énergies de l'Eau.

Naëli écarquilla les yeux.

C'était là qu'elles étaient stockées ! Dans l'immense machinerie d'Hydropolis !

— Bienvenue dans la salle de contrôle, annonça sa mère en observant sa fille avec un sourire amusé.

Naëli était hypnotisée par les volutes bleutées qui évoluaient lentement derrière les baies vitrées. Son regard était comme absorbé à l'intérieur. La sensation était… unique.

Enivrante.

C'était comme lorsqu'elle plongeait sa conscience dans l'océan, en dix fois plus puissant. Elle sentit sa main approcher de la vitre, puis s'y poser délicatement.

Elle voulait aller plus loin.

L'appel de l'Eau était irrépressible.

Mais la barrière vitrée l'empêchait d'y pénétrer.

Sa paume appuya plus fort.

Jusqu'à ce qu'une autre main ne vienne se poser dessus dans un geste empreint de douceur.

— Tranquillement, souffla la voix de sa mère.

Naëli dut effectuer un effort monumental pour tourner les yeux vers elle.

Le regard d'Aelia la couvait d'une profonde affection et semblait s'amuser de la voir découvrir l'endroit.

— Je te présente la personne sans qui rien de cela n'aurait été possible, poursuivit sa mère. Le Professeur Hawks.

Naëli nota alors la présence d'un homme coiffé d'un large haut-de-forme assis devant un vaste ensemble de commandes. Il y avait là des dizaines de leviers, des jauges à n'en plus finir, des boutons de toutes les couleurs, et une longue série de tuyaux. Au milieu, un espace vierge de la taille d'une porte était couvert d'une épaisse plaque de métal.

Le Professeur Hawks quitta son ouvrage et se tourna vers la jeune fille, qu'il gratifia d'un sourire affable.

— Mais… je vous connais ! s'exclama Naëli.

Le sourire de son interlocuteur s'élargit.

— En effet. Nous nous sommes déjà rencontrés. Si j'avais su qui vous étiez à l'époque, je ne vous aurais jamais traitée de la sorte.

Il s'inclina profondément. Naëli lui adressa un signe de la main, vaguement mal à l'aise.

— Et lui, c'est le Haut Amiral, continua sa mère en désignant un second individu qui se tenait en retrait dans le fond de la pièce.

L'inconnu, un vieil homme au teint hâlé, s'inclina à son tour. Puis il pivota vers Aelia, des rides soucieuses sur le front.

— Une flotte étrangère approche d'Hydropolis, madame. J'ai demandé à l'Amirauté de se préparer à un éventuel affrontement. Quels sont vos ordres ?

Aelia leva un bras distrait.

— Je laisse cela entre vos mains compétentes, Haut Amiral. J'ai d'ailleurs dépêché l'un de mes serviteurs pour vous aider dans votre tâche, il vous attend sur votre navire. D'autres sujets plus importants requièrent mon attention.

L'homme acquiesça gravement. Naëli avait à peine écouté leur échange, à nouveau hypnotisée par la puissance incommensurable des énergies qui louvoyaient autour d'elle. Ses innombrables questions laissées en suspens s'envolèrent. Sa défiance avait disparu, dissipée par le fantastique phénomène qui accaparait toute son attention.

— Ça te plaît ? murmura sa mère à son oreille.

Naëli opina sans s'en rendre compte.

— Frustrante, cette vitre, n'est-ce pas ? ironisa Aelia. Que dirais-tu de franchir cette barrière physique pour vivre l'expérience à fond ?

Les yeux de Naëli s'écarquillèrent. À cet instant précis, c'était son vœu le plus cher. Elle se tourna presque mécaniquement vers sa mère, qui émit un rire franc et s'adressa au Professeur Hawks :

— Nous entrons, Professeur.

L'intéressé hocha la tête et actionna plusieurs commandes. Le tableau de bord frémit un instant, puis une étrange énergie vibra devant la porte de métal. Quelques secondes plus tard, la porte avait disparu pour faire place à une ouverture donnant sur le monde visible à travers les vitres. Un véritable portail venait de se matérialiser.

— Es-tu prête pour le plus formidable voyage de ta vie ? chuchota sa mère.

Naëli hocha gravement la tête, et tendit une main tremblante vers le grand inconnu qui l'appelait.

Puis elle se sentit aspirée.

Et la réalité autour d'elle se morcela.

***

Jérémy observa Funeste quitter son poste de guet pour effectuer une roulade et un bond agile dans la petite allée. Moins de trois secondes plus tard, elle était à nouveau dissimulée derrière un mur épais. Elle jeta un coup d'œil aux alentours et adressa à Jérémy et ses deux compagnons restés en retrait un rapide signe de la main.

La voie était libre.

Le Maître Seyunal avança d'un pas vif jusqu'à elle, suivi de près par Molly, dont la démarche et les regards furtifs étaient hautement suspects.

Jérémy se frappa le front d'un geste las.

Misère.

Pourquoi s'était-il à nouveau embarqué dans une mission stupide ?

Il se mordit les lèvres et se lança à la poursuite de ses compagnons en veillant à protéger le petit bocal qu'il avait amené avec lui. Le serpent de mer qui y baignait avait à présent atteint une taille ridicule, mais le Maître Seyunal avait exigé qu'on l'emporte en prétendant qu'il ne fallait surtout pas s'en séparer. Parvenu de l'autre côté de l'allée, il se plaqua contre le mur avec ses compères.

— Ça ne te rappelle rien, Jérémy ? murmura avec humour le Maître Seyunal.

Le secrétaire se rembrunit.

— Si, on a déjà fait la même chose à Ortanck, soupira-t-il.

Mais il n'en conservait pas un très bon souvenir.

Funeste jeta un coup d'œil à l'imposante enceinte qui se dressait au bout de l'avenue suivante, avant de grimacer soucieusement.

— Lourdement gardée, elle aussi, pesta-t-elle dans un souffle. Les soldats de l'Amirauté sont partout. La citadelle est inaccessible.

Le Maître Seyunal poussa un juron à voix basse.

— C'est pourtant là qu'on doit aller. Je le sens.

Il sembla réfléchir un instant.

Jérémy l'observa faire, perplexe.

Après avoir quitté l'*Esturgeon* en toute discrétion — la tâche n'avait pas été facile avec Molly qui était dans tous ses états — la petite équipe s'était lancée sur les traces de Naëli, Joan, Sayan et Yadriel. Ils avaient rapidement retrouvé le belvédère où leurs amis avaient dû recevoir leur récompense, mais la piste s'arrêtait là. Heureusement, le Maître Seyunal leur avait permis de reprendre la recherche. Il avait ressenti une concentration d'énergie immense en provenance de la citadelle. Il ne fallait pas être savant pour comprendre que c'était de ce côté que se trouvaient les Éclaireurs.

Il ne restait plus qu'à y pénétrer.

C'est là que les choses se compliquaient.

Tous les accès semblaient solidement verrouillés.

— Attendez-moi là, ordonna alors Funeste.

Elle disparut au coin de l'allée, pour revenir quelques instants plus tard, équipée d'une lourde corde.

— Puisqu'on ne peut pas entrer par la porte, j'ai une autre solution.

Elle leva la tête d'un air déterminé.

Au-dessus d'eux s'élevait un haut bâtiment dont la façade s'accrochait à l'un des immenses bras de la citadelle.

— Nous allons grimper, annonça Funeste.

Jérémy sentit une sueur froide glisser le long de son dos.

Oh non.
Pas encore une épreuve physique.
Il était d'une constitution bien trop fragile pour ça !

***

Depuis le poste de pilotage du dirigeable de la Cijena, Tikken le Terrible observait Hydropolis. La vue sur la ville et ses bras tentaculaires était imprenable, mais le cyborg n'y prêtait même pas attention. Le panorama qui s'étalait sous ses yeux n'était que le décor de fond de ses noires réflexions.

Il n'avait mis les pieds qu'une seule fois à Hydropolis, lorsqu'il avait rencontré La Murène pour entrer à son service. La cité n'était alors qu'à un stade embryonnaire.

Elle avait bien grandi.

Et tout cela grâce à l'œuvre d'un seul homme. Un homme qu'il haïssait au plus haut point.

Le Professeur Hawks.

Il était l'unique raison pour laquelle Tikken n'avait toujours pas osé quitter le dirigeable de la Cijena. Il craignait la confrontation avec son créateur. Tous deux travaillaient pour le même employeur, qui avait pris le soin de le leur cacher… Tikken était conscient que Hawks était indispensable au projet de La Murène, mais il savait aussi qu'il ne résisterait pas à la tentation de lui sauter à la gorge s'il était mis en sa présence. Il était mieux ici, dans ses quartiers.

— Un véritable président de la Cijena aurait accueilli les vainqueurs de la Coupe en personne, persifla une petite voix dans son dos. Vous ne faites pas honneur à la profession, Tikken.

Les babines du cyborg se retroussèrent avec irritation.

Philas Smogg, l'ancien président de la Cijena qui avait été fait prisonnier lors du coup d'État perpétré par La Murène et ses alliés, avait mis un long moment avant de comprendre ce qui s'était passé. Mais depuis que l'idée avait fait son chemin dans sa tête, il s'était trouvé une verve qu'on ne lui connaissait pas.

Tikken l'aurait bien fait taire définitivement, mais il s'était rendu compte qu'il avait besoin du petit gremlin. Ce dernier possédait des compétences en gestion qui manquaient à Tikken, et qui se révélaient précieuses dans l'administration de la Cijena. Et ce n'était pas Elgen Sansou, le trésorier engoncé dans sa comptabilité, ou Yoklavin Seth, beau parleur mais piètre gestionnaire, qui auraient pu l'aider.

Il devait l'avouer : la Cijena avait sacrément pâti de sa prise de contrôle. Et Smogg avait très bien compris dans quelle situation Tikken se trouvait. Il avait parfaitement réalisé qu'il lui était indispensable. Il se permettait donc les plus audacieuses des critiques.

Mais au fond, Tikken s'en moquait. Les remarques de l'ancien président le divertissaient plus qu'elles ne l'ennuyaient.

Cette fois cependant, il aurait mieux fait de tenir sa langue. Car Tikken était forcé d'admettre qu'il avait raison. Il avait envoyé Yoklavin Seth accueillir les vainqueurs de la Coupe, alors qu'en sa qualité de président de la Cijena, le protocole aurait voulu qu'il s'occupe de l'arrivée.

Il haussa les épaules. Peu importe, les Princes s'en étaient chargés. C'était encore mieux.

Il jeta un regard à l'océan.

Cela faisait une bonne heure qu'une large flotte était apparue à l'horizon, stationnée à distance raisonnable. En plissant les yeux, il avait reconnu les navires amazones de Kelebetokey.

Ainsi donc, le Prince Anyra avait survécu à l'attentat.

Tikken avait dû surestimer les capacités de sa plus proche collaboratrice, le colonel Lysana. Pourtant, lorsqu'il l'avait soudoyée, il avait vu en elle quelqu'un de prometteur.

Qu'importe.

La reine amazone n'avait bénéficié que d'un répit ; l'Amirauté lui règlerait son compte aujourd'hui. Nul n'était plus en mesure de s'opposer au projet Succion.

— Président Tikken ? s'enquit une voix hésitante dans son dos.

Il se retourna lentement vers Yoklavin Seth qui venait d'apparaître dans le poste de pilotage.

— Les Princes requièrent votre présence au centre de commande d'Hydropolis.

Tikken inspira profondément.

Bien.

C'était le signal. L'enclenchement de l'étape finale du projet Succion. Le moment qu'il redoutait, puisque le centre de commande était là où le Professeur Hawks passait le plus clair de son temps. Leur confrontation était désormais inévitable.

— Je vous laisse le dirigeable, Seth, articula Tikken.

Il crispa le poing et passa devant lui d'un pas ferme.

Il était temps pour lui de retrouver son créateur.

9

L'un des plus grands problèmes liés à la mondialisation est d'ordre juridique : il n'existe pas de système juridique mutualisé ni de cour suprême capable de statuer sur les affaires internationales. Cette situation fait le bonheur des trafiquants, des criminels, ainsi que des Princes marchands. En effet, l'absence volontaire de règles globales leur assure de conserver un pouvoir quasi absolu sur leurs propres territoires. Mais ce vide juridique est à double tranchant : il n'y a aucune loi pour les défendre lorsqu'ils sont attaqués par leurs confrères.

L'Encyclopédie des Sept Principautés

Le Haut Amiral était quelqu'un de foncièrement mauvais. Il n'appréciait la compagnie de personne hormis la sienne, et ne trouvait son bonheur que dans l'action violente et subite. Comme lorsque La Murène lui avait demandé d'attaquer Altor'Narac. Il avait savouré le massacre des pirates. Il aurait pu penser que le monde avait été débarrassé d'un fléau nocif, mais la vérité était qu'il avait tout simplement jubilé devant cette œuvre de destruction brutale.

Il aimait ça.

Détruire.

Bien sûr, peu de gens partageaient la violence de ses instincts et il devait donc faire face à une profonde solitude. Mais il avait une alliée précieuse dans cette épreuve : la drogue. Il consommait un nombre de substances bien trop élevé pour conserver un état d'esprit sain. Son physique lui-même reflétait la pauvreté de sa qualité de vie. Il paraissait vingt ans de plus que son âge et souffrait de cruelles afflictions.

Il dut d'ailleurs s'arrêter à l'intersection entre deux couloirs pour se faire une injection avec la seringue qu'il conservait sur lui en permanence. Il poussa un long soupir satisfait en sentant les molécules pénétrer son corps et s'adossa contre un mur.

Sa mâchoire se contracta terriblement.

C'est à ce moment que les Princes marchands lui tombèrent dessus.

Il ne les avait pas vus arriver.

Il tenta d'empêcher le tremblement de ses mains pour garder une contenance et se mit à bafouiller fébrilement.

— Je... Mes Princes. Je me rends sur le vaisseau amiral sur l'heure !

Puis il grinça des dents, constatant que les Princes n'étaient pas au courant de la présence d'une flotte ennemie en approche.

— Une armada est à nos portes, expliqua-t-il en peinant à articuler distinctement. Il me faut défendre Hydropolis.

Ses interlocuteurs échangèrent des regards surpris. Puis le Prince Vesperil hocha la tête et le prit par les épaules. Ses deux acolytes affichèrent des sourires entendus.

— Racontez-moi tout, Haut Amiral.

L'intéressé grimaça un rictus gêné. Il n'était pas en état de discuter avec ses supérieurs. Il était dans de beaux draps.

Comment allait-il pouvoir s'en tirer ?

***

Le Prince Vesperil essuya sa lame d'un air satisfait.

La révélation de la présence de la fille de La Murène parmi les coureurs de la Coupe était finalement providentielle. Il avait d'abord accusé le coup, car il n'avait pas l'habitude d'être floué. Mais il avait rapidement su tourner la situation à son avantage. Cette trahison était un prétexte suffisant pour se débarrasser de La Murène. Et une fois cette dernière éliminée, il aurait le champ libre pour supprimer les autres Princes.

Tout était pour le mieux.

Il restait juste à éclaircir le destin des autres pièces de l'échiquier, à commencer par le Haut-Amiral. Il était possible que l'homme s'affranchisse de l'autorité des Princes pour se rallier à La Murène directement. Il était aussi mentalement instable. Une situation inconfortable dont Vesperil ne pouvait se contenter. Lorsque Gavranti, Fergus et lui étaient fortuitement tombés sur le Haut Amiral sur le chemin du centre de commande, Vesperil avait donc tranché.

Littéralement.

La tête du malheureux gisait à présent à plusieurs mètres de son tronc, sauvagement découpée par sa lame.

Les événements allaient maintenant s'enchaîner très rapidement. Dès que les Princes auraient réglé son compte à La Murène, Vesperil compléterait son score. Il supprimerait l'encombrant Professeur Hawks, tandis que Tikken se chargerait de ses collègues. Vesperil lui avait promis une place stratégique dans la nouvelle organisation en échange de leur élimination, et Tikken n'avait pas résisté à l'appel du pouvoir. Mais le Prince de Sarkoth ne s'acquitterait certainement pas de cette récompense ; Tikken devenait bien trop dangereux. Il serait assassiné comme tous les autres.

Après cela, l'arme colossale que La Murène avait réussi à créer au cœur d'Hydroplis serait sienne. Il n'y aurait plus Sept Principautés, mais une seule. Et le Prince Vesperil serait à sa tête.

***

Ymelda Fergus était aux anges. Tout était sur le point de s'achever. Tikken le Terrible et elle allaient supprimer les derniers obstacles qui se dressaient encore sur leur chemin et régner sur le monde.

Elle avait rencontré le cyborg lorsque son époux avait découvert le complot ourdi par La Murène. Elle s'était liée à lui et n'avait pas hésité à trahir son mari lorsqu'il le lui avait demandé. Ensemble, ils avaient mis sur pied une manigance en marge du complot lui-même : ils avaient utilisé les pions dont ils disposaient pour atteindre leur objectif, il ne leur restait à présent plus qu'à faire le ménage.

La Murène tomberait en premier. Puis ce serait le tour des autres Princes marchands. Vesperil et Gavranti étaient de froids calculateurs, mais ils étaient aveuglés par la confiance qu'ils avaient accordée à Tikken. Et ils étaient loin de s'imaginer qu'Ymelda et lui étaient si proches.

L'excitation s'emparait d'elle à l'approche du centre de commande d'Hydropolis. Encore un couloir et ils pénétreraient dans le grand hall. Il n'y aurait plus qu'un long corridor et une volée de marches pour atteindre l'objectif.

Pourvu que Tikken soit déjà là-bas.

Ils pourraient tout régler d'un coup.

L'heure était venue pour Ymelda Fergus et Tikken le Terrible d'accomplir leur grand dessein.

***

Le Prince Gavranti se frottait les mains.

Tout se passait comme prévu.

Elle avait toujours su qu'ils en viendraient là, et connaissait très bien ses homologues. Ils étaient tout aussi fourbes qu'elle. Mais contrairement à elle, ils sous-estimaient l'importance des sous-fifres. Dans des complots de cette importance, les puissants finissaient inévitablement par s'entre-déchirer ; et à ce moment, c'était les serviteurs qui faisaient la différence. C'est pourquoi dès le début, Gavranti s'était assuré de leur indéfectible loyauté : elle les avait payés grassement pour qu'ils se débarrassent non seulement de La Murène, mais également des deux autres Princes trop encombrants. Elle avait vu large en achetant à la fois Tikken le Terrible, Kalecq, Boileux, et même le Haut Amiral. Elle avait bien fait, car les trois derniers étaient morts.

Mais le premier suffisait.

Tikken était de loin le plus efficace.

Une fois la situation éclaircie, elle n'aurait plus qu'à s'emparer du fruit de leur labeur à tous, et les Sept Principautés lui appartiendraient.

Ses acolytes et elle passèrent le grand hall d'Hydropolis, et poursuivirent leur chemin jusqu'au centre de commande. Ils montèrent un mince escalier, avant de pénétrer dans la vaste pièce circulaire. Il n'y avait là que le Professeur Hawks, affairé sur sa machine.

Gavranti pinça les lèvres, puis se retourna d'un geste.

Un bruit de pas venait d'annoncer l'arrivée de quelqu'un d'autre dans la salle. Une haute silhouette fit son apparition.

Un sourire ravi s'étira sur sa figure.

Tikken.

***

— Tikken, déclara Ymelda Fergus. Enfin.

Le cyborg cligna des yeux.

Il ne s'était jamais rendu dans le centre de commande d'Hyropolis, et il resta interdit devant les parois vitrées et ce qu'elles révélaient. Il savait pertinemment ce que La Murène faisait là, mais le voir de ses propres yeux, c'était autre chose. La vision du Professeur Hawks assis dans le fond de la pièce le tira brutalement de sa contemplation.

Voilà.

L'heure de la confrontation était venue.

Ce n'est que lorsque les paroles d'Ymelda Fergus tintèrent à ses oreilles, comme en écho, qu'il prit conscience de la présence des Princes. Il se tourna lentement vers eux, avant de se mordre les babines, hésitant. C'était Hawks qu'il était venu voir, pas eux. Obnubilé par la confrontation avec son créateur, il avait presque oublié qu'ils l'avaient fait mander.

— L'heure a sonné, déclara Ymelda Fergus avec un hochement de tête entendu.

Tikken cligna bêtement des yeux.

Il savait parfaitement ce qu'elle voulait dire : la mascarade avait assez duré. Au fond de lui-même, il maudit le sort de lui imposer cette situation. Fallait-il que la chance lui manque pour que cela arrive au moment précis où il retrouvait son créateur !

Puis il hocha la tête à son tour.

En fait, c'était mieux ainsi.

Il pourrait discuter avec Hawks à tête reposée une fois qu'il aurait fait le ménage.

Dans un mouvement fluide, il dégaina l'un de ses deux sabres thermodynamiques, et un sifflement aigu retentit dans la pièce.

Ymelda Fergus observa avec stupéfaction la lame qui traversait sa poitrine. Elle jeta à son meurtrier un regard éperdu, peinant à comprendre, avant de s'effondrer comme une poupée de chiffon.

Le Prince Gavranti voulut émettre un rire moqueur, mais seul un hoquet de douleur s'échappa de ses lèvres. La seconde dague de

Tikken venait de s'enfoncer jusqu'à la garde entre ses omoplates. Elle contempla avec horreur la lame qui perforait de son torse, puis tomba à genoux. Elle cracha un filet de sang, avant de basculer finalement en avant en poussant un râle d'agonie.

En face, le Prince Vesperil gratifia Tikken d'un sourire de connivence.

— Beau travail. J'ai bien fait de t'offrir le pouvoir. Tu ne m'aurais pas servi pour moins que ça, n'est-ce pas ?

Tikken renifla avec mépris.

Et il se saisit du pistolet accroché à sa ceinture.

Une sourde détonation résonna dans la salle de commande, et le Prince Vesperil fut projeté en arrière. Il s'écrasa brutalement contre une paroi vitrée, avant de glisser piteusement au sol, une blessure béante crevant son abdomen.

Tikken s'approcha lentement et s'accroupit à côté du mourant.

— Fergus a tenté de m'acheter avec de l'affection, Gavranti avec de l'argent, et toi avec du pouvoir. Aucun d'entre vous n'avait une offre capable de rivaliser avec celle de La Murène.

Vesperil cracha un filet de sang.

— Tu as été plus malin… que nous tous, hoqueta-t-il. Nous avons cru… pouvoir t'utiliser… mais c'est toi… qui nous as utilisés.

La gueule de Tikken s'élargit d'un sourire moqueur garni de crocs acérés.

— En effet. La Murène et moi travaillions ensemble depuis le début. C'était vous, les pions. Vous avez eu tort de penser que vous déteniez un quelconque pouvoir dans ce complot.

Il se releva et jaugea le Prince avec mépris.

— Aujourd'hui, nous n'avons plus besoin de vous.

Les yeux de Vesperil roulèrent dans leurs orbites et sa tête s'inclina sur le côté.

C'était fini.

— Les Princes sont morts, annonça alors le Professeur Hawks depuis le fond de la pièce. La dernière phase du plan Succion peut débuter.

L'attention de Tikken se reporta sur celui qui l'observait d'un regard perçant. Ymelda Fergus n'avait pas eu entièrement tort.

L'heure avait bel et bien sonné.

10

La médomancie est la branche la plus mystérieuse de la magie bleue. Elle requiert de savoir manipuler l'eau sous sa forme la plus volatile, la forme gazeuse. C'est pourquoi elle n'est maîtrisée qu'au bout de longues et studieuses années d'entraînement. Il s'agit d'une magie régénératrice qui permet de soigner plaies et afflictions, ce qui la rend très précieuse. Son maniement a toujours été l'apanage du peuple K'il, qui garde jalousement ses secrets.

Le Grimoire Englouti

Funeste lança un regard angoissé au reste de l'équipe qui achevait son parcours acrobatique. Ses trois compagnons et elle avaient entrepris l'escalade d'un colossal tuyau métallique qui rejoignait la base de la citadelle. Et ils avaient réussi tant bien que mal à s'exécuter sans attirer les regards.

Mais si la chose s'était avérée aisée pour Funeste, qui possédait l'équilibre et l'agilité d'un félin, c'était une autre paire de manches pour ses comparses. La Voix de l'Océan — le Maître Seyunal, elle n'arrivait pas à s'y faire — ne se débrouillait pas trop mal et parvenait à progresser à genoux, mais la vieille dame et le jeune homme à lunettes étaient dans une situation précaire. La première avait l'air sujette au vertige, et le second complètement paniqué. Tous deux avançaient en rampant sur le bras de métal.

Funeste grinça des dents.

Elle déposa le petit bocal qu'elle avait récupéré pour cette étape difficile, et rebroussa chemin pour porter secours à ses compagnons.

D'un pas aérien, elle se glissa jusqu'à eux, et commença à les motiver :

— Vous y êtes presque. Encore un effort.

Elle ne savait pas trop quoi dire, en réalité. Et trop s'approcher risquerait de les brusquer.

— Mais c'est insupportable, gémit le jeune homme. Pourquoi n'ai-je jamais rien lu sur l'escalade ?

La vieille dame grogna une imprécation ténébreuse et avança sur les coudes. Elle manqua de glisser et poussa un juron sonore.

— Mille forbans ! Ce n'est plus de mon âge !

Funeste grimaça.

C'est vrai, l'épreuve n'était pas facile.

Juste devant elle, le Maître Seyunal finit par serrer les poings et fermer les yeux.

— Bon, j'en ai assez.

Il leva une main au ciel, avant de l'abattre avec force sur le tube métallique. Celui-ci se couvrit instantanément d'une gangue de glace qui vint épaissir puis aplanir sa surface.

— En avant, cracha le Maître en grimaçant sous l'effort.

Alors qu'il se redressait, Funeste ouvrit de grands yeux ébahis. Seyunal se mit à marcher à pas vifs sur la nouvelle surface gelée, imité par ses deux complices. Le revêtement était toujours glissant, mais il était à présent plat et rigide. Impressionnée, Funeste fit demi-tour et regagna la citadelle.

Quelques instants plus tard, ils étaient tous arrivés à bon port.

Le Maître poussa un profond soupir et la glace s'évapora.

— Ça va aller ? demanda alors leur compagnon à lunettes en se penchant vers lui avec sollicitude. Utiliser la cryomancie nécessite beaucoup d'énergie, je l'ai appris avec Naëli.

— Ça va, répondit Seyunal, dont l'attitude démentait les paroles.

Il se tenait les côtes en soufflant comme un bœuf.

Mais il devait savoir ce qu'il faisait.

— Eh, les amis, chuchota alors la vieille dame qui avait pris un peu d'avance. La voie est libre.

Une coursive sombre s'ouvrait devant eux.

Ils s'engouffrèrent dans les profondeurs de la citadelle.

***

— Encore un instant.

Le Prince Anyra retint sa respiration. Sa flotte s'était mise en mouvement et approchait des navires de l'Amirauté. Ces derniers avaient adopté une formation défensive. Elle n'avait qu'un ordre à donner et la bataille commencerait.

Malgré les rangées de bâtiments solidement armés qui lui faisaient face, la reine suprême des amazones n'avait pas peur. Le peuple amazone était un peuple guerrier. Ses combattantes étaient redoutées dans le monde entier.

Il était temps de le rappeler aux Sept Principautés.

— Un court instant…

Une poignée de navires s'était détachée de la flotte ennemie et fusait droit vers elle. Anyra avait tout de suite compris la stratégie de l'adversaire : ils avaient reconnu son vaisseau amiral et tentaient de couper la tête de son armée pour mettre un terme anticipé à la bataille. Le meilleur moyen d'obtenir une victoire rapide et sans bavure. L'Amirauté comportait indéniablement de nombreux professionnels, dont elle saluait la compétence.

Mais ils ne connaissaient pas les navires amazones.

Si le vaisseau amiral d'Anyra caracolait en tête de la flotte, ce n'était pas parce que les deux reines étaient à son bord. C'était parce qu'il comportait les armes les plus destructrices.

— C'est maintenant, souffla la reine Halimède.

Anyra baissa le bras.

C'était le signal.

Le navire vibra en profondeur lorsque les torpilles furent larguées. Anyra leva un regard hautain vers les cinq vaisseaux ennemis en approche.

Un instant plus tard, un craquement inquiétant agita l'océan. Et les cinq bâtiments explosèrent à l'unisson dans une déflagration cataclysmique. Le brasier qui dévora immédiatement leurs épaves se refléta dans les iris dorés du Prince de Kelebetokey.

Elle venait de donner le ton de la bataille.

L'adversaire avait intérêt à être à la hauteur.

Elle siffla un ordre sec et le vaisseau amiral vira de bord. Plusieurs des navires qui le suivaient l'imitèrent, tandis que d'autres prenaient la direction opposée. En face, l'ennemi resta un moment interdit, puis l'immense appareil naval de l'Amirauté se mit en branle.

Près de la moitié de ses forces entrèrent dans la bataille. Une bonne partie avança droit vers le vaisseau amiral amazone.

Anyra donna de nouvelles indications, et son navire vira à nouveau de bord. Il fit volte-face pour tourner le dos à l'ennemi, qui le prit immédiatement en chasse.

— Bien, articula la reine de Kelebetokey. Halimède, c'est à toi.

Sa sœur hocha gravement la tête, et plongea dans les profondeurs immergées du bateau. Un grincement inquiétant se propagea sous la surface de l'océan, et les machines du vaisseau amiral se mirent à rugir.

— Mangez ça, gronda Anyra en se rendant à la poupe du navire pour observer l'avancée de l'ennemi.

Elle saisit une longue-vue et y colla son œil droit.

Puis elle afficha un sourire satisfait.

Sa tactique portait ses fruits.

Les navires amazones étaient équipés d'une série de dispositifs compliqués mêlant magie de l'Eau et mécanique. Ces machines permettaient d'installer une forte pression sur les courants. Avec des bateaux soigneusement disposés à des endroits stratégiques, la flotte était en mesure de contrôler localement les courants marins. Un processus de récupération des eaux permettait de surcroît de diffuser un brouillard dense sur la surface.

De quoi désorienter l'ennemi et isoler ses forces.

Anyra savait que c'était là la seule manœuvre payante. Diviser l'Amirauté pour éliminer ses navires un à un.

Alors qu'un brouillard épais commençait à s'étaler sur l'océan, elle donna l'ordre de faire demi-tour. Les vaisseaux adverses lancés à sa poursuite étaient en train de virer de bord, impuissants face à l'énergie générée par les amazones.

Anyra n'avait plus qu'à aller les cueillir.

Sa stratégie reposait entièrement sur l'effet de surprise, elle devait en profiter maintenant. L'ennemi ne connaissant pas ses atouts, et c'était sa seule carte à jouer. Dès qu'il aurait compris, il réorganiserait ses forces, et la véritable bataille commencerait. Il fallait éliminer le plus de bâtiments possible avant que cela n'arrive.

Elle dégaina le sabre glissé dans sa ceinture et le leva haut dans le ciel brumeux.

— À l'attaque, mes sœurs !

***

Sayan commençait à avoir la gorge sèche. Depuis qu'elle avait retrouvé son frère, il l'avait bombardée de questions sur la Coupe. Elle lui avait narré en détail l'ensemble de leur périple, depuis sa rencontre avec les Éclaireurs jusqu'à leur victoire et leur capture finale.

Joan et Yadriel avaient également participé à la discussion, mais beaucoup plus évasivement. Ils étaient occupés à échafauder un plan pour s'échapper.

Malheureusement, tout ce qui leur était venu à l'esprit s'était révélé irréalisable. Les barreaux d'énergie transfuge de la cellule les emprisonnaient plus sûrement qu'un épais mur de pierre.

— C'est idiot, il suffirait d'atteindre le levier à l'entrée de la pièce, grinça Joan. C'est comme ça qu'on a été enfermés, je suis sûr que ce n'est pas bien plus compliqué dans le sens inverse.

Yadriel prit son menton entre ses mains.

— D'accord avec toi. Mais encore faut-il pouvoir l'actionner, ce levier.

Il leva les yeux.

Les grilles qui les emprisonnaient montaient jusqu'au plafond. L'escalade n'était pas une option, d'autant qu'il était impossible de toucher les barreaux sans dommage.

— Et si on lançait nos vestes accrochées les unes aux autres en espérant qu'elles retombent sur le levier ? tenta Joan.

L'idée était encore plus saugrenue que les autres.

Yadriel secoua la tête.

— C'est fichu. On ne peut rien faire de l'intérieur. Impossible de sortir de là sans aide extérieure.

Un bruit de pas étouffé retentit alors à l'entrée de la prison. Quelques instants plus tard, quatre individus y pénétraient avec précipitation.

Les nouveaux venus comme les captifs ouvrirent de grands yeux abasourdis.

— Molly ! Jérémy ! s'exclama Joan.

— Y'a qu'à demander, se réjouit Yadriel avec un large sourire.

Sayan en resta bouche bée.

— Tu as vraiment une chance de pendu, toi, dit-elle à Yadriel.

— Les amis ! cria Molly de l'autre côté de la prison.

Elle courut jusqu'aux barreaux de la cellule.

— Non ! s'écria Joan. Ne les touche pas. Il faut actionner ce gros levier, là-bas !

Mais Jérémy avait déjà compris.

Il appuya de toutes ses forces sur le levier en question qui bascula dans un grincement sinistre. L'énergie qui alimentait les barreaux s'évanouit aussitôt, et les prisonniers furent libres.

Le frère de Sayan lui sauta dans les bras, et elle manqua de tomber à la renverse. Enfin, elle pouvait le serrer contre elle !

Pendant ce temps, les Éclaireurs s'embrassaient, trop heureux d'être tirés de leur terrible prison. Sayan finit par s'arracher à l'étreinte de Cal et le présenta aux autres. Molly l'observa avec des yeux ronds comme des soucoupes avant de venir le serrer dans ses bras, toute retenue abandonnée.

— Quel plaisir de te rencontrer ! se réjouit-elle d'une voix bien trop forte pour ne pas traumatiser le garçon qui lançait à sa sœur des regards paniqués.

Les Éclaireurs éclatèrent de rire.

Puis ils dévisagèrent les étrangers qui accompagnaient Molly et Jérémy.

— Maître Seyunal ! s'exclamèrent-ils à l'unisson. Et… Funeste ?

Joan, Sayan et Yadriel avaient immédiatement reconnu la flibustière qu'ils avaient soignée sur Altor'Narac.

— Mais que faites-vous là ? demanda Sayan, abasourdie.

Joan leva une main impérieuse.

— Vous nous expliquerez plus tard. L'urgence, c'est Naëli !

Les autres opinèrent gravement.

— Je me disais bien qu'elle manquait encore à l'appel, grogna Molly. Où est-elle partie, cette fois ?

— On l'ignore, grimaça Joan. Elle a été emmenée par La Murène qui n'est autre que…

— Je pense savoir où, coupa Seyunal. Je peux vous y conduire.

Joan lui jeta un regard reconnaissant.

— Guidez-nous !

Le pirate acquiesça et se dirigea vers l'entrée de la prison.

— Attendez ! intervint Cal avec une assurance étonnante alors que tous lui emboîtaient le pas. On ne peut pas laisser les autres prisonniers dans leur état !

Sayan s'immobilisa.

— Si vous me laissez quelques minutes, je peux les remettre sur pied, ajouta le garçon en se dirigeant vers le fond de la pièce, sa sœur sur les talons.

Molly fronça les sourcils, perplexe.

— Les autres prisonniers ?

— Les deux Princes marchands survivants, répondit Yadriel. Le Prince Fergus et le Prince Def'il. Ils sont dans un sale état, d'après ce qu'on a compris.

Il courut rejoindre Sayan et son frère, le reste de l'équipe sur les talons. Effectivement, les Princes faisaient peur à voir. Le Prince Fergus était si maigre qu'on aurait dit un squelette. Il devait être là depuis très longtemps. Quant au Prince Def'il, son corps de K'il avait subi une hybridation effrayante qui n'était pas sans rappeler celle de Tikken le Terrible.

Les Éclaireurs frissonnèrent.

Mais Cal était déjà à l'ouvrage. Il s'était penché au côté des Princes et avait posé ses mains sur leurs poitrines, les yeux fermés, profondément concentré.

— La médomancie, souffla Seyunal, l'air fasciné. La branche de la magie bleue la moins connue…

Jérémy émit un sifflement curieux.

— Un savoir ancestral du peuple K'il, expliqua le pirate en réponse à sa question muette. Parmi les Maîtres, seul le Maître Jot'il connaissait encore ses secrets.

— Cal était l'élève du Maître Jot'il, précisa Sayan en observant le travail de son frère. Vous pouvez avoir confiance en ses capacités.

Elle disait vrai. Les visages des Princes reprenaient des couleurs.

— Nous perdons du temps, trépigna Joan.

— C'est presque fini, répliqua Cal.

Quelques instants plus tard, les Princes ouvraient les yeux et se redressaient sur leurs séants en se frottant le front. Ils posèrent sur leur entourage un regard surpris.

— Des étrangers sont venus nous délivrer, leur confia Cal. Je vous ai prodigué un traitement sommaire, profitez de l'occasion pour vous échapper.

Il n'eut guère le temps d'en dire plus. Joan était déjà reparti, et le reste de l'équipe se précipita pour le rattraper. Sayan s'immobilisa à l'entrée de la salle.

— Cal, dépêche-toi ! lança-t-elle.

Le garçon gratifia les Princes d'un sourire radieux et courut rejoindre sa sœur. Devant, dans le corridor sombre, la voix grave de Molly rugissait comme un lion en cage.

— Rendez-nous Naëli !

11

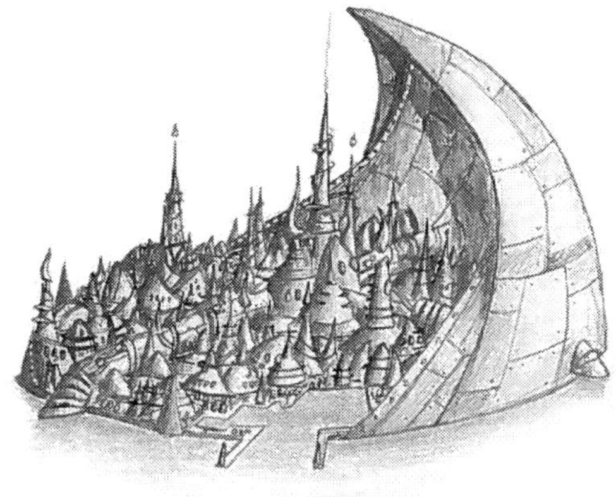

– La page traitant du plan élémentaire a été arrachée de l'Encyclopédie, avec une unique inscription dans la marge en guise de commentaire : « charlatans » –

L'Encyclopédie des Sept Principautés

Naëli était ailleurs. Sa conscience s'étiolait parmi les énergies de l'Eau, absorbée dans son élément. Elle avait lâché prise avec la réalité et se déplaçait dans la sphère élémentaire elle-même, libre de toute contrainte matérielle.

Elle vivait une expérience incroyable.

Elle était tout. Et tout était elle.

Elle ne sentait plus rien. Seule une intense émotion, un partage transcendant affranchi de toute barrière. Une paix infinie.

Et puis, soudainement déchirée par la souffrance, elle fut arrachée à sa communion. Ses sens reprirent le dessus, et elle récupéra la vue, l'ouïe, le toucher. Le décor se remit en place devant ses yeux. Et sa conscience regagna son corps.

— Voilà, reviens-moi, déclara la voix douce de sa mère. C'est bien.

Naëli se retrouva à genoux, paumes posées contre un sol gelé dont elle ne ressentait pas la température.

Aelia était penchée sur elle, un sourire sur les lèvres. La jeune fille porta une main à sa poitrine, récupérant un souffle qu'elle avait pendant un instant abandonné.

— Que... Que s'est-il passé ? gémit-elle.

— Nous avons pénétré dans la sphère élémentaire, répondit sa mère. Le territoire de l'Eau.

— Pourquoi… est-ce si douloureux ? grimaça Naëli.

— Tu possèdes un pouvoir immense, ma fille. Plus la sensibilité à l'Eau est grande, plus le premier passage dans le royaume élémentaire est éprouvant. Parce que tu ressens toute l'énergie qui nous entoure, plus profondément que nul autre.

Naëli se releva lentement et observa le décor avec étonnement. Elle se trouvait dans une vaste grotte de glace. Elle aurait dû avoir froid, mais ce royaume semblait affranchi de toute température.

— Où sommes-nous ? frissonna-t-elle.

— Oh, ce n'est pas vraiment un lieu, expliqua Aelia en haussant les épaules. Plutôt… un univers différent. Un plan parallèle qui n'existe pas dans les Sept Principautés, mais qui alimente l'énergie vitale de notre monde.

Elle ouvrit les bras en grand.

— Ce monde est un océan sans fond ni surface. Une immensité d'eau sans frontière, dans laquelle se promènent de larges blocs de glace comme celui-ci, libres des contraintes gravitationnelles. Ce qui est très perturbant pour des créatures ancrées dans la matérialité comme nous.

Elle se déplaça sur la gauche et entreprit de marcher sur la paroi de la grotte jusqu'à son toit pour prouver ses dires. Naëli observait à présent sa silhouette la tête en bas, tenant au plafond à la manière d'une chauve-souris.

Elle se frotta les yeux.

— Tu ne rêves pas, ma fille, s'amusa Aelia. Bienvenue dans le plan élémentaire de l'Eau.

Naëli grimpa à son tour sur la paroi. Comment était-ce possible ?

— Regarde, poursuivit sa mère en posant une main sur la glace.

Cette dernière fondit d'un coup, absorbée, laissant apparaître un large trou qui donnait directement sur l'océan. Des vagues y clapotaient doucement, comme si elles étaient bel et bien situées en dessous de leur position, à la verticale… Mais il n'y avait ni verticalité, ni horizontalité ici. Seulement l'eau. Partout.

— Des nuages de vapeur se déplacent également au gré des courants, au cœur même de l'océan, ajouta sa mère. Tu vois, ici, l'eau est présente sous toutes ses formes.

Naëli se pencha sur le trou. L'eau transparente laissait effectivement voir l'immensité d'une mer sans bornes, éclairée par quelque miraculeuse luminosité qui lui donnait sa couleur bleue.

— Ce monde est plus ancien que le nôtre, continua Aelia. Il en est même à la source. Il vit grâce aux énergies de l'Eau. Elles sont sa force vitale, son cœur battant. Et elles façonnent aussi les Sept Principautés depuis ce territoire abstrait.

Naëli approuva lentement, troublée.

— Le recueil de Mallaé Fusillaine en parlait, souffla-t-elle. Il prétendait que le monde avait été créé grâce aux travaux des Essences élémentaires et de leurs serviteurs.

— Le recueil disait vrai, confirma sa mère. Ce plan d'existence est la demeure des énergies primordiales antérieures à la genèse de notre monde à nous. Il existe d'autres plans élémentaires qui lui sont similaires. Ces plans parallèles sont les origines mêmes de notre univers, qui est bien plus vaste que ce qu'on en connaît. Les Sept Principautés n'en sont que la partie nord. Elles sont tombées sous l'influence de l'Essence de l'Eau après la grande guerre élémentaire.

— Il y aurait donc… d'autres mondes ? s'étonna Naëli.

— En effet. Trois autres, dominés chacun par son élément.

Elle sembla se plonger dans une réflexion rêveuse.

— Cet univers est encore plein de mystère. J'ai compris au bout d'un moment qu'une fois leur enveloppe corporelle libérée dans le monde matériel, les morts rejoignaient le plan élémentaire où nous nous tenons actuellement. Mais j'ignore où ils se rendent ensuite.

Elle secoua la tête.

— Ce plan recèle la puissance fondatrice du monde lui-même. Tu imagines ?

Naëli restait coite.

— J'espère que tu comprends ce que je fais, maintenant, acheva sa mère. On ne peut risquer qu'une telle puissance tombe entre de mauvaises mains. L'industrialisation et la modernité sont en train de la détruire à petit feu. Que se passera-t-il lorsqu'elles auront consumé toute son énergie ? Lorsque les fondations de notre monde s'ébranleront par la faute de l'avidité des races mortelles ?

Naëli ouvrit de grands yeux terrifiés.

Elle comprenait tellement de choses.

Sa conscience semblait s'être élargie, emplie d'un savoir nouveau. D'une connaissance transcendante.

— Comment... Comment as-tu découvert tout cela ? s'enquit la jeune fille, hésitante.

Sa mère émit un rire clair.

— C'est toute l'ironie de la chose ! Car ça n'a été possible que grâce à la science qui est la raison même pour laquelle le monde est en danger. Tous les pouvoirs et la sensibilité des magiciens des Sept Principautés n'ont jamais réussi l'exploit que j'ai accompli grâce à la technologie. Le Professeur Hawks a construit une machine très puissante dans laquelle j'ai canalisé mes énergies. J'ai ainsi pu avoir un aperçu de ce monde. C'est le mélange de la magie et de la technologie qui m'a conduite ici !

Son discours était passionné.

— Oh, bien sûr, je ne possédais qu'une puissance dérisoire, acheva-t-elle. Il m'en fallait beaucoup plus pour ne serait-ce que m'incarner dans cet univers. Et je n'aurais jamais réussi sans Hydropolis et le projet Succion.

Elle s'accroupit auprès du trou qui crevait la glace et glissa les jambes dans l'eau.

— Suis-moi, dit-elle avec un sourire complice.

Elle s'enfonça dans l'océan, et Naëli s'immergea à son tour, incertaine. À peine eut-elle plongé la tête sous la surface que la sensation de plénitude l'envahit à nouveau. Elle ressentait l'énergie de l'Eau autour d'elle, pure, formidable. Elle avait l'impression de n'avoir joué jusqu'à présent qu'avec une force magique faible et dénaturée. Le pouvoir de l'Eau qui régnait sur Sept Principautés semblait tout d'un coup extrêmement fade ! Elle aurait souhaité rester ici pour le reste de sa vie.

— Un vaste réseau de tunnels glaciaires permet de relier cet endroit à celui où nous allons, mais passer par l'eau sera plus rapide, indiqua Aelia. Prends ma main.

Naëli fronça les sourcils, puis glissa sa paume dans celle de sa mère. Aussitôt, l'univers aqueux se mit à tourner sous ses yeux à toute vitesse. Elle se déplaçait plus vite qu'une fusée dans le plan élémentaire. Elle le sentait.

Quelques instants plus tard, le décor se remit en place. Elle se trouvait dans une grotte similaire à celle qu'elle avait quittée, dans un trou presque identique. Sa mère prit pied sur le sol gelé toujours aussi tiède et l'aida à sortir de l'eau. Puis elle s'engagea dans un escalier de glace qui descendait non loin entre des murs aux reflets blancs et bleus.

Naëli se glissa derrière elle. La volée de marches l'amena jusqu'à une seconde grotte, bien plus grande que la précédente, éclairée par une intense lumière. Cette dernière provenait d'une immense sphère aqueuse qui trônait au centre de la caverne, flottant à mi-hauteur. D'épaisses chaînes la maintenaient en place. Et tout autour, d'autres bulles plus modestes étaient reliées à la première par des liens tout aussi solides.

Naëli les dénombra lentement.

Il y en avait huit. Plus une qui semblait avoir été détruite, puisqu'il n'en restait qu'une chaîne brisée. Six d'entre elles contenaient des silhouettes flottantes plongées dans un profond coma. Les deux autres étaient vides.

Et tout au fond, derrière, il y avait un épais bloc de glace, lui aussi relié à la sphère centrale par une chaîne de métal.

Un frisson parcourut l'échine de Naëli.

Elle savait de qui il s'agissait.

C'était les Maîtres de l'Eau.

— Les Maîtres se sont opposés à mon projet dès le début, gronda Aelia en crispant le poing, haineuse. Ils estimaient que les énergies de l'Eau ne pouvaient être domptées, que si l'industrialisation les faisait disparaître à petit feu, c'était dans l'ordre des choses. J'ai tenté de leur expliquer que les enjeux étaient bien plus grands. Que la folie des races mortelles mettait en danger le monde lui-même. Mais ils ne m'ont pas écoutée. Et puis, leurs réunions étaient si rares qu'ils auraient été incapables de faire quoi que ce soit — j'ai même dû aller leur parler individuellement, crois-moi. J'ai été obligée d'agir. Ils étaient soit avec moi, soit contre moi.

Sa voix vibrait d'une rage fébrile.

Naëli fit un pas en arrière, effrayée par la soudaine colère de sa mère.

Aelia avança vers la bulle la plus proche, dans laquelle croupissait un vieil homme aux cheveux longs et argentés.

— Le Maître Hoelo fut le premier à se dresser contre moi. Il me traita de folle et m'ordonna de renoncer à mon projet si je voulais garder ma place de Maîtresse. Étrange, pour un Maître avec si peu de vertu qui utilisait son pouvoir pour vendre des substances illicites.

Elle afficha un sourire mesquin.

— J'ai tout de suite compris que les négociations n'iraient pas plus loin. J'ai feint de me ranger à son avis, pour le faire enfermer peu après. C'est à ce moment que j'ai disparu. Je n'ai pas eu le choix, je devais faire croire aux autres que j'étais morte, ou ils auraient immédiatement eu des soupçons.

Elle se déplaça sur la gauche, vers la bulle brisée.

— Ah, le Maître Quamir de Nirvûn. Lui aussi refusa de collaborer. Malheureusement, son grand âge ne lui permit pas de survivre à la ponction d'énergie que je réalise ici. Un terrible échec, que je n'assume toujours pas entièrement.

Elle passa derrière les deux sphères suivantes, qui contenaient respectivement une fière amazone et un K'il majestueux.

— Séquestrer la Maîtresse Damantel de Kelebetokey et le Maître Jot'il de Galbi fut facile. Leur bonté était si aveuglante qu'elle en confinait à la naïveté. Ils ne me pensaient pas capable d'un tel coup.

Elle se faufila derrière une autre bulle, où gisait une femme relativement jeune.

— Mallaé Fusillaine, la Maîtresse de Sarkoth, me donna plus de fil à retordre. Elle avait des doutes quant à mon prétendu décès, et s'était lancée sur mes traces. J'ai mis du temps à la piéger.

Elle s'arrêta derrière la sphère suivante occupée par la petite silhouette d'un gremlin.

— Lyn Grant fut mon avant-dernier rapt. Le fou avait disparu dans la nature depuis un moment. Je dus faire surveiller la ville de Kur pendant des mois pour l'attraper. J'espérais qu'il rendrait un jour visite à son frère, le Prince marchand. Et j'eus raison, car il finit par pointer le bout de son nez.

Naëli fit encore un pas en arrière, et ses mains se mirent à trembler. C'était à cause d'elle que le Maître Lyn s'était rendu à Kur. C'était elle qui l'avait informé de la situation et l'avait poussé à agir. Elle l'avait précipité dans le piège tendu par ses ennemis.

Elle se mordit les lèvres jusqu'au sang en se rappelant en quels termes élogieux il avait parlé de sa mère. Cette dernière avait été son élève… Il avait cru à son décès fictif, et avait gardé d'elle une très haute estime. Comment avait-elle pu le trahir ainsi ?

Ignorante du trouble intérieur de sa fille, Aelia désigna l'ultime sphère occupée.

— Mon dernier succès.

Naëli écarquilla les yeux.

Elle connaissait sa prisonnière. Une silhouette de reptile, plusieurs bras et un long corps ondulé.

Une naga.

La Maîtresse Lil'yan.

— Oh, celle-là a été difficile, siffla Aelia. Je la tenais, mes sbires s'étaient emparés d'elle, et puis elle m'a glissé entre les doigts par la faute d'un laquais insubordonné. Ne jamais faire confiance à un pirate.

Elle avait grommelé cette dernière phrase pour elle-même, mais Naëli avait tout entendu. Et elle savait de quoi elle parlait. C'était le capitaine Boileux qui avait capturé Lil'yan et Seyunal, et qui avait voulu négocier pour leur livraison. Par chance, tous deux avaient réussi à lui échapper.

— J'ai dû aller rechercher celle-ci jusque dans les profondeurs d'Ortanck, pesta sa mère. Dans sa cruauté, le Prince Hul'doj l'avait installée dans le cœur d'Ortanck, à y souffrir éternellement pour alimenter l'énergie de la ville. Je dus gagner Ortanck moi-même, ne pouvant compter que sur mes pouvoirs. Seule dans une cité ennemie, j'aurais eu du mal à m'emparer d'elle sans l'assistance d'un allié opportun.

Naëli écoutait, horrifiée, le récit de sa mère. Elle ne se souvenait que trop bien de son propre passage dans le cœur d'Ortanck.

— Le « Sénéchal » Zok'kar me fut d'une grande aide, ricana Aelia. C'était un paria en quête d'acceptation. Son souverain l'avait d'abord banni, puis lui avait confié une mission pour se racheter. Mission dans laquelle il avait échoué...

Une nouvelle fois, Naëli réalisa qu'elle avait été une actrice de l'histoire. Ç'avait été elle, l'objet de la mission de Zok'kar. Et elle l'avait fait échouer en s'enfuyant d'Ortanck.

— Après cet échec, Hul'Doj fit enfermer Zok'kar. Je n'eus aucun mal à tourner le Sénéchal contre son Prince, qui avait perdu sa crédibilité à ses yeux. Il m'aida à m'emparer de Lil'yan, en échange de quoi je lui donnai un poste à hautes responsabilités.

Naëli avala sa salive.

— Mais… Et Ortanck ? parvint-elle à articuler. Sans source d'énergie, la cité va disparaître…

Sa mère leva le bras dans un geste désinvolte.

— Un sacrifice nécessaire. De toute manière, le peuple naga a fait son temps…

Elle se dirigea vers le gros bloc de glace au bout de la grotte.

— … tout comme celui des elfes.

Naëli s'immobilisa de nouveau.

Elle venait de réaliser.

Il y avait quelqu'un dans ce bloc gelé, là-bas.

C'était l'empereur Aethas, le seigneur des elfes de glace. Celui qu'ils avaient échoué à dénicher au Valhas, parce qu'Aelia l'avait trouvé avant eux !

— Vaincre l'empereur était mon plus gros défi, expliqua Aelia. Mais le destin jouait en ma faveur. La civilisation elfe était mourante, déjà affaiblie par la modernité. En pompant l'énergie de l'Eau, Hydropolis accéléra le processus, leur ôtant leurs dernières défenses à grande vitesse. Lorsque je me rendis au Valhas, je ne trouvai plus que des statues de givre, quelques ultimes gardiens qui n'opposèrent guère de résistance... et le bloc de glace de l'empereur Aethas.

Elle serra le poing.

— Mais le fou était bien protégé. Je n'ai toujours pas réussi à briser son carcan pour m'accaparer ses énergies. J'ai fait fondre la majeure partie, mais il me manque un tout petit peu de puissance pour achever le travail…

Elle éclata d'un rire qui n'avait plus rien de doux, et se tourna vers les deux bulles inoccupées.

— Il me faut juste trouver ma dernière cible.

Naëli avait déjà compris.

Deux Maîtres seulement manquaient à l'appel. Sa mère elle-même, et le Maître Seyunal. Il n'avait donc pas été capturé !

Elle aurait dû être soulagée, mais elle était au bord de la panique.

— Une fois le Maître Seyunal entre mes mains, l'empereur cédera, et j'absorberai son immense puissance. Et enfin, l'Essence cessera de me résister. Je la contrôlerai, et j'utiliserai son pouvoir pour détruite la modernité et ses maudits avatars ! Le glorieux succès du projet Succion !

Elle leva les bras d'un air conquérant face à la sphère centrale. Naëli identifia alors la forme qui tournoyait à l'intérieur. Elle reconnut le visage qui lui avait parlé sur Sarkoth, et l'énergie qui animait son ami le serpent de mer.

C'était la forme la plus pure de l'Essence de l'Eau qui se trouvait là. Elle semblait à l'agonie.

Naëli était consternée. L'euphorie initiale qu'elle avait éprouvée en pénétrant dans le plan élémentaire avait disparu lorsque sa conscience avait repris ses droits. En détaillant le visage déformé par l'envie d'Aelia, la jeune fille frissonna. Elle ne reconnaissait plus la femme douce et bienveillante qui avait été sa mère. Celle-ci n'aurait jamais rasé des civilisations entières pour arriver à ses fins, même pour un objectif aussi louable que celui de sauver l'Essence de l'Eau.

Non, c'était une autre personne qu'elle avait en face d'elle. Une nouvelle personne.

La Murène.

12

« Je suis le Maître Jot'il de Galbi. J'appartiens au peuple K'il. Le Maître de Galbi a toujours été un K'il. Il a également toujours été le seul à manipuler exclusivement la médomancie. Mon savoir est issu des efforts de dizaines de générations de chercheurs. Nous autres K'il sommes des travailleurs lents et procéduriers. Mais nous apprenons depuis des temps bien antérieurs à l'avènement des Jeunes Royaumes, et nous n'oublions rien. C'est ce qui fait notre force, qui est à l'image de la médomancie : tranquille, puissante, profonde. »

Le témoignage du Maître Jot'il

La stratégie des reines jumelles avait porté ses fruits. Leur flotte avait réussi à immobiliser plusieurs navires de l'Amirauté, avant de les réduire en miettes au milieu du brouillard généré par leurs puissants appareils.

— Celui-ci, siffla Halimède en pointant une masse informe dans la brume.

Sans nul doute l'un des vaisseaux de l'Amirauté lui aussi désorienté par l'environnement opaque et les courants contraires. En s'approchant, les deux sœurs s'aperçurent qu'elles avaient même tiré le gros lot.

C'était le navire amiral ennemi lui-même.

Anyra afficha un sourire complice et raffermit sa prise sur son sabre. Il ne lui restait plus beaucoup d'effectifs, car de nombreuses amazones étaient parties à l'abordage des bâtiments adverses pour en liquider les équipages. Mais ce serait suffisant pour le vaisseau amiral qui lui faisait face.

Halimède et elle échangèrent des regards entendus. Puis leur navire avança vers l'autre discrètement, jusqu'à le toucher. Anyra et ses troupes lancèrent une série de grappins, et partirent à l'abordage dans une clameur furieuse.

Elles ne rencontrèrent qu'une maigre résistance. Les quelques soldats qui leur firent face ne tinrent pas longtemps, et les survivants finirent par se jeter à la mer pour prendre la fuite. Peine perdue : les néréides veillaient au grain sous la surface des flots.

Anyra fronça les sourcils une fois le vaisseau amiral nettoyé. La facilité avec laquelle elle avait vaincu l'ennemi ici était déconcertante. C'était comme si le navire avait été volontairement abandonné. Elle regagna son propre bateau, préoccupée et appela Halimède. Mais alors que sa sœur venait la rejoindre, le bâtiment subit une terrible secousse. La reine amazone manqua de tomber par-dessus bord.

— Qu'est-ce que c'était ? s'exclama Halimède en approchant.

Anyra se redressa, une expression catastrophée sur le visage. Il n'y avait qu'une explication à un tel ébranlement du navire.

— Nous avons été imprudentes ! gronda-t-elle. Ils s'en prennent aux dispositifs mécaniques !

Elle se rua vers la poupe, paniquée, et se rua dans l'escalier qui menait aux niveaux inférieurs. Mais elle n'eut pas le temps de les atteindre. Une violente explosion fit éclater les marches qu'elle s'apprêtait à emprunter.

Elle se jeta sur le côté dans un réflexe de sauvegarde. Lorsqu'elle releva la tête, le navire prenait l'eau de toutes parts. L'océan s'engouffrait à gros bouillons dans les niveaux inférieurs. Son propre navire amiral était en train de sombrer.

Avant qu'elle ne parvienne à reprendre complètement ses esprits, une silhouette émergea de l'eau qui montait à toute vitesse dans l'escalier qu'elle avait voulu emprunter. Une silhouette reptilienne, dont les yeux de serpent l'observaient d'un air mauvais.

— Un combat d'Amiral à Amirale, reine Anyra ? grinça l'inconnu.

Anyra battit des cils, peinant à comprendre.

Mais Halimède lui sauva la mise.

Elle avait rejoint le lieu du sinistre par la voie des eaux, à travers les brèches qui avaient troué la coque, et se tenait à présent de l'autre côté de l'ennemi.

— La flotte de Kelebetokey comporte deux Amirales, cracha-t-elle avec mépris.

— Tiens donc, réagit l'étranger. Reine Halimède. J'aurais dû me douter que je vous trouverais ici.

La néréide secoua la tête d'un air mauvais.

— Je n'aurais jamais imaginé que vous puissiez tomber si bas... Zok'kar.

***

Le Professeur Hawks avait ôté son chapeau haut de forme et s'était levé pour mieux observer Tikken le Terrible. Pendant un moment, créature et créateur se défièrent du regard, muets. Leur dernière rencontre, sur le bateau du Professeur, avait été maîtrisée avec difficulté.

Hawks finit par briser le silence tendu qui s'était installé dans la salle de contrôle d'Hydropolis.

— Tikken, déclara-t-il d'un ton hésitant. Je commençais à me demander quand tu te déciderais à m'honorer de ta présence.

Le cyborg renifla avec mépris.

— Eh bien, te voilà honoré, Hawks.

Le Professeur l'observa d'un air scrutateur.

— Président de la Cijena, à présent. Tu grimpes les échelons de cette société avec une effarante facilité. Ton ambition est décidément sans limites. Et sans scrupules.

Les babines de Tikken frémirent, et s'élargirent dans un rictus moqueur.

— Sans scrupules ? Nous sommes tous deux au service du même employeur, Hawks. Épargne-moi tes leçons de morale. Je fais peut-être un sale travail, mais le tien l'est bien plus.

Il ouvrit les bras en grand dans un geste plein d'ironie.

— Hydropolis est une machine de guerre bien plus destructrice que mes lames ! Alors ne me parle pas de scrupules.

Le Professeur Hawks leva un regard hautain vers sa créature.

— Hydropolis n'est pas une arme. C'est une avancée technologique.

Tikken éclata de rire.

— Pauvre Professeur, aux créations toujours pacifistes ! railla-t-il. Tu es bien naïf. N'es-tu pas le premier à dire que ce sont les militaires qui financent la majeure partie de tes inventions ?

Hawks siffla agressivement.

— En effet. Et quand on voit ce qu'a donné le projet Tikken, on peut se poser des questions.

Ses lèvres se pincèrent avec amertume, alors que Tikken retroussait dangereusement ses babines.

— Un projet... C'est cela, que je suis, pour toi...

— Je dois dire que depuis notre dernière entrevue sur Kur, j'ai beaucoup réfléchi à ce sujet, poursuivit Hawks sans lui prêter attention. Cela me peine beaucoup, mais j'en suis arrivé à une conclusion implacable : ce projet doit être stoppé. Et tous ses composants détruits.

Son visage se ferma.

Tikken se mit à ricaner.

— Et j'imagine que tu vas détruire ces « composants » d'un claquement de doigts ? souffla-t-il, un sourire goguenard sur les lèvres. J'ai une autre version de l'avenir : le Professeur Hawks va rejoindre la décharge de ses projets abandonnés, pour que son cadavre y pourrisse avec les résidus des échecs qu'il n'a pas assumés.

Il récupéra l'une de ses lames sur le corps du Prince Gavranti, et s'avança vers Hawks, l'air menaçant. Le Professeur recula d'un pas et s'appuya contre le tableau de bord.

— Tu n'oserais pas. La Murène ne te le pardonnerait pas. Sans moi, Hydropolis est ingérable !

Tikken grimaça un affreux rictus. Mais il n'eut pas le temps d'en faire plus. Un groupe hétéroclite surgit à cet instant dans la salle de contrôle, hors d'haleine, sous le regard stupéfait des deux protagonistes.

Deux pirates, un sameda, trois jeunes individus et un petit garçon.

***

Joan faillit buter contre le dos de Yadriel qui venait de s'immobiliser d'un coup net. Emportée elle aussi par sa course, Sayan s'écrasa contre lui, et tous deux s'étalèrent de tout le long sur le sol de la salle dans laquelle ils venaient de mettre les pieds.

— Sayan ! pesta-t-il avec un juron étouffé, une douleur sourde au niveau de la hanche. Fais un peu attention à...

Sa phrase se perdit dans le néant. Il garda la bouche ouverte, béat devant le décor qui les entourait. La pièce dans laquelle ils se trouvaient était stupéfiante.

Il y avait là d'immenses parois vitrées qui donnaient sur un paysage incroyable. Elles s'élevaient en cylindre autour de la salle jusqu'à une lointaine ouverture, tout là-haut, à travers laquelle on devinait le ciel.

Joan se frotta les yeux.

Il comprenait que Yadriel se soit arrêté d'un coup !

Mais en tournant la tête vers le sameda, il réalisa que ce n'était pas le décor qui l'avait fait s'immobiliser.

C'était la silhouette qui lui faisait face.

Le profil félin de Tikken le Terrible se dressait au milieu de la pièce dans une posture arrogante. Derrière lui, il reconnut avec un cri de surprise le Professeur Hawks.

Le reste du groupe avait fait comme lui. Ils s'étaient tous figés à l'entrée de la salle de commande, sur la défensive. Sauf Sayan dont l'attention semblait avoir été retenue ailleurs. Sa figure affichait une violente répulsion, et elle poussa un cri dégoûté.

— Erk ! Qu'est-ce que c'est que ce carnage ?

Son index désigna des formes ramassées non loin de l'entrée. Joan identifia sans problème les victimes. Il ouvrit de grands yeux ébahis.

— Vous avez tué les Princes marchands ? s'exclama-t-il d'une voix fébrile.

Yadriel et Funeste dégainèrent leurs armes et se postèrent devant leurs compagnons dans une posture protectrice. Tous entendirent alors les escaliers d'accès à la salle de commande grincer sous les pas bruyants d'une course fatiguée. Un instant plus tard, Molly pénétrait dans la pièce derrière eux.

— Pourriez avoir un peu de respect pour mon grand âge, et modérer votre allure, mille forbans. Je ne tiens plus aussi bien que lorsque...

Elle s'interrompit en découvrant Tikken.

La lassitude qui pesait sur ses épaules sembla s'envoler d'un coup.

— Toi, grogna-t-elle d'un ton à la menace à peine voilée.

— Mais qui voilà donc, grinça le cyborg avec un sourire sinistre. Molly Zay et Jérémy Soufflon, nos fugitifs en cavale. Dans quel trou à rats vous étiez-vous cachés, pendant tout ce temps ?

Molly crispa le poing.

Mais Sayan répondit à sa place en éclatant de rire.

— À bord du vaisseau qui a remporté la Coupe, mon minou ! Et tu n'as rien vu !

Les yeux de chat de Tikken se plissèrent dans sa direction. Ils la jaugèrent un instant, avant de se déporter sur Funeste et le Maître Seyunal.

— Je pensais la piraterie définitivement enterrée. Mais j'imagine que nous tenons là le dernier pion de notre plan… le Maître pirate, celui qui nous a échappé.

— Altor'Narac a été détruite par Boileux, à qui j'ai réglé son compte, cracha Funeste, mais j'ai repris à mon bord le résidu d'honnête piraterie qu'il restait. Considérez que nous revenons d'outre-tombe pour tourmenter votre âme noire.

Tikken émit un rire de dédain.

— Pauvres fous. Il est bien trop tard, à présent. Le plan Succion touche à sa fin, vous ne pouvez plus rien.

— Que veux-tu dire ? gronda Molly. Où est Naëli ?

Tikken retrouva une expression grave.

— Elle contribue à l'achèvement du projet avec La Murène, dans le plan élémentaire.

Joan plissa les yeux.

— Le plan élémentaire ? Qu'est-ce que c'est que ça ?

— Un monde parallèle, répondit alors le Professeur Hawks. Derrière cette porte, notre bienfaitrice est occupée à briser les dernières barrières qui protègent l'empereur de glace. Une fois achevé, ce travail lui permettra d'utiliser la puissance des Maîtres pour soumettre l'Essence de l'Eau, et transférer ses incommensurables énergies directement dans le système d'Hydropolis.

— Vous voulez vous approprier la force de l'Eau ? s'inquiéta Jérémy. Celle qui donne ses pouvoirs à Naëli ?

— En effet, approuva Tikken en léchant le sang du Prince Gavranti encore ruisselant sur sa lame. Une fois qu'Hydropolis l'aura siphonnée, il ne restera plus une miette de pouvoir dans les Sept Principautés. Plus d'hydromanciens, plus de Maîtres de l'Eau.

— Notre monde sera assaini, confirma Hawks. L'Essence sera anéantie dans le procédé et ses énergies enfermées dans la machinerie d'Hydropolis. La science et l'industrialisation auront place nette et pourront prendre un fantastique essor.

Tikken éclata alors de rire en se tournant vers son acolyte.

— C'est ce que La Murène t'a raconté ?

Son visage exprimait une profonde moquerie.

— Elle a vraiment dit à chacun ce qu'il souhaitait entendre, ironisa-t-il. Aux Princes, elle a vendu un pouvoir sans partage sur les Sept Principautés. À toi, elle a promis un monde de science et de technique comme tu en rêves, libre des énergies que tu ne comprends pas. Un monde dans lequel tu pourrais briser l'existence de plein de créatures comme moi, un monde où tu engendrerais clones et cyborgs par centaines !

Il leva les yeux avec mépris.

— Ravi de te décevoir, Hawks, car ça n'arrivera pas. La Murène n'a aucune intention de laisser les énergies emmagasinées ici patienter sagement dans leur prison. Pas plus qu'elle ne souhaite les utiliser pour soumettre les Sept Principautés.

Il rétracta ses babines dans un dangereux sourire.

— Non, elle va les *déchaîner*. Hydropolis va être un foyer de destruction d'où vont partir les énergies vengeresses de l'Eau, pour reprendre leurs droits sur une terre qui leur a été volée par les races mortelles.

Il ricana de plus belle avec une froideur inhumaine.

— Les Sept Principautés sombreront. Et l'Eau affirmera de nouveau son règne sur ce monde perverti par la modernité. C'est le souhait de La Murène.

Le Professeur Hawks affichait une expression stupéfaite.

— Comment… Ce n'est pas ce que…

Il secoua dramatiquement la tête, éperdu.

— Et toi, Tikken, tu partages cet objectif ? critiqua-t-il alors d'une voix balbutiante. Toi aussi, tu désires cette annihilation ?

— À qui la faute, Hawks ? siffla le cyborg. C'est la technologie qui m'a volé ma vie. Je ne serai satisfait que lorsqu'elle sombrera au fond des océans.

Les Éclaireurs affichaient des mines horrifiées, à l'exception de Molly dont le visage n'exprimait qu'un profond regret.

— Quand je pense que jadis, tu fus un de mes compagnons, déclara-t-elle à l'intention de Tikken. Un membre émérite de l'équipe Frénésie Convulsion. Tu fais honte à ce nom glorieux.

— Frénésie Convulsion n'est plus ! s'emporta Tikken. C'est de l'histoire ancienne, un chapitre de mon passé sur lequel j'ai tiré un trait définitif !

Le rictus de rage qui agitait ses lèvres se calma un instant.

— D'ailleurs, je dois te remercier, vieille femme, ajouta-t-il d'un ton mesquin. Ta présence m'offre l'occasion de clore ce chapitre pour de bon. Avec ta mort, l'équipe Frénésie Convulsion ne sera plus qu'une légende de sport.

Molly ouvrit grand la bouche, horrifiée.

— Oui, pauvre folle, j'ai déjà tué Nejim Palador, notre ancien équipier, poursuivit Tikken avec la jubilation de celui qui révèle son larcin. Il en savait trop. Le fait qu'il en sache autant fut d'ailleurs une véritable aubaine, ça justifia son exécution auprès de La Murène. Pour cela, je tire mon chapeau au travail de l'ancien secrétaire de la Cijena...

Il se tourna vers Jérémy, dont le visage avait blêmi.

— Eh oui, c'est à cause de toi qu'il est mort, s'amusa Tikken. Il ne fallait pas lui confier tous les noirs secrets que tu avais surpris sur le dirigeable de la Cijena.

— Mille forbans, tu vas payer ! tempêta Molly en se ruant en avant.

Tikken dégaina ses armes.

— Pas si vite, vieille bique.

Il tendit une lame en direction de Joan qui s'était approché des commandes.

— Et toi, mon mignon, reste ici !

— Rendez-nous Naëli ! s'exclama le jeune homme en guise de réponse.

Tikken poussa un soupir épuisé.

Puis ses yeux félins s'étrécirent d'un air menaçant.

— Ça me peine de devoir dire cela, mais... Hawks, assiste-moi. Il faut nous débarrasser de ces intrus encombrants pour protéger notre travail.

Le Professeur acquiesça d'un geste du menton et se tourna vers les commandes. Il actionna une série de boutons et la partie supérieure du tableau de bord vacilla un instant.

Puis elle s'anima. Sous le regard horrifié des Éclaireurs et de leurs alliés, une poignée de silhouettes grossières prit forme. Des liens d'Eau pure se tissèrent entre les différents éléments mécaniques, et quelques secondes plus tard, de terrifiants amalgames de fer s'écrasèrent au sol devant eux. Ils prirent des apparences humanoïdes, lugubres hybrides faits de métal et d'Eau, et avancèrent vers eux d'un pas menaçant.

Joan recula lentement.

— Euh... On fait quoi, là ?

Funeste passa devant lui comme un feu follet, sabre au poing. À côté, Yadriel se rua sur Tikken le Terrible avec fougue. Molly poussa un cri de guerre en extirpant son lourd maillet de sa ceinture.

— On se bat !

13

Notes annexes : la construction d'Hydropolis a requis un travail considérable, mais j'ai eu toute une équipe d'ingénieurs et une armée d'ouvriers pour la bâtir. Le centre de commande a demandé une attention spéciale. J'ai dû concentrer une très grande quantité de transformateurs d'énergie transfuge et les stocker dans un espace clos, avant de plancher des semaines entières avec La Murène sur un mécanisme pour ouvrir un passage vers le plan élémentaire. Sans parler de la machinerie qui contrôle la ville tout entière. Finalement, le plus simple a été la fabrication des gardiens du centre de commande, les golems d'Eau et de métal. Un jeu d'enfant à côté du reste !

Professeur Hawks, Traité scientifique

Dans la grotte du plan élémentaire, Aelia faisait glisser son doigt sur le bloc de glace dans lequel était figé l'empereur des elfes, sous le regard inquiet de Naëli.

— Lorsque j'ai capturé le Maître Aethas, il était déjà pétrifié dans sa prison gelée, souffla-t-elle presque pour elle-même. J'ignorais depuis combien de temps, mais ça n'avait pas l'air de première fraîcheur.

Elle soupira, avant de faire volte-face.

— Tu dois te demander comment je fais pour drainer la puissance des Maîtres, non ?

C'était une question rhétorique. Naëli savait que sa mère brûlait d'envie de lui expliquer.

Aelia désigna un disque de métal parcouru de rouages posé sur le sol, juste en dessous de la sphère qui contenait l'Essence. C'était le socle de la bulle. Des tubes transparents laissaient entrevoir des filaments d'énergie pure circuler entre leurs anneaux. Le plus gros de ces tubes était relié à l'Essence. Naëli observait avec horreur un faisceau lumineux circuler lentement au milieu du cylindre, siphonnant l'énergie brute à travers son enveloppe elle-même.

— Le Professeur Hawks a imaginé une formidable machinerie à installer directement dans le plan élémentaire. Lorsque nous avons enfin réussi à ouvrir un portail, je suis venue la positionner ici, et j'ai emporté les Maîtres. Le dispositif m'a permis de capter leurs énergies et de m'en servir contre l'Essence dans son propre royaume. Ce n'est que très récemment que j'ai réussi à l'emprisonner elle-même dans cette bulle.

Elle afficha une moue appréciatrice.

— Je dois beaucoup au Professeur. Il a conçu un dispositif indestructible. Sa technologie, couplée à mes pouvoirs, surpasse l'Essence de l'Eau elle-même.

Naëli plissa les yeux en direction de l'engin.

— Les éléments qui ont servi à sa fabrication sont d'une solidité inébranlable, précisa Aelia avec fierté. Le Professeur Hawks a utilisé des matériaux d'une résistance à toute épreuve.

Elle se tourna vers Naëli, ravie.

— Alors, ma fille, qu'en penses-tu ? Es-tu convaincue, à présent ?

***

La salle de commande était devenue le théâtre d'un vif affrontement. Les Éclaireurs étaient aux prises avec les constructions hybrides du Professeur Hawks, qui semblaient résolument indestructibles.

— Funeste, attention ! hurla Sayan à l'intention de la flibustière, qui n'avait pas vu l'un des robots se glisser dans son dos.

L'intéressée fit volte-face et bondit dans les airs.

Le poing de métal de la créature percuta le sol à l'endroit où elle s'était tenue un instant plus tôt. Funeste profita de son saut maîtrisé pour venir s'accrocher au tableau de bord, avant de se jeter sur son agresseur en poussant un cri de guerre. Son sabre traversa le bras translucide du robot sans le toucher.

Sayan pesta.

Depuis le début du combat, ils n'avaient pas réussi à infliger le moindre dommage à leurs ennemis.

— Impossible de couper les liens qui relient les parties mécaniques ! lança Funeste qui venait de se replier de justesse pour éviter un nouvel assaut meurtrier.

Sayan grommela :

— Alors attaquons les parties mécaniques elles-mêmes... Cal, reste derrière moi !

Elle se plaça devant son frère, qui l'observait avec un mélange de frayeur et d'adoration. L'un des golems du Professeur Hawks avança vers elle d'un pas lourd. Il leva un bras agressif, et Sayan put voir une pointe de métal fuser vers son visage.

Elle sauta à l'ultime seconde.

L'arme frappa le vide, tandis qu'elle s'agrippait à la partie solide du corps du robot. Ce dernier tourna sur lui-même, désorienté, et tenta de la faire chuter.

Mais la jeune femme tint bon.

Elle se glissa dans son dos, et essaya d'escalader l'assemblage alambiqué de plaques et de rouages. Ce qui n'était pas chose aisée, compte tenu de ses mouvements anarchiques.

Elle poussa un cri en sentant le métal mordre sa chair, mais ignora la douleur et banda ses muscles pour ne pas lâcher prise. En serrant les dents, elle poursuivit sa progression jusqu'à la tête de la créature.

Enfin, si on pouvait appeler ça une tête.

C'était plutôt un grossier mélange de tôles, de verrous et de boulons assorti d'un mécanisme complexe aux nombreux engrenages. Sayan tenta de stabiliser sa position pour analyser la chose.

Il y avait forcément une logique de construction là-dedans. Mais comprendre son fonctionnement en étant balancée en tous sens n'avait rien de facile. Toute à sa tâche, elle aperçut dans un coup d'œil le duel auquel se livraient Yadriel et Tikken le Terrible.

Son ami était en difficulté. Il n'y avait pas un instant à perdre.

***

Tikken bloqua la lame de Yadriel à quelques centimètres de sa figure. Le cyborg approcha son visage de celui du sameda, un sourire goguenard sur les lèvres. Puis il rompit la parade et se replia d'un bond agile.

Tikken constatait avec satisfaction que son ennemi perdait l'avantage. L'adversaire l'avait d'abord rapidement poussé dans ses retranchements, le maintenant en respect grâce à sa longue lance. Sa dextérité avec cette arme le rendait redoutable dans ce genre de duel. En particulier contre un opposant qui n'avait que des courtes lames comme Tikken. Le cyborg était gardé à distance, impuissant, pendant que l'autre lui portait des frappes mortelles. La hampe était lourde, et sa manipulation requérait une grande compétence. Mais un adversaire bien entraîné comme celui-ci était redoutable.

Par chance, avec les golems qui prenaient de plus en plus d'espace dans la salle, son arme se transformait en un cruel handicap. Un certain nombre de mouvements lui étaient devenus impossibles à réaliser, et son habileté était mise à rude épreuve.

Car Tikken avait passé sa période d'échauffement. Il avait compris le style de combat de son adversaire, et s'était adapté en conséquence. Il avait donc sorti ses atouts les plus meurtriers contre un tel ennemi : son agilité et sa vivacité. Il bondissait sur les parois, plus rapide qu'un feu follet, son corps aussi souple qu'une barre de guimauve.

Le sameda s'était mis à reculer.

Et il était à présent acculé contre le mur.

La pire des positions pour un combattant comme lui.

Tikken afficha un sourire mauvais.

— Belle défense, commenta-t-il en ménageant une pause dans leur duel. Et une maîtrise impressionnante d'une arme difficile à manipuler. Tu mérites une place dans mon futur corps de garde d'élite.

Yadriel siffla avec colère.

— Rends-toi, Tikken. Ce combat est inutile.

— Au contraire, rétorqua le cyborg avec un sourire en coin. Il me permet d'entretenir ma forme.

Sans prévenir, il porta alors un coup d'estoc. C'était un mouvement risqué pour prendre son adversaire par surprise, qui n'avait guère de chances de fonctionner, car le sameda était un duelliste expérimenté.

Yadriel esquiva souplement, avant de contre-attaquer immédiatement. Sa lance faucha les jambes du cyborg.

Voulut faucher.

Car Tikken avait bondi. Un saut de chat, à nouveau, plus rapide que l'éclair. Emporté par le poids de son arme, Yadriel bascula en avant.

C'était exactement ce qu'avait voulu son adversaire. La lame de Tikken entailla profondément l'épaule droite du sameda tandis qu'il sautait par-dessus lui et accompagnait son mouvement d'un violent coup dans les omoplates.

Yadriel poussa un cri de douleur et s'écrasa au sol. Le choc lui fit lâcher son arme. Il avait l'habitude de combattre, et tenta donc se relever aussitôt.

Mais il était trop tard.

La patte de Tikken frappa brutalement sa nuque, et il sombra dans l'inconscience, à la merci du cyborg.

Ce dernier leva sa lame.

Il n'avait plus qu'à l'achever.

— Oh, certainement pas ! gronda une voix agressive dans son dos.

Tikken se retourna d'un geste sec. Mais il ne fut pas assez rapide pour éviter la massue qui le faucha dans le bas-ventre. Il parvint à effectuer un mouvement de repli en se tenant l'abdomen, courbé en deux, le souffle coupé.

Son regard se leva vers son attaquante.

Molly l'observait avec rage.

— Vieille carne, grogna-t-il en haletant avec difficulté. Je vais te faire payer ça.

— Viens donc, siffla-t-elle en s'enracinant sur ses appuis.

Le rictus de douleur de Tikken se transforma en un hideux sourire.

— Je vais me faire un plaisir.

Il se redressa en grognant et avança vers Molly qui recula d'un pas, son maillet dressé devant elle. Il se déporta sur la gauche, et elle se déporta sur la droite.

Puis il ricana et se rua en avant.

La vieille dame effectua un saut sur le côté étonnamment agile pour son âge. La lame de Tikken passa loin de sa poitrine pour ne percer que le vide. Il acheva son mouvement et tourna la tête pour l'observer d'un air incrédule.

— Surprenant, souffla-t-il.

Il porta un nouveau coup, que Molly esquiva à nouveau. Puis il se mit à tourner autour d'elle, mais elle fila deux mètres plus loin comme une anguille.

Il se jeta derrière elle.

Elle fit alors volte-face pour courir dans la direction opposée.

Tikken s'immobilisa, courroucé.

— Vas-tu te battre, pauvre idiote ?

Molly se retourna et leva à nouveau son arme de fortune. Tikken lui lança un regard mauvais et fondit sur elle.

Cette fois, pas d'échappatoire.

Il anticipa son déplacement et vint la percuter durement, l'envoyant rouler au sol avec violence.

Il ne lui laissait pas le temps de récupérer ses esprits. Une seconde plus tard, il était sur elle, sa lame pressée contre sa gorge.

— Voilà qui est mieux, siffla-t-il entre ses dents en reprenant son souffle.

Puis ses yeux s'étrécirent avec méchanceté.

— Ainsi finit donc l'équipe Frénésie Convulsion. Tes dernières volontés, camarade ?

Dans le regard de Molly, il n'y avait ni peur, ni résignation. Seulement une colère intense.

Elle lui cracha au visage.

— Eh bien termine le travail, ordure !

Les babines de Tikken tressautèrent, et son bras se contracta pour achever sa proie.

Puis ses yeux s'écarquillèrent.

Une détonation venait de retentir dans la pièce, figeant l'ensemble des belligérants.

Tikken baissa la tête, stupéfait, vers sa poitrine.

Elle était creusée d'un trou béant.

Puis il releva les yeux.

En face de lui, le pistolet du Professeur Hawks était toujours fixé sur lui. L'homme l'observait avec désespoir, le visage noyé de larmes.

— Je… Je suis désolé, hoqueta-t-il, la gorge nouée. Je ne pouvais pas te laisser faire ça.

La haine quitta les traits de Tikken tandis que la vie s'échappait de son corps à gros bouillons. Il lança un regard éperdu à son créateur, qui abandonna son arme.

— Ma belle, si belle créature…

Le cyborg plissa une dernière fois ses yeux de chat, dans lesquels le Professeur retrouva un instant la candeur innocente de ses premiers jours. Ainsi qu'une émotion qui n'avait jamais animé Tikken.

De la reconnaissance.

Puis le félin s'affaissa mollement en arrière, le visage tourné vers le ciel.

Et il poussa un dernier soupir apaisé.

14

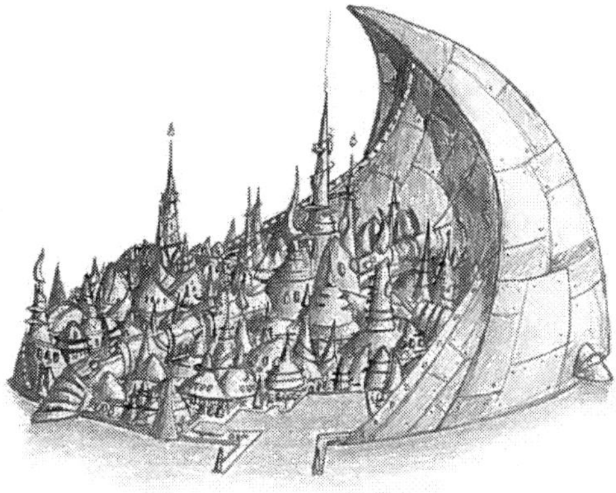

« Je suis Aethas Trônefroid, l'empereur du peuple elfe. Je suis également l'un des fondateurs du cercle des Maîtres de l'Eau. Au cours des siècles, les Maîtres se sont succédé à mes côtés, mais de nombreuses divergences d'opinions m'ont fait m'éloigner d'eux. Trop jeunes, trop obtus. Ils sont loin d'avoir la grandeur et la réflexion des anciens peuples. Cela fait des décennies que je n'ai pas pris contact avec le cercle des Maîtres. Leur organisation est mourante. Et ce n'est certainement pas moi qui la sauverai. »

Le témoignage du Maître Aethas
- récupéré parmi les archives d'Elnibonai.

Un silence de mort avait envahi la salle de contrôle. Les robots s'étaient figés, tout comme les Éclaireurs et leurs alliés.

Molly s'écarta du corps de Tikken le Terrible avec un frisson, et se tourna vers le Professeur Hawks. L'homme secoua tristement la tête avec un dernier regard pour sa créature, puis pivota vers le tableau de bord. Il appuya sur une série de boutons, et les liens d'énergie qui maintenaient ses constructions disparurent, laissant choir mollement les pièces mécaniques qu'ils reliaient entre elles.

Dans un concert de tintements sonore, les golems s'effondrèrent sur eux-mêmes, sous le regard soulagé des attaquants. Sayan et Cal en profitèrent pour se porter au côté de Yadriel, et se préparèrent à un traitement d'urgence avec la trousse bio-médic.

— Je... Je n'ai jamais voulu cette destruction, se justifia le Professeur Hawks dans un bégaiement hésitant. Je n'aurais jamais signé pour l'annihilation complète de toutes les avancées technologiques sur lesquelles j'ai travaillé si dur… Tout ce que je souhaitais, c'était faire progresser la science. La Murène m'a trompé, et je n'ai rien vu.

Ses lèvres s'agitèrent d'un tremblement de désespoir lorsqu'il jeta un ultime regard empli de regrets au corps de Tikken.

— Sa duplicité m'a coûté ma plus belle œuvre.

— Elle vous coûtera beaucoup plus si on ne l'arrête pas, siffla le Maître Seyunal en s'approchant d'un pas vif. Comment entre-t-on dans le plan élémentaire ?

Il désigna le tableau de bord d'un geste explicite.

Le Professeur Hawks secoua la tête pour reprendre ses esprits et se tourna vers la machinerie.

— Vous avez raison, il faut l'arrêter.

Il pinça les lèvres.

— Malheureusement, seuls des gens qui possèdent un important pouvoir sur l'Eau peuvent y pénétrer. Les énergies qui y règnent déchireront votre corps si vous n'avez pas une grande familiarité avec elles.

Joan poussa un cri désespéré.

— Vous voulez dire qu'on ne peut rien faire pour aller sauver Naëli ?

— Vous non, moi si, argua le Maître Seyunal. Je pense que c'est une épreuve surmontable pour un Maître de l'Eau.

Un immense dépit se peignit sur la figure de Joan, tandis que ses yeux se mettaient à briller de larmes contenues. Il crispa un poing furieux.

Il était impuissant.

Il ne pouvait rien faire pour sauver son amie !

Molly saisit le bras de Seyunal.

— Il n'y a pas un instant à perdre. Vous êtes notre seul espoir. Notre sort à tous est entre vos mains.

Joan avala sa salive avec amertume.

— Vous avez intérêt à sauver Naëli. Sinon, je vous rejoins là-dedans en personne pour vous botter les fesses.

Le Maître Seyunal hocha gravement la tête et se tourna à nouveau vers Hawks.

— Envoyez-moi là-bas.

Le Professeur opina, et pivota vers le tableau de bord pour actionner l'ouverture du portail. Pendant qu'il s'affairait à sa tâche, Funeste s'approcha discrètement.

— Si je suis inutile ici, je vais retourner au combat, déclara-t-elle. Le Prince Anyra est certainement en difficulté à l'heure qu'il est, et la *Melancolia* a besoin de son capitaine.

— Bonne idée, je vous accompagne, annonça Molly. L'*Esturgeon* n'est pas un navire de guerre, mais je pourrai peut-être apporter ma contribution. Ce sera mieux que de rester ici à ne rien faire.

Jérémy inspira bruyamment.

— Je pense que je peux également faire quelque chose de mon côté. Je sais aussi commander un vaisseau qui pourrait nous être utile, et qui n'a plus de maître depuis que Tikken...

Il laissa sa phrase mourir dans l'atmosphère.

Les autres acquiescèrent gravement.

— Je reste ici avec Sayan, Cal et Yadriel, dit Joan.

— Le portail est ouvert, le coupa le Professeur Hawks.

Derrière lui, une porte parcourue de faisceaux d'énergie bleue se découpait au beau milieu du tableau de bord.

— Soldats, déclara alors Molly. Ce fut un plaisir de combattre à vos côtés. Chacun à son affectation. Que le destin soit avec vous.

Tous opinèrent gravement. Le Maître Seyunal traversa le portail, puis Funeste, Molly et Jérémy quittèrent la salle.

Les dés étaient jetés.

Ils affrontaient désormais leur dernier combat.

***

Naëli observait Aelia avec un mélange d'horreur et de répulsion. La Murène n'avait rien en commun avec sa mère. C'était un monstre rongé par la folie et le pouvoir. Son projet Succion était terrifiant. Elle était prête à détruire les Sept Principautés pour arriver à ses fins. À trahir ses amis.

Sa famille.

Non, elle avait déjà trahi sa famille.

Elle avait abandonné sa fille pour suivre ce plan insensé. Naëli sentit une bouffée de rage envahir sa poitrine. Pendant toutes ces années, elle avait pensé que sa mère était morte. Elle avait souffert, traversé une longue et difficile période de deuil qui avait marqué son âme à jamais, tout ça parce qu'Aelia avait choisi de sacrifier son époux et sa fille sur l'autel de la grandeur.

Une égoïste.

C'était tout ce qu'elle était.

Les Maîtres, l'Essence de l'Eau elle-même allaient périr par sa faute. Tout ce à quoi Naëli s'était attaché, ce en quoi elle avait cru, Aelia l'avait combattu pour le mettre à ses pieds. Et pour détruire un monde qui lui avait tant donné.

— Tu as… pensé à moi ? demanda-t-elle finalement dans un hoquet sourd. Quand tu as construit ce plan monstrueux, tu as pensé à ce que je deviendrais ?

— Tous les jours, affirma Aelia. Tout ça, je l'ai fait pour toi. Pour que les Sept Principautés redeviennent un monde dans lequel tu pourrais danser parmi les forces de l'Eau, dans une relation fusionnelle avec notre élément.

— C'est faux ! s'emporta Naëli. C'est pour toi et toi toute seule que tu as fait ces horreurs ! Tu as mis mes amis en danger, tu as trompé les Maîtres !

— Je t'ai permis de gagner la Coupe ! rétorqua Aelia en perdant soudainement patience. Je t'ai soumise à l'incroyable défi de la course et tu y as développé tes pouvoirs à un niveau que tu n'aurais jamais atteint si je t'avais arrêtée !

Naëli laissa échapper une exclamation offusquée.

— Je n'ai pas eu besoin de toi pour ça ! C'est grâce à mes amis que j'en suis arrivée là, pendant que tu commettais des rapts et des meurtres parmi les coureurs !

— Justement, sans ces kidnappings, la concurrence aurait été rude pour toi ! J'ai éliminé tous les autres hydromanciens, tu as eu le champ libre !

Naëli émit un ricanement moqueur.

— N'importe quoi. Ce n'est pas pour ça que tu les as supprimés, c'est pour alimenter ton projet monstrueux.

Aelia se tut et la jaugea alors d'un regard hautain.

— Je pensais que tu comprendrais, dit-elle finalement d'un ton qui sonna comme un jugement sans appel. Mais j'ai peut-être surestimé ta maturité. Tu comprendras lorsque le plan Succion sera achevé.

— Il ne le sera pas ! tonna une voix forte à l'entrée de la grotte.

La silhouette du Maître Seyunal se dressait là, au sommet de la volée de marches qui permettait d'accéder à la caverne.

Naëli n'avait jamais été aussi contente de voir le vieux pirate.

— Ah, notre retardataire, ricana Aelia. Approche, Seyunal, il ne manquait plus que toi.

Naëli fronça les sourcils.

Quelque chose clochait. La Murène aurait dû être surprise, enragée par la présence du Maître. Cela contrecarrait ses plans. Et pourtant, elle faisait comme si elle avait prévu son arrivée.

Un affreux soupçon traversa son esprit.

Elle se tourna vers Seyunal au moment où il posa le pied au bas de l'escalier.

— Attendez, non, c'est un piège !

Trop tard.

Sous ses yeux horrifiés, la jambe du Maître Seyunal se couvrit d'une épaisse couche de givre qui glaça l'ensemble de son corps en l'espace d'une seconde. Le regard du pirate s'emplit d'effroi lorsqu'il réalisa qu'il avait été roulé, et il se figea sans avoir le temps de réagir, impuissant.

Aelia éclata de rire.

— Tu es encore plus idiot que tu en as l'air, Seyunal !

Elle effectua un geste cassant du poignet, et la gangue de givre s'allongea pour venir déposer le corps du malheureux dans la bulle qui lui était destinée. Naëli se mordit la langue, au désespoir.

— Je dois te remercier, Naëli, commenta Aelia. Tu as été un formidable appât.

La jeune fille serra les dents.

Elle disait vrai.

C'était à cause d'elle que le Maître venait de tomber dans son piège.

— Relâche-le ! ordonna-t-elle. Le Maître Seyunal est un ami. Si tu as vraiment fait tout ça pour moi, alors relâche-le, et je t'accorderai à nouveau ma confiance.

Elle tenta d'avoir l'air aussi sûre d'elle-même que ses mots le suggéraient. Mais Aelia vrilla sur elle des yeux inquisiteurs.

— Un ami ? Ah, je comprends mieux… Tu n'as pas seulement lu le recueil de Mallaé Fusillaine. Tu as rencontré les Maîtres avant que je ne te parle d'eux.

Elle secoua la tête, un sourire amusé sur les lèvres.

— Tu m'as bien eue. Tu as réussi à me cacher tout ce tu savais déjà, bravo. C'est donc pour ça que tu offres cette résistance. Pas étonnant que les Maîtres t'aient retourné le cerveau, ma chère fille. C'est ce qu'ils savent faire le mieux.

Elle inspira profondément.

— Pourtant, j'ai besoin de toi, Naëli. La place du défunt Maître Quamir est inoccupée. Il faut quelqu'un de puissant pour le remplacer. Souhaites-tu vraiment respecter les désirs de ces Maîtres manipulateurs, ou te joindre à moi dans mon œuvre grandiose ?

Naëli eut un rire méprisant.

— C'est donc ça ! L'histoire du développement incroyable de compétences grâce à l'épreuve de la Coupe, ce n'est pas parce que tu veux que je m'épanouisse, c'est parce que tu as besoin de cette puissance pour remplacer le Maître que tu as tué !

Une flamme dévorante brûlait au fond de ses prunelles.

— Eh bien, sache que je ne t'aiderai jamais. Je ne participerai jamais à ta folie !

Les lèvres d'Aelia s'étaient pincées dans une expression courroucée.

— Un caprice de jeune fille. J'avais raison, tu n'es pas mûre. Tu n'arrives pas à discerner le vrai du faux dans ce qui t'a été expliqué. Comme les Maîtres, tu ne comprends pas la nécessité des sacrifices.

Elle avait maugréé cette dernière phrase pour elle-même. Elle joignit ensuite les mains dans un geste empreint d'une patience contrôlée à grand-peine, et reprit à l'intention de sa fille :

— Mais je n'ai pas besoin de ta coopération. Tu seras partie prenante de ce projet, que tu le veuilles ou non.

Sa paume se tendit brusquement vers Naëli, et un lien d'eau en jaillit avec violence. La jeune fille brandit le bras pour arrêter le projectile, mais elle parvint à peine à le ralentir. Une force irrépressible l'animait. L'eau finit par s'enrouler autour d'elle et elle assista, éperdue, à sa propre capture.

Dans un intense effort, elle tenta de convoquer toute la puissance dont elle était capable. Hydromancie, cryomancie, elle essaya tout ce qu'elle connaissait et qui lui paraissait à sa portée.

En vain.

Le lien d'eau s'épaissit, et une sphère aqueuse se forma autour d'elle, l'enfermant à son tour comme tous les Maîtres. Un instant plus tard, elle ne pouvait plus bouger, captive de la prison improvisée.

Aelia se dirigea alors vers la dernière bulle et y prit place, sous les yeux désespérés de sa fille. Elle ne pouvait plus rien faire !

Elle sentit un terrible siphon drainer son énergie hors d'elle-même, avec encore plus de puissance qu'à Ortanck. C'était comme si une partie de son âme lui était violemment arrachée. Une souffrance intense, infinie, une déchirure brutale et sans pitié qui s'ajouta à la douleur de la trahison de sa mère.

Devant elle, ce qui restait du bloc de glace de l'empereur elfe se mit à fondre à grande vitesse. Jusqu'à disparaître pour révéler la silhouette fière et majestueuse d'un individu au port altier et à la couronne impérieuse.

Au cœur de sa prison, Naëli put entendre le cri de victoire d'Aelia.

— Enfin… La puissance de l'empereur est à moi !

15

Définition : combat. Un combat est une lutte ou un conflit entre différents belligérants, qu'ils soient hommes ou organisations. La définition englobe un certain nombre de concepts, allant du simple duel à la bataille à grande échelle, et mobilise beaucoup de notions telles que stratégie, adresse, psychologie...

L'Encyclopédie des Sept Principautés

— Je crains que tout ne se passe pas comme prévu, grimaça le Professeur Hawks. D'après les énergies qui transmutent dans la machine, le processus est loin d'avoir été stoppé.

Il se tourna vers Joan, le visage crispé.

— Une très forte quantité d'énergie a commencé à se déverser dans l'appareil, ce qui ne peut vouloir dire qu'une chose : les barrières du dernier Maître, l'empereur de glace, ont cédé. Votre ami le pirate a échoué.

Joan poussa un cri furieux et frappa du poing contre le tableau de bord, juste à côté du portail qui était resté ouvert.

— Non !

Il se laissa glisser au sol, des larmes de rage et de désespoir brillant dans ses yeux clairs.

— Non... Naëli est perdue...

Sayan quitta le chevet de Yadriel et s'approcha d'un pas vif.

— Comment ça ? grogna-t-elle en saisissant le Professeur par le col. Qu'est-ce que ça veut dire ?

— Que… qu'on ne peut plus rien faire pour votre amie ! s'écria Hawks, en panique. Je suis désolé !

— Plus rien faire ?

Sayan le lâcha d'un geste brusque. L'idée venait de faire son chemin dans son esprit. Elle ouvrit des yeux horrifiés.

— Alors nous sommes perdus ? gémit-elle.

— J'ai bien peur que oui, grimaça Hawks. J'aurais fait ce que j'ai pu, mais…

— Non, le coupa Joan d'un ton sec. Je n'abandonnerai pas Naëli.

Il se dressa pour se placer face au portail.

— Je préfère être déchiré par les énergies du plan élémentaire en tentant de la secourir que de rester ici.

Son regard vibrait d'une détermination brûlante.

— Je n'ai pas de pouvoir, mais je m'en moque. Je dois essayer.

Sayan ouvrit la bouche, épouvantée.

— Jeune homme, vous ne tiendrez pas une seconde là-bas, argua le Professeur Hawks. C'est de la folie.

— C'est rester ici qui est fou, grogna Joan. Je ne vous ai pas demandé votre avis. Ouvrez le portail.

Sayan prit son bras alors qu'il faisait un pas en avant.

— Joan, tu…

— Non, Sayan ! s'exclama-t-il en la repoussant fermement. C'est mon choix !

Elle l'observa avec désespoir.

— C'est de la folie, répéta Hawks. Mais il est vrai que si vous étiez capable de pénétrer dans le plan élémentaire, vous pourriez sauver la situation…

Les deux autres se tournèrent vers lui, surpris.

— Il existe un mécanisme d'inversion, expliqua-t-il. Il est possible d'interrompre l'absorption des pouvoirs de l'Eau dans Hydropolis, et de retourner le processus pour remettre ces énergies à leur place dans le plan élémentaire.

— Quoi ? s'exclamèrent Joan et Sayan de concert.

Le Professeur eut l'air gêné.

— Mais le centre d'activation se trouve au cœur du plan élémentaire, dans une grotte glaciaire située à bonne distance du portail. C'est un savant mélange d'hydromancie et de mécanique, il faut être un génie dans les deux domaines pour l'actionner. Et je réitère ce que j'ai dit, vous n'aurez pas fait deux pas là-bas que vous serez ravagé par les énergies qui y circulent.

— Je peux peut-être aider, annonça alors Cal en s'approchant. Je peux utiliser la médomancie pour protéger Joan des énergies agressives aussi longtemps que possible. Ça lui donnera un sursis pour tenter de désactiver le mécanisme.

Joan l'observa d'un air de profonde reconnaissance.

— Tu saurais faire ça ?

— Oui, mais nous n'aurons pas beaucoup de temps.

Il se tourna vers sa sœur.

— Tu dois venir aussi. Le Professeur a dit qu'il fallait un génie mécanique et un hydromancien pour actionner l'inversion.

Sayan hocha gravement la tête.

— Hors de question que tu ailles là-bas sans moi, de toute façon.

— Vous n'aurez jamais le temps, déplora le Professeur Hawks avec fatalité. Au rythme où sont pompées les énergies, il ne vous reste plus qu'une dizaine de minutes avant que le pouvoir de l'Essence ne soit définitivement aspiré dans Hydropolis. Et le mécanisme est bien trop éloigné. Les magiciens peuvent se déplacer comme ils le veulent dans ce monde, mais quelqu'un qui n'a pas de pouvoir devra utiliser les moyens traditionnels. Il faut traverser un vaste réseau de cavernes et de galeries gelées, parcourues d'obstacles, dans un endroit où la gravité n'a pas cours…

Joan plissa les yeux d'un air de défi.

— Vous avez un véhicule ?

Le Professeur Hawks hésita, puis appuya sur un bouton, et l'un des pans du tableau de bord s'écarta pour laisser passer un magnifique deux-roues. Ses propulseurs étaient monstrueux, et son profil élancé. C'était indéniablement une bête de course.

— Le meilleur engin de Frénésie Convulsion, murmura Hawks. C'est moi qui l'avais créé, et après le retrait de l'équipe, je l'ai récupéré pour le garder près de moi en souvenir… Je l'ai amélioré depuis, il fonctionne à l'énergie transfuge.

Joan sauta sur la selle d'un bond agile. Sayan se jucha derrière lui, et fit grimper Cal qu'elle cala entre Joan et elle.

— Fais chauffer les moteurs, Joan.

***

Anyra s'arrêta pour reprendre son souffle. Jusqu'alors, personne n'avait jamais réussi à tenir tête aux reines jumelles en combat rapproché. Le Sénéchal Zok'kar était un redoutable guerrier. Il était aussi à l'aise dans l'eau que sur une surface plane. Il paraît chacun des coups d'Halimède avec un professionnalisme stupéfiant, et esquivait toutes les attaques d'Anyra. Sur les décombres du navire amiral de Kelebetokey, tous les trois livraient un combat sans merci.

— Vous méritez amplement votre titre de Sénéchal, Zok'kar, fulmina Halimède. Quelle erreur de la part du Prince Hul'doj de vous avoir relevé de vos fonctions. Vous étiez l'un de ses plus précieux atouts.

Le naga dévoila des crocs menaçants.

— La Murène m'a offert un bien meilleur poste ici. Je n'ai même pas eu à me débarrasser du précédent Haut Amiral comme elle me l'avait ordonné car il a mystérieusement disparu. Quant au Prince Hul'doj, il appartient déjà à l'histoire ancienne. À l'heure qu'il est, Ortanck n'a plus de source d'énergie. Ce n'est qu'une question de jours, voire d'heures, avant que ses batteries ne s'épuisent. Impossible pour le peuple naga de fuir la ville. Il est d'ores et déjà condamné à son destin funeste. Et son Prince périra avec lui.

— C'est de la démence, s'emporta Anyra. Vous êtes à l'origine de l'annihilation d'une nation entière. Votre propre nation !

Zok'kar haussa les épaules.

— Pour ce qu'elle valait... Je ne regrette rien. Les moteurs d'Ortanck ne devraient pas tarder à lâcher maintenant, la cité n'en a plus pour longtemps.

— Quand je pense que je vous ai accordé ma confiance, jadis, siffla Halimède. Cela, je le regrette, pour ma part.

— Comme Hul'doj, vous n'aurez bientôt plus de souci à vous faire avec les regrets, mes reines, dit-il d'un ton las.

Il désigna la flotte d'un ample geste du bras.

— Vos forces sont exsangues. Vous avez usé de tactiques admirables et avez sérieusement embouti mon armada, mais ces efforts étaient aussi dérisoires que futiles. Le combat était perdu d'avance, en raison de votre trop grande infériorité numérique.

Anyra jeta un regard éperdu autour d'elle. Effectivement, sa flotte était en lambeaux. Elle avait tout donné, et souffrait des conséquences d'un affrontement qui dure. L'Amirauté avait rattrapé ses vaisseaux, et était en train de les mettre en pièce un à un. Les restes de sa flotte s'étaient rassemblés dans un dernier carré autour de l'épave de son navire amiral, entourés par les bâtiments menaçants de l'ennemi. Ceux-ci formaient à présent un blocus infranchissable. Les canons avaient été déployés, parés à faire feu.

— Un vaillant baroud d'honneur, qui restera dans les mémoires, commenta Zok'kar. Mais il va falloir tirer votre révérence.

Il adopta une nouvelle pose de combat. Anyra et Halimède se préparèrent à un dernier affrontement, silencieuses.

— Alors nous n'avons plus qu'à emporter le Haut Amiral dans nos tombes, cracha Halimède.

Une violente explosion retentit à tribord. Les trois combattants se protégèrent la tête instinctivement. Ils relevèrent les yeux pour observer avec stupéfaction la proue de plusieurs navires de l'Amirauté voler en éclats. Des morceaux de bois épars fusèrent dans le ciel tandis que la formation ennemie se déchirait, les bâtiments sabordés tour à tour par un bombardement nourri.

Le dirigeable de la Cijena fonça comme une fusée au-dessus de la flotte, laissant un champ d'épaves sur son passage.

Un tandem de vaisseaux se fraya alors un chemin à travers le carnage, canardant la formation adverse d'un feu continu. La *Melancolia* et l'*Esturgeon étoilé* percèrent avec fracas le blocus, comme une aiguille crevant une bulle de savon. De leurs ponts montait une clameur fervente.

Prise à revers, et stupéfaite par cette contre-attaque, l'Amirauté mit un certain temps à réagir.

Pas les amazones et les néréides.

Les bâtiments de Kelebetokey sautèrent sur l'occasion pour élargir la brèche créée par l'arrivée providentielle de leurs sauveurs.

Sur l'épave du vaisseau amiral, Anyra se fendit d'un sourire carnassier en direction de Zok'kar.

— On dirait que la bataille n'est finalement pas finie… « Amiral ».

Le naga poussa un rugissement de colère et se rua sur elle. Elle effectua un bond aérien, avant de courir sur un radeau de bois, pâle souvenir du pont de l'orgueilleux navire. Elle s'immobilisa de l'autre côté et fit volte-face.

Zok'kar avait disparu.

Avec un frisson d'angoisse, elle anticipa son mouvement. Elle se baissa instinctivement, et les lames du naga fouettèrent l'air au-dessus de sa tête, alors qu'il surgissait des eaux derrière elle, propulsé par sa formidable vélocité. Il retomba souplement sur son immense queue à quelques mètres d'Anyra, mais ne prit pas le temps de s'immobiliser.

Les épées d'Halimède sifflèrent vers son visage. Il para l'attaque tout en enchaînant avec un nouveau plongeon dans l'océan.

C'était un adversaire d'élite. Il se battait sur tous les terrains avec la même facilité, ce qui lui donnait un avantage sur les deux reines. Ces dernières étaient complémentaires sur ce plan, mais avaient chacune leur spécialité. Anyra en surface, et Halimède sous les eaux.

De surcroît, le long corps sinueux de Zok'kar était d'une agilité sans pareille, et ses quatre bras ne leur facilitaient pas la tâche. Il paraît en même temps qu'il attaquait, esquivait et glissait.

Anyra pesta.

Il n'y avait qu'un moyen de triompher de lui.

Elle devait s'exposer pour laisser à Halimède une occasion de frapper.

Zok'kar surgit à nouveau devant elle, ruisselant, un sourire goguenard sur les lèvres.

— Pas encore fatiguées, mes reines ? ricana-t-il.

Anyra grinça des dents.

Quatre lames.

Elle pouvait en parer deux et en éviter une autre.

Elle devrait encaisser la dernière.

Sans réfléchir davantage, elle prit une profonde inspiration et se jeta sur lui. Zok'kar émit un sifflement aigu, mais ne chercha pas à la frapper. Au contraire, il esquiva, pour tenter une attaque brutale sur sa droite.

Le pommeau de sa lame frappa le front d'Halimède, qui avait surgi des flots pour lui porter le coup fatal pendant qu'Anyra occupait son attention. La néréide, sonnée, s'affaissa sur les planches brisées du vaisseau. Dans un mouvement fluide, Zok'kar fouetta ensuite le dos d'Anyra, lui coupant le souffle et l'envoyant s'écraser contre les restes du grand mât.

Les deux reines se retrouvèrent hors jeu en l'espace d'un instant. Elles avaient sous-estimé la compétence de leur adversaire.

— Des combattantes jumelles comme vous, j'en ai affronté des centaines, siffla Zok'kar en s'avançant d'un air menaçant vers Halimède. Et je les ai toutes vaincues.

Le naga n'était pas un adepte des longs discours. Il leva ses lames, et les abattit brutalement sur sa victime.

L'acier trancha la chair.

Mais ce ne fut pas celle de la reine néréide.

Une autre néréide venait de bondir des flots pour se ruer sur le naga. Ce dernier bascula en arrière, emporté par son poids, avec un hoquet de surprise. Une épaisse lame traversa ses côtes alors qu'il tombait à la renverse, lui tirant un gémissement de douleur.

Il s'écrasa lourdement sur l'épave de bois. En touchant le sol, la dague plantée dans son dos s'enfonça profondément dans sa chair.

Halimède se releva avec difficulté.

— Sao, murmura-t-elle.

Elle s'approcha pour s'agenouiller près des corps entremêlés de sa gardienne et de Zok'kar. Le naga était encore en vie, mais la néréide était morte.

Elle secoua tristement la tête, tandis qu'Anyra la rejoignait.

— J'avais envoyé ma garde personnelle sur le front, mais Sao n'a pas voulu obéir à mes ordres, grinça-t-elle. Je ne pourrai jamais la remercier assez.

Puis elle leva vers Zok'kar un regard hautain.

— Après tout ce temps à côtoyer mon peuple, tu péris par la main de la seule néréide qui ait fait vibrer ton cœur, naga, siffla-t-elle. Et tu l'emportes avec toi dans la tombe.

Zok'kar cracha un filet de sang, s'étouffant lui-même, en posant des yeux rageurs sur les deux reines. Puis son corps et celui de Sao glissèrent mollement sur le côté, et sombrèrent dans l'océan.

Le Haut Amiral Zok'kar était mort.

16

Le véhicule de Frénésie Convulsion était le bolide le plus rapide jamais créé. C'était la production d'un grand esprit scientifique qui avait optimisé tous les aspects de l'appareil pour le rendre imbattable. Et il l'était. Lorsque l'équipe a été dissoute suite à un tragique accident, l'engin a disparu. Son record de vitesse n'a toujours pas été battu à ce jour.

Nejim Palador, L'épreuve

Flash.

Joan resta ébloui et dut conserver les yeux clos un bon moment après s'être engagé dans le portail. Il était plongé dans un univers bleu qui l'aveuglait complètement, et avait l'impression de flotter dans les airs.

Mais il ne pressa pas une seule fois sur le frein.

Il finit par sentir le sol sous les roues de son bolide, et le décor gagna en netteté.

— Joan, devant ! hurla Sayan dans son dos, les mains ferrées autour de sa taille.

Mû par son intuition, le jeune homme vira à gauche. Il ne visualisait toujours pas l'environnement avec précision, mais le cri de Sayan avait fait office d'électrochoc. Alors que sa vision se stabilisait, il remarqua qu'il avait esquivé d'une poignée de centimètres un mur de givre qu'il était à présent en train de longer.

Il découvrit alors le décor avec stupéfaction.

Le véhicule parcourait un mince tunnel de glace. Autour, il n'y avait que des parois blanches striées de veinures bleutées.

Mais il n'avait pas le temps d'admirer le paysage.

Une stalagmite se dressait sur son passage. Il tourna à l'ultime seconde pour éviter la collision, et s'inclina sur le côté en s'engageant sur la paroi incurvée de gauche.

Il faillit faire chuter l'engin.

Parce qu'à sa grande surprise, le véhicule ne pencha pas. C'était comme si la gravité avait abandonné l'endroit. Ou plutôt, qu'elle était partout. Il pouvait rouler sur les parois cylindriques à sa convenance, les roues du bolide étaient toujours fermement arrimées au sol.

Pour éviter une poignée de stalagmites, il fit même un tour complet du tunnel quelques mètres plus loin. Il perdait totalement la notion du haut et du bas.

— Je n'y comprends rien ! cria Sayan dans son dos, désemparée. Mais tu te débrouilles à merveille, continue !

Joan ne l'entendit pas.

Il avait écrasé l'accélérateur, concentré sur sa trajectoire. La vitesse qu'il avait prise était extrêmement dangereuse dans cet univers de glace, mais il n'avait pas le choix. Il manqua de percuter plusieurs colonnes qu'il évita de justesse sans porter attention aux hurlements de Sayan. Jusqu'à une immense muraille givrée qui se dressa devant lui, lui barrant le passage.

Il plissa les yeux. La paroi était fine, on pouvait presque voir à travers.

Il ne ralentit même pas.

— Accrochez-vous !

Dans un fracas épouvantable, le bolide traversa l'obstacle pour poursuivre sa course folle. L'instant d'après, ses roues se mirent à tourner frénétiquement sans support, inutiles, et il sembla flotter dans le vide.

Ils avaient pénétré dans une petite bulle d'air plongée dans un univers aqueux, et étaient à présent en train de dériver bêtement dans l'océan, mus par la vitesse fantastique qu'avait prise Joan. Pour se rapprocher lentement d'un autre mur de glace qui flottait au cœur des eaux...

Ils ralentissaient vite, mais leur poussée initiale les amena au contact de la paroi.

Qui se brisa en mille morceaux.

Leur véhicule retomba sur le sol, pénétrant dans un nouveau tunnel glaciaire. Dans un rugissement de tonnerre, Joan remit les moteurs sans se poser de questions. Il recommença son parcours effréné, insensible aux cris de Sayan qui l'exhortait à ralentir. Les obstacles sifflaient à droite et à gauche alors qu'il les frôlait d'un centimètre. Une seule erreur et ce serait la fin.

— Lève le pied ! C'est de la folie !

Joan freina d'un coup, et dans un dérapage contrôlé, amena le véhicule à l'arrêt. Mais ce n'était pas pour obéir à Sayan.

Devant eux, la galerie se divisait en deux.

Et ça, c'était un problème.

— Vérole et boulon ! cracha-t-il. Par où est-ce ?

Ce fut Cal qui répondit.

— Par-là, dit-il en désignant le tunnel de gauche. Je sens les énergies qui s'amassent de ce côté.

Joan hocha gravement la tête.

— Très bien, tu me guideras.

— Plus que cinq minutes, précisa Sayan entre deux halètements.

Joan démarra en trombe.

Il n'y avait plus un instant à perdre.

***

Naëli se sentait faible.

La bulle qui la retenait prisonnière était devenue solide, cristallisée par le processus de pompage qui lui tirait sa force vitale. Les autres sphères étaient dans un état similaire. Même celle dans laquelle l'empereur avait été plongé après la disparition de sa prison de glace.

Elle avait envie de pleurer.

Elle avait échoué. Pire, elle s'était jetée dans la gueule du loup et contribuait elle-même à la réalisation du plan qu'elle avait farouchement combattu.

Mais aucun sanglot ne pouvait agiter sa poitrine meurtrie. Elle était incapable du moindre mouvement. De la moindre larme.

Les événements s'étaient enchaînés trop vite pour lui laisser le temps de les digérer. Mais maintenant qu'elle était là, impuissante, observant avec effroi le terrible travail de La Murène, les pièces se remettaient en place dans sa tête.

Le monde allait être ravagé par la folie destructrice de sa propre mère. Les Sept Principautés allaient disparaître, l'univers allait être réinitialisé.

Et elle allait perdre ses amis. Nul ne serait épargné.

Cette idée l'emplissait d'une profonde terreur.

Sayan, Yadriel, Molly...

Joan.

Son père.

Le phare de Sarmajor.

Les images défilaient dans sa tête, toutes plus angoissantes les unes que les autres. Elle savait qu'elle ne supporterait pas cette horreur.

Dès qu'elle serait libre, elle se donnerait la mort.

C'était peut-être la dernière chose qu'elle pouvait faire pour que sa mère réalise ce qu'elle avait fait.

Elle avait pris sa décision. Ce n'était plus qu'une question de minutes. Lorsqu'il serait temps...

Choc.

Elle sentit une vive douleur dans son dos, et reprit possession de ses sens dans un effort aussi fracassant que ce qui venait de percuter sa prison sommaire. La bulle explosa sous l'impact, et Naëli se sentit tomber au sol avec un cri de douleur, stupéfaite.

Elle amortit le choc et roula sur elle-même. Malgré la confusion, elle aperçut un splendide engin atterrir juste devant elle, emporté par son élan, et venir achever sa course dans un dérapage incontrôlable. Ses occupants sautèrent au dernier moment et roulèrent à leur tour sur la glace tandis que le véhicule glissait à toute vitesse vers la dernière bulle de la grotte. Celle-ci se brisa en mille morceaux sur son passage.

Puis le bolide se fracassa contre la paroi du fond. Une violente détonation retentit, et l'engin explosa à son tour, ravageant le flanc de la caverne dans une déflagration cataclysmique.

Naëli se protégea la tête.

Lorsqu'elle releva les yeux, il n'en restait plus qu'un tas de ferraille embrasé qui se consumait lentement.

Elle tenta de se remettre sur pied, peinant à faire fonctionner ses jambes. Puis elle sentit un bras se glisser autour de sa taille et l'aider à se redresser.

Elle tourna la tête.

Et une joie intense envahit son cœur.

— Joan !

Il était bien là, ses beaux yeux rivés dans les siens, empreints d'un profond soulagement. Non loin, Sayan et un jeune garçon se remettaient sur pieds eux aussi, avant de se ruer sur le socle de la bulle centrale.

— Tu n'as rien ? demanda Joan à Naëli.

Elle secoua la tête.

— Non, je ne crois pas. Comment êtes-vous...

Puis elle reprit conscience de la gravité de la situation.

— Il faut arrêter ma mère !

— Il y a un mécanisme d'inversion, répondit immédiatement Joan, rattrapé lui aussi par les événements.

— Plus que trois minutes ! hurla Sayan qui palpait le dispositif mécanique avec des gestes fébriles.

Joan bondit à sa rescousse. Le petit garçon s'était mis à leur serrer la main très fort, les yeux fermés, l'air profondément concentré.

Naëli voulut leur prêter assistance, mais un crissement lugubre envahit la grotte. Les débris du deux-roues en flammes furent d'un seul coup plongés dans une gangue de glace épineuse, tandis qu'un froid intense saisissait l'endroit. Le givre s'accumula sur les parois, et la silhouette menaçante d'Aelia se dressa devant les restes congelés du véhicule.

— Fous ! éructa-t-elle, fulminante. Vous osez toucher à mon œuvre ?

Elle s'avança d'un pas ferme en direction de Joan et Sayan. Mais Naëli se positionna devant eux, barrant le chemin à sa mère. Elle leva la paume droite et vrilla son regard dans le sien.

— Tu ne leur feras pas de mal. Je te l'interdis.

Aelia l'observa d'un air mauvais.

— Toi, ma propre fille, tu te retournes contre moi, pesta-t-elle. Après tout ce que j'ai fait pour toi. Quelle ingratitude.

Elle leva le menton vers Joan et Sayan qui s'affairaient sur la machinerie.

— Ils t'ont été utiles. Particulièrement ton ami pilote, qui a comblé le vide familial après mon départ.

Elle se mit à rire devant l'expression interloquée de Naëli.

— Oh, j'ai continué à suivre les péripéties de ma famille, tu sais ! Quand je te dis que je suis toujours ta mère… Joan m'a rendu un fier service, mais tu n'as plus besoin de lui, maintenant que tu m'as retrouvée.

Un bouillon de rage explosa dans la poitrine de Naëli.

— Oh non, tu n'es certainement pas ma mère ! Pas après m'avoir plongée de force dans un siphon à énergie pour une œuvre de destruction massive !

— Tu préfères donc t'allier à ces misérables plutôt qu'à ta propre famille ? siffla agressivement Aelia.

Naëli prit une profonde inspiration pour maîtriser la colère qui vibrait en elle. Lorsqu'elle prit la parole, ce fut d'une voix posée. Mais ses mots furent plus tranchants que la lame d'un rasoir.

— Ce sont eux, ma famille.

Et presque intuitivement, elle lança un brutal projectile de glace sur Aelia. Cette dernière haussa un sourcil stupéfait et figea l'attaque bien avant qu'elle n'ait pu l'atteindre. Puis elle plissa les yeux vers le visage courroucé de sa fille.

— J'espère qu'une fois que tout cela sera fini, tu comprendras mes raisons.

Puis elle invoqua une puissante vague d'eau qu'elle projeta sur Naëli.

La jeune hydomancienne réagit instantanément.

Elle se fondit dans la vague et la dispersa avant qu'elle ne l'atteigne. Ce faisant, elle se baissa plusieurs fois pour éviter les traits d'eau que son adversaire lançait simultanément sur elle.

Les pommettes rouges de colère, elle posa une main au sol pour matérialiser un long doigt de givre qui fusa vers Aelia. Cette dernière dressa son poing devant elle et une barrière de glace apparut. Le projectile explosa en touchant le mur.

Alors que Naëli et sa mère s'affrontaient, Joan et Sayan tentaient vainement de pénétrer le système mécanique. Ils devaient atteindre le faisceau lumineux qui circulait au centre de la machine, derrière un ensemble d'engrenages complexe. Mais ils avaient beau taper sur la paroi transparente, celle-ci était plus dure que le granit. La mécanicienne finit par interrompre ses vaines gesticulations et analysa froidement le système.

Ce dernier était forcément élaboré pour être résistant à toute épreuve. Le seul moyen de le pénétrer, c'était l'accès qui avait dû y être installé. Elle remonta le circuit d'engrenages et les tuyaux qui reliaient les différentes parties du mécanisme.

— Non... maugréa-t-elle. Non...

Il y avait des dizaines de boulons et de leviers qui actionnaient des trappes et des rouages, mais un simple coup d'œil lui suffit pour réaliser qu'ils étaient tous inutiles. Et puis elle le trouva.

L'accès.

C'était un gros verrou qui donnait directement sur l'énergie brute qu'on voyait circuler à travers une paroi vitrée. Mais Sayan comprit en un instant qu'il s'agissait d'un accès hautement sécurisé, avec un code complexe. Il y avait plusieurs molettes successives disposées sur un cadran à pas moins de vingt chiffres.

— Pauvres idiots, ricana Aelia dans son dos. C'est bête d'être arrivé jusque-là pour être stoppés par un stupide verrou à code.

— Deux minutes, s'inquiéta Joan avant de commencer à réfléchir à voix haute à une potentielle combinaison.

— Vous ne trouverez jamais le code, cracha La Murène en esquivant une attaque de Naëli, même si vous aviez dix ans pour le faire. Rendez-vous, il est inutile de chercher !

Une sueur froide coula sur le front de Sayan.

Leur ennemie avait raison.

Ils ne trouveraient jamais le code.

Mais ils pouvaient ouvrir le verrou autrement.

Elle attrapa la trousse bio-médic dans sa poche, en extirpa un étrange stéthoscope, qu'elle colla contre le métal. Elle enfonça les extrémités de l'appareil dans ses oreilles et commença à faire lentement tourner la première molette.

Non loin, Naëli tenait vaillamment tête à sa mère, mais celle-ci possédait une puissance magique considérablement supérieure à la sienne. Elle dut faire preuve d'agilité pour éviter une stalagmite qui venait d'apparaître sous ses pieds et un violent barrage de copeaux de glace.

— Tu veux vraiment me tuer ! fulmina-t-elle, hors d'elle, en retombant sur ses pieds.

— Oh non, ma fille, mais je n'hésiterai pas à te blesser !

Naëli leva les bras et projeta une série de bulles d'eau à pleine vitesse.

— Quelle mère voudrait voir souffrir sa fille ? gronda-t-elle.

— La souffrance est parfois nécessaire pour comprendre, siffla Aelia. C'est cela que tu n'as pas assimilé.

Et elle tendit la main vers la paroi.

Sous les yeux stupéfaits de Naëli, un félin de glace s'en détacha. Un faucon de givre apparut peu après sur le mur d'en face, puis un serpent de cristal quelques mètres devant elle.

— Attrapez-les, grinça Aelia.

Naëli esquiva adroitement les griffes du tigre qui s'était rué sur elle. Elle effectua une courte roulade et bondit sur ses pieds, son bras armé d'un puissant jet d'eau qu'elle lança contre le faucon de givre qui lui fondait maintenant dessus. Le projectile frappa la créature en plein cœur, la faisant exploser en un millier de bris de glace scintillants.

Qui retombèrent sur Joan et Sayan.

En catastrophe, Naëli envoya une puissante vague d'eau sur les résidus, qu'elle éjecta contre la paroi opposée.

Mais toute à son ouvrage, elle n'aperçut pas le tigre de cristal sauter à nouveau sur elle. Elle tomba à la renverse, les bras tendus autour du cou de la créature pour empêcher ses mâchoires furieuses de la déchiqueter.

Elle sentit rapidement qu'elle était perdue. Elle avait beau se débattre, elle était incapable de se dégager, et ses forces diminuaient à grande vitesse.

Un éclair de génie traversa alors son esprit.

Elle faisait face à une créature de glace. La cryomancie était son domaine, à elle aussi. Elle pouvait retourner la bête contre sa créatrice.

Elle se plongea sans plus attendre dans le corps gelé de son agresseur. Le contact physique lui permit d'entrer directement dans sa structure moléculaire.

Un grand froid la saisit. Pénétrer la glace était bien plus difficile que la mer. La surface solide augmentait la résistance du matériau, et le rendait... inhospitalier.

Mais Naëli n'en était pas à son premier essai.

Elle poussa un grondement sourd et banda tous ses muscles. Le tigre perdit peu à peu en vigueur et la jeune fille sentit qu'elle prenait le contrôle. Il finit par secouer la tête, hébété.

Naëli s'était emparée de lui.

Il était temps.

À côté, le serpent de glace attaquait Joan qui peinait à esquiver ses coups vifs et meurtriers. Sans hésitation, Naëli lui lâcha le tigre dessus. Les deux créatures s'affrontèrent avec fracas, avant de se briser mutuellement dans un ultime assaut brutal. Elles explosèrent de concert, jonchant à leur tour le sol de minuscules glaçons.

— Plus que trente secondes ! s'alarma alors Joan en se tournant vers Sayan d'un air paniqué.

La mécanicienne ne l'écouta pas. Elle avait la tête collée au verrou, plongée dans une profonde concentration.

Clic. Clic. Clic.

Elle avait déjà trouvé six chiffres de la combinaison. Le stéthoscope faisait des merveilles. Il était composé en partie d'énergie magique, comme le reste de la trousse bio-médic, et amplifiait donc considérablement les infimes sons qui témoignaient du déverrouillage de chaque molette. Sayan n'avait guère besoin de plus d'un tour de cadran pour identifier le chiffre du code correspondant.

Mais c'était insuffisant. Il y avait encore quatre molettes, elle n'aurait jamais le temps de trouver la combinaison manquante !

Et Cal était sur le point de défaillir. Il s'accrochait à sa sœur et à Joan avec une force vacillante, mais tous deux sentaient les énergies voraces du plan élémentaire lécher leurs corps avec avidité. Dans quelques instants, ils seraient déchirés par les puissances de ce monde. Ils verraient dans leurs derniers instants le terrible achèvement du projet Succion.

— Félicitations, ma fille, commenta alors Aelia à l'intention de Naëli. Tu as même appris à maîtriser la cryomancie, je suis impressionnée...

Naëli lui jeta un regard de braise, avant de larguer une série de boules d'eau qui s'écrasèrent mollement contre le bouclier de son adversaire. Elle n'avait plus le temps de discuter. Il ne restait que quelques...

— Quinze secondes !

Sayan perçut le minuscule déclic signifiant qu'elle avait déverrouillé la septième molette. Le temps lui faisait défaut pour continuer. Elle n'avait trouvé que sept chiffres.

Sept.

Comme les Sept Principautés.

Et si le code inventé par Hawks et La Murène ne comportait que sept chiffres, un par Principauté ?

Sayan tenta le tout pour le tout.

Elle appuya sur le verrou d'un coup sec, et il céda brusquement pour laisser apparaître le faisceau d'énergie.

— Cal s'est évanoui ! hurla Joan avec un hoquet de douleur, sentant soudain une force écrasante faire pression sur chacun de ses membres.

La souffrance le suffoqua. À côté de lui, Sayan tomba en arrière, agitée de violents spasmes. Et dans la plus grosse des sphères, l'Essence de l'Eau émit une longue plainte stridente, dans une terrible et ultime agonie.

Joan tourna le regard vers Naëli.

— Sauve-nous, murmura-t-il avant que la tourmente ne l'emporte.

Il poussa un grand cri et s'écrasa à son tour.

Naëli observa avec horreur son corps se couvrir de plaques glacées, pendant qu'il sursautait anarchiquement, terrassé par les énergies du plan élémentaire.

— Trop tard ! hurla Aelia d'un air victorieux.

Cinq secondes.

Comme au ralenti, Naëli regarda sa mère.

Quatre.

Puis Sayan et Joan.

Trois.

Le faisceau d'énergie pure.

Deux.

Elle tendit le bras.

Un.

Éclair de givre.

Déchirure.

17

Les mortels ont toujours été curieux de l'hydromancie, fascinés par la cryomancie, mais n'ont jamais porté un grand intérêt à la médomancie. La première leur permettait de se faciliter la vie, la seconde de dominer leurs voisins… mais la troisième, utile pour guérir et soutenir les autres, ne séduisait guère. Les mortels sont ainsi : par peur de l'inconnu, ils préfèrent détruire que comprendre. Imposer que partager. Ils oublient que leurs civilisations ne se sont pas épanouies si formidablement en assimilant l'identique, mais bien en acceptant la différence, et en la valorisant.

Le Grimoire Englouti

La grotte vibra un instant. Les chaînes qui entouraient les sphères des Maîtres tombèrent au sol alors que les bulles se brisaient avec fracas et les parois de givre se mirent à frémir. Les murs de glace se couvrirent de fissures, et un terrible craquement retentit dans la caverne.

Puis un premier jet d'eau perça la grotte, comme libéré d'une intense pression.

Un second.

Et un troisième.

Naëli avait les yeux rivés sur sa mère. Son visage plein de rage affichait à présent une profonde horreur en contemplant le lien brisé qui avait relié l'Essence de l'Eau à la machinerie mécanique. Alors que la grotte émettait un sinistre craquement, elle leva la tête vers sa fille.

Toutes deux échangèrent un regard pendant une brève seconde, qui eut des airs d'éternité. Pour la première fois depuis que Naëli l'avait retrouvée, Aelia sembla perdue. Pour la première fois, elle reconnut celle qui avait été sa mère.

Les parois éclatèrent à l'unisson.

Puis l'Eau balaya la grotte et ses occupants, reprenant ses droits sur son territoire.

***

Jérémy poussa un cri de guerre en faisant tournoyer l'énorme volant du dirigeable. Celui-ci effectua un virage serré au-dessus d'un groupe de navires, avant de revenir en arrière pour un second passage destructeur.

— Monsieur Sansou, paré à larguer nos dernières bombes ! lança-t-il à l'intention du petit personnage assis à l'autre bout du tableau de bord.

— Paré, monsieur Soufflon ! répondit ce dernier avec assurance. L'Amirauté n'a qu'à bien se tenir !

Le trésorier de la Cijena semblait follement s'amuser. Il s'était montré soulagé en apprenant la disparition de Tikken le Terrible et des Princes marchands félons. Cela signifiait que la Cijena et ses membres recouvraient leur liberté. Il n'avait pas émis d'objection lorsque l'ancien secrétaire avait réquisitionné le zeppelin. Bien au contraire.

Quant à Yoklavin Seth, il avait presque bondi de joie à l'idée d'utiliser enfin la puissance militaire du quartier général de la Cijena. Bien dissimulé derrière une apparence pacifiste, le dirigeable recelait en réalité un arsenal de guerre monumental, que l'ingénieur avait mis des années à perfectionner.

Au cas où la Cijena aurait besoin de se défendre.

Pour son plus grand malheur, ça n'avait jamais été le cas. Jusqu'à aujourd'hui.

Le zeppelin avait infligé de très lourds dommages à l'Amirauté. Les trois anciens collègues s'en étaient donné à cœur joie et enchaînaient les bombardements depuis un certain temps déjà. Les installations de Yoklavin Seth fonctionnaient bien au-delà de leurs espérances. Le dirigeable s'était couvert d'une coque de métal et de pics agressifs, et ses immenses ballons s'étaient rétractés et divisés pour lui offrir une meilleure maniabilité.

L'Amirauté avait quand même fini par réagir. Le zeppelin avait esquivé tant bien que mal des boulets de canon, mais il n'avait pas pu jouer à cache-cache indéfiniment. Plusieurs ballons avaient été percés, et sa situation était désormais critique. Encore un ou deux et il ne serait plus capable d'assurer sa flottabilité. Les moteurs avaient également été touchés.

De surcroît, ils n'avaient plus de munitions.

— Il est temps pour la Cijena de tirer sa révérence finale, grimaça Jérémy.

— On ne peut plus rien faire contre l'Amirauté, grinça Yoklavin Seth derrière lui. J'ai utilisé toute la puissance du zeppelin. Essayez de vous rapprocher de la citadelle d'Hydropolis, il y a des troupes au sol là-bas que nous pourrions éliminer avec les quelques projectiles qu'il nous reste.

Jérémy approuva.

— Vous avez raison. En avant.

Le dirigeable fila à pleine vitesse vers la cité.

Mais alors qu'il échappait à la portée des canons de l'Amirauté, une violente secousse l'ébranla durement. Jérémy se cramponna au volant, avant d'ouvrir de grands yeux catastrophés.

— Les commandes ne répondent plus !

Les derniers moteurs avaient dû être touchés par un boulet plus vaillant que les autres, et le dirigeable n'avait plus aucun moyen de propulsion. Il ralentit sa course et commença à perdre de la hauteur.

Dramatiquement.

— La Cijena sort de la scène avec panache, commenta froidement Yoklavin Seth, qui semblait avoir accepté son sort depuis un bout de temps.

Jérémy lui jeta un regard angoissé, puis se tourna vers Elgen Sansou, dont le visage affichait la même résignation.

Il pinça les lèvres.

Ses acolytes avaient raison.

Cette fois, c'était la fin.

Juste devant, la citadelle vibra soudain d'une intense activité. Un crissement monumental emplit l'atmosphère, et elle sembla imploser, libérant de colossales pointes de glace qui gelèrent sa surface en un instant. Elles s'élancèrent agressivement dans les airs et foncèrent sur le dirigeable.

Elles l'immobilisèrent au beau milieu du ciel en l'espace d'une seconde. La vitre du poste de pilotage se couvrit de givre, tandis qu'un grand froid congelait l'ensemble du bâtiment. Jérémy et ses deux collègues frissonnèrent, avant de cligner bêtement des yeux.

Que venait-il de se passer ?

***

Funeste n'en menait pas large. Après un long et intense combat, la *Melancolia* avait fini par être immobilisée par les bâtiments adverses. Elle avait réussi à leur glisser entre les doigts un nombre incalculable de fois, arrosant systématiquement l'ennemi d'un feu nourri.

Mais la fête était terminée.

Funeste observa deux navires de l'Amirauté se positionner à tribord et à bâbord de la *Melancolia*, écoutilles ouvertes et canons prêts à faire feu. Le dernier vaisseau pirate allait être éliminé dans une destruction digne des récits les plus épiques. Puis il sombrerait au fond de l'océan, emportant les légendes de la piraterie avec lui.

Ainsi que les derniers elfes qui combattaient à son bord, Attirel et ses compagnons avaient fait des merveilles au cours de la bataille. Mais pour eux aussi, c'était terminé.

Ils disparaîtraient avec la *Melancolia*.

Funeste jeta un regard à son second, Daegan, qui hocha la tête d'un air grave. Elle lui rendit son salut, fière d'avoir combattu à ses côtés. Elle était prête à rencontrer son destin.

Les canons ennemis firent feu, et les boulets fusèrent vers la *Melancolia*.

Pour venir s'arrêter au beau milieu de l'océan.

Une épaisse gangue de givre venait de les accrocher aux canons d'où ils étaient partis, immobilisant par la même occasion les bâtiments adverses dans une glace compacte. Avec stupéfaction, Funeste observa la mer elle-même geler, plongeant la flotte entière dans une banquise impénétrable.

Funeste plissa les yeux en direction de l'un des n
Le gel semblait avoir figé jusqu'à ses occupants.

Un faible rire souleva sa poitrine.

Cela ne pouvait signifier qu'une chose.

Ses amis avaient réussi.

***

L'*Esturgeon* était en piteux état. Molly avait fait ce qu'elle avait pu, mais son navire n'était pas un bâtiment de guerre. Il avait rapidement été mis hors course, et l'Amirauté l'avait abordé pour faire taire sa bruyante timonière.

Elle avait chèrement défendu sa peau, mais on avait fini par la capturer. Sa compétence martiale n'était pas de taille face à des soldats expérimentés. Le capitaine du navire ennemi lui avait lancé un sourire goguenard lorsqu'elle avait été rapatriée de force à son bord. Il avait tout de suite demandé à ce qu'on l'amène auprès de lui.

Alors qu'on la forçait à se mettre à genoux devant lui, il tourna le regard vers l'*Esturgeon*.

Un sourire narquois s'étirait sur ses lèvres.

— Vaillante résistance, vieille dame, reconnut-il, mais personne ne défie l'Amirauté impunément. Observe ce qui arrive aux renégats.

Il lança un ordre bref.

Molly ouvrit de grands yeux horrifiés.

Le navire sur lequel elle se trouvait libéra un feu vengeur. En voyant ses boulets foncer sur l'*Esturgeon*, Molly poussa un cri de désespoir.

— Non !

Trop tard.

Son précieux bateau explosa d'un coup. Le pont fut réduit en miettes par l'un des tirs, brisant en deux le beau bâtiment. La poupe et la proue se détachèrent violemment, et des morceaux épars du fier navire valsèrent en tous sens.

Puis ce qui restait de l'*Esturgeon* sombra lentement dans l'océan. C'en était fini de lui.

Des larmes de rage brillèrent au coin des yeux de Molly.

— Soyez maudits, gronda-t-elle. Je vous maudis tous !

[illegible]e lança un regard de feu au capitaine. Il lui répondit par un rire [illegible]esquin. Sa poitrine se secoua une fois, deux fois.

Pas trois.

L'homme s'immobilisa d'un coup, et Molly vit son teint virer en un instant au bleu pâle. Puis il ne bougea plus. L'atmosphère se refroidit brusquement, et le pont se couvrit de plaques de givre. L'ensemble de l'équipage se figea, glacé, et l'océan lui-même se transforma en une véritable banquise.

Molly poussa un cri de stupeur.

Elle seule semblait avoir été épargnée.

Puis elle comprit.

Les Éclaireurs avaient réussi.

Naëli était sauvée.

La bataille était terminée.

***

Les reines jumelles Anyra et Halimède se dressaient telles des foudres de guerre au milieu des décombres de leur navire amiral. Leur flotte avait été détruite, leurs défenses anéanties, mais elles n'avaient pas succombé. Elles avaient combattu si farouchement que l'ennemi avait fini par lancer ses soldats à l'abordage des épaves amazones et néréides.

La garde rapprochée des reines jumelles avait cédé du terrain, abandonné plusieurs navires, jusqu'à se replier autour de ses souveraines. L'ennemi avait alors investi toutes ses forces sur cette ultime résistance. Mais les deux reines ne s'étaient pas avouées vaincues.

Leur science martiale les rendait redoutables en combat rapproché individuel. Et indestructibles en binôme. Lorsqu'Anyra frappait, Halimède achevait. Lorsque le flanc de l'amazone était exposé, la lame de l'ennemi rencontrait celle de la néréide. L'une comme l'autre virevoltaient dans une danse de mort contrôlée, se riant du terrain, bataillant sur terre comme dans les eaux avec la même facilité.

Les cadavres s'accumulaient devant elles.

Mais elles fatiguaient. L'erreur fatale approchait.

Ce fut Anyra qui céda la première. Son épée resta accrochée au corps d'un soldat ennemi qui l'emporta avec lui en sombrant dans l'océan. Halimède s'en aperçut et voulut aller récupérer la lame de sa jumelle.

Un instant d'inattention qui lui coûta cher.

Une balle perdue traversa son épaule, lui tirant un hurlement de douleur.

L'ennemi se pressait en nombre autour des deux souveraines à présent sans défense.

C'était la fin.

L'onde claire de l'océan sembla alors frissonner. Puis elle se couvrit à toute vitesse d'une épaisse couche de givre, qui glaça tous les bateaux sur son passage. En un instant, le décor devint blanc et bleu, et un froid intense tomba sur la surface figée de l'océan.

Anyra et Halimède échangèrent des regards stupéfaits.

Seules leurs troupes avaient échappé à la glaciation.

***

Naëli nageait au cœur d'une immensité aqueuse. C'était comme lorsqu'elle avait pénétré dans le plan élémentaire, sans la souffrance associée. Elle se sentait bien ici.

Apaisée.

Elle ne parvenait pas à se souvenir de ce qui s'était passé. D'où venait-elle, au juste ? N'avait-elle pas toujours vécu là, baignant dans la douce et calme bienfaisance de l'Eau ?

Une forme indistincte s'imposa à son esprit.

Elle gagna en netteté à mesure que Naëli se concentrait. C'était une silhouette aux traits fins, dont le visage reflétait bonté et miséricorde.

Elle connaissait ce visage...

Elle était certaine de lui avoir déjà parlé. Mais quand, et pourquoi ?

La créature sembla s'amuser de son trouble, avant d'afficher une expression de profonde reconnaissance. Naëli sentit presque physiquement un courant chaud et suave caresser ses sens. L'aspect de son hôte se modifia pour se transformer en une tête de reptile, immense, impressionnante, mais douce. Naëli sentit un long corps ondoyer autour d'elle, tandis qu'un seul mot résonnait dans son esprit.

« Merci ».

Elle reconnut le serpent.

Et tout lui revint en mémoire.

Elle ouvrit les yeux.

La première chose qu'elle vit, ce fut ses amis. Joan, Sayan, et le mystérieux petit garçon étaient allongés à côté d'elle, plongés dans un profond sommeil. Mais ils vivaient, elle le sentait. Un immense soulagement envahit sa poitrine.

Puis elle leva la tête.

La silhouette du Maître Seyunal était accroupie à côté d'elle, son regard empli de sollicitude.

— Te voilà de retour parmi nous, Naëli, déclara-t-il d'un ton joyeux. Grâce soit rendue à l'Eau.

Il se releva lentement, et l'invita à faire de même. Naëli se remit sur pied, et lança autour d'elle un regard circulaire. Ils se trouvaient au sommet d'Hydropolis, sur la plus haute plateforme de la citadelle. Mais la ville n'était plus ce qu'elle avait connu.

Elle était plongée dans les glaces. L'océan lui-même semblait avoir été transformé en une immense banquise. Elle reconnut le dirigeable de la Cijena, figé à quelques mètres de la citadelle, et une marée de navires étalée autour de la ville. On les aurait crus paralysés pour l'éternité dans une fascinante et monumentale sculpture.

Elle en resta bouche bée.

— L'empereur de glace est de retour parmi nous, souffla le Maître Seyunal, ravi.

Naëli jeta un coup d'œil à la plateforme. Sept autres individus étaient disposés en cercle autour d'eux, leur tournant le dos, bras levés et paumes ouvertes vers l'horizon. Elle reconnut le Maître Lyn, la Maîtresse Lil'yan, et tous ceux qui avaient été emprisonnés.

Parmi eux, droit devant elle, la haute et fière silhouette d'un elfe de glace projetait sur Hydropolis des vagues de givre.

Elle écarquilla les yeux.

L'empereur Aethas n'avait pas volé sa réputation.

Elle-même avait du mal à maîtriser la cryomancie à sa plus petite échelle.... L'elfe venait de geler la cité et l'océan à des lieues à la ronde.

Comme s'il avait senti son regard sur lui, l'intéressé se retourna lentement, et un sourire étira ses lèvres aussi blanches que la neige.

— Tu as réussi, jeune fille. Tu as contrecarré les plans de La Murène, et fait échouer le projet Succion.

— Mais que... Que s'est-il passé ? grimaça Naëli.

— Lorsque tu as renversé le mécanisme, nous avons été libérés, expliqua l'empereur. Nous avons immédiatement mobilisé nos pouvoirs pour sortir du plan élémentaire, en vous emportant avec nous, tes amis et toi. Et nous avons profité du portail vers Hydropolis pour mettre fin à la bataille qui faisait rage ici.

— Et... l'Essence ?

— Elle reprend ses droits sur son domaine élémentaire, pendant que la machinerie d'Hydropolis inverse le processus d'absorption qui avait été mis en place. Les énergies de l'Eau quittent en ce moment même Hydropolis pour être restituées au monde élémentaire.

Naëli sentit un intense soulagement apaiser son cœur. Elle avait réussi. Elle avait sauvé les Sept Principautés. Elle avait défait La Murène.

— Qu'est-il arrivé à ma mère ? demanda-t-elle alors avec une grimace amère.

Le regard de l'empereur se voila, semblant exprimer un profond regret. Il se détourna sans répondre, et Naëli ne sut que trop bien ce que cela signifiait. Elle l'avait lu dans les yeux d'Aelia à son dernier instant.

C'était fini.

18

*Mes lectures ont été un puits de savoir sur lequel je me suis appuyée dans toutes mes aventures. À ceux en quête de connaissance, je recommande l'acquisition de l'*Encyclopédie des Sept Principautés. *Pour la culture classique, lisez* Sept créatures, Sept Créateurs, *et pour la moderne,* À l'heure de l'industrialisation, *d'Antoni Fergus. La science a ses travers, mais je conseille également de consulter le* Traité scientifique *du Professeur Hawks pour tout ce qui touche à la technologie. Bien sûr, n'importe quel passionné de course se doit de parcourir l'ensemble de l'ouvrage* L'épreuve, *de Nejim Palador. L'*Autoportrait *de Mallaé, rempli de métaphores évocatrices, m'a aussi beaucoup apporté. Comme un certain journal de bord pirate, ou les citations pittoresques d'une amie proche... Et même les dictons Nouk-nouk qui, sous des dehors primitifs sont pleins de sagesse ! Enfin... en général. Toutes ces œuvres contiennent des informations précieuses, mais aussi, et surtout, des leçons de vie dont nous aurions tous intérêt à tirer des enseignements.*

Interview de Naëli Coursevague,
pour le Mensuel des Sept

Naëli ne revit jamais l'empereur des elfes. Après les terribles événements d'Hydropolis, les Princes Anyra, Fergus et Def'il reprirent leurs places à la tête de leurs Principautés respectives, et présentèrent l'incident comme une tentative de coup d'État avorté des Princes Vesperil, Gavranti et Ymelda Fergus — ce qui n'était pas entièrement faux — qui avait coûté la vie aux Princes Dagmar et

Grant. Les territoires privés de leurs dirigeants choisirent de nouveaux Princes marchands, rétablissant l'ordre et l'équilibre au sein des Sept Principautés.

L'Amirauté fut évidemment libérée des glaces, et les dignitaires qui avaient payé cher leur place au soleil d'Hydropolis ne firent guère parler d'eux. Ils avaient tout intérêt à étouffer l'affaire, ne voulant en aucun cas être liés aux Princes félons...

La ville d'Hydropolis fut également dégelée. En récompense de l'action héroïque de Naëli et des Maîtres de l'Eau, l'Essence accorda une seconde vie à la cité. Son pouvoir plongea la ville sous les flots, en direction d'une ville à l'agonie : Ortanck.

Le peuple naga investit Hydropolis au moment où les batteries d'Ortanck lâchèrent. L'antique cité naga fut submergée, mais ses habitants survécurent. Grâce aux ingénieuses machines du Professeur Hawks et à la puissance de l'Essence de l'Eau, ils trouvèrent un nouveau foyer. Ils s'installèrent au sein d'Hydropolis, dont ils firent leur capitale itinérante. Et ils purent enfin regagner la surface.

Mais le Prince Hul'doj choisit d'utiliser la mobilité d'Hydropolis pour voguer vers d'autres horizons. La civilisation naga appartenait au passé et n'avait plus sa place au sein des Sept Principautés. Hydropolis et ses nouveaux habitants les quittèrent... pour entrer dans les légendes.

L'empereur Aethas regagna le Valhas, où son peuple avait retrouvé un semblant de vie grâce au retour des énergies élémentaires. Il ferma définitivement les portes d'Elnibonai, et à l'instar des nagas, les elfes de glace se retirèrent des affaires du monde.

Les anciennes civilisations avaient compris qu'elles n'avaient plus leur place dans le monde moderne. Et elles laissaient la scène aux plus jeunes.

Le conseil des Maîtres fut par conséquent réformé. Le Maître Aethas s'était enfermé définitivement au Valhas, la Maîtresse Lil'yan était partie avec son peuple, et le Maître Seyunal avait pris sa retraite pour embarquer à bord de la *Melancolia* avec Funeste et son équipage. Le conseil ne comptait donc désormais plus que sept membres, un par Principauté. Les Maîtres Fusillaine, Grant, Hoelo,

Damantel, et Jot'il reprirent leur place, mais les sièges des Maîtres de Sarmajor et de Nirvûn restèrent vacants.

Naëli se vit offrir le poste qu'avait jadis occupé sa mère comme Maîtresse de Sarmajor. Elle accepta, et proposa à Ethan, l'hydromancien des Dieux de la Piste, de prendre la place du Maître de Nirvûn. Il n'était pas un expert, mais le monde manquait de magiciens. Les Maîtres acceptèrent avec joie, et lui aussi.

Ensuite, Naëli avait repris contact avec le Prince Fergus, qui devait la vie aux Éclaireurs. Elle lui avait demandé d'utiliser son vaste réseau de communication pour rendre leur place aux hydromanciens et aux Maîtres de l'Eau sur la scène internationale.

C'était du jamais vu.

Mais les prouesses magiques dont ils firent des démonstrations somptueuses conquirent le cœur des habitants. La population accepta ces individus qu'elle avait un peu trop vite relégués au rang de mythes du passé.

Et, enfin, modernité et tradition marchèrent main dans la main, respectueuses l'une de l'autre. À l'image d'une mystérieuse et fascinante trousse de soins, savant mélange d'énergie magique et de mécanique produit par une ingénieure de génie et son petit frère...

Le Professeur Hawks avait disparu. Oublié dans le chaos de la bataille, il s'était volatilisé, comme évanoui des Sept Principautés. Personne n'avait poussé l'investigation. Le drame était fini, et nul n'avait souhaité remuer les obscurs complots qui avaient agité les hautes sphères de ce monde.

Bon, et bien sûr, il ne fallait pas oublier que les Éclaireurs étaient des champions. Les vainqueurs de la neuvième édition de la Coupe des Sept Principautés !

Ils étaient retournés dans le phare familial pour fêter l'événement, chez le père de Naëli, qui avait manqué de s'évanouir en apprenant qu'ils avaient remporté la Coupe. Il en avait été si ému qu'il avait immédiatement appelé la grand-mère de Naëli pour lui annoncer la nouvelle. Le lendemain, elle accourait au volant de son nouveau bolide, chargée des victuailles les plus onéreuses — mais les plus délicieuses – produites par le savoir-faire des gastronomes de Midellan. Dont les savoureuses profiteroles qui faisaient le plaisir de Naëli.

— Tu ne manges pas ? demanda Yadriel à brûle-pourpoint en désignant les desserts, alors que la soirée touchait à sa fin.

Naëli tourna la tête vers lui, amusée.

— Je ne sais pas. J'ai envie d'autre chose. Quelque chose d'exotique. J'ai trop voyagé pour ne plus être curieuse de nouvelles saveurs.

Yadriel s'arrêta de manger pour l'observer, rayonnant. C'était exactement la leçon qu'il lui avait transmise au premier soir de la Coupe. La jeune fille avait grandi.

Beaucoup grandi.

— Pas touche ! aboya Molly à côté d'elle en manquant de la bousculer violemment, défiant Sayan du regard.

La fourchette de la vieille dame était plantée dans l'énorme cuisse de dinde qui trônait encore dans le plat principal.

Et elle n'avait pas l'air de vouloir s'en séparer.

Sayan lui jeta un regard mauvais et saisit la cuisse à pleines mains. Molly poussa un hurlement scandalisé et sauta sur la table.

— Mille forbans ! rugit-elle, les joues rougies par la fureur — et sa consommation de vin déjà fortement excessive. Ce petit morceau de viande est à moi !

— Petit morceau ? objecta Yadriel, sceptique.

Naëli éclata de rire.

Certains n'avaient pas grandi, pour leur part !

Et c'était très bien comme ça.

Elle s'essuya les yeux, un sourire doux sur les lèvres.

— Qu'est-il arrivé aux pirates ? lui demanda alors Cal, le front plissé dans une profonde interrogation.

Il ne quittait plus sa sœur. Le Maître Jot'il avait déclaré qu'il avait désormais une connaissance suffisante de la médomancie pour ne plus avoir besoin de lui. Il pouvait traiter tout seul la maladie dont il était victime, et était donc libre d'arpenter le monde à sa guise.

— Oh, ils ne sont jamais très loin, répondit Naëli avec un clin d'œil.

— J'espère que je les reverrai, murmura le garçon, les yeux brillants.

— Mais dis donc, fit mine de s'offusquer Naëli. Tu ne devrais pas avoir peur des pirates, toi ?

Le petit garçon émit un gloussement amusé.

— Oh non, ceux-là ne me font pas peur. Pas peur du tout !

Naëli rigola à nouveau.

— Qu'allez-vous faire de l'argent gagné grâce à la Coupe ? s'enquit son père à brûle-pourpoint depuis la place d'en face.

Naëli retrouva un air sérieux.

— Nous avons décidé d'en faire don, répondit-elle d'une voix suffisamment forte pour couvrir le vacarme que faisaient Sayan et Molly. On va en garder un peu, mais on va envoyer la majorité à Sarkoth, pour aider les gens de la côte ouest. Il existe de profondes inégalités là-bas, et ça nous tient tous à cœur.

Son père arqua un sourcil surpris, avant de sourire avec affection. Elle perçut même une toute petite larme dans le coin de sa paupière.

— Je suis fier de toi, ma fille, chuchota-t-il tout bas.

Malgré la cacophonie ambiante, Naëli l'entendit.

Elle rayonna.

Puis elle se tourna vers la gauche. Sur le siège adjacent, Joan l'observait avec de grands yeux amoureux. Un an plus tôt, elle aurait été gênée par ce regard, mais elle était maintenant forte de tout ce qu'elle avait vécu depuis.

Elle afficha un sourire lumineux. Elle lâcha sa main et déposa un baiser sur sa joue gauche.

— Je sors prendre l'air, confia-t-elle à voix basse.

Il acquiesça, conscient qu'elle avait besoin de son moment de calme. Elle se dirigea vers la porte d'entrée et sortit à l'air libre.

La nuit était paisible et fraîche. Comme Naëli l'aimait.

Elle retrouvait avec bonheur la quiétude qui l'apaisait.

Mais alors qu'elle goûtait au silence qui régnait ici, elle fronça les sourcils. Une voiture approchait, ses feux illuminant l'obscurité. Elle l'observa rejoindre le phare, curieuse. Qui donc pouvait leur rendre visite à une heure si tardive ?

Lorsque la portière s'ouvrit, elle bondit de joie.

— Jérémy !

Elle sauta au cou de son ami qui encaissa le choc avec un hoquet surpris.

— Je croyais que tu ne pouvais pas venir ?

Jérémy n'avait en effet pas se déplacer, prétextant qu'il avait un tas de choses importantes à régler. Il n'avait pas voulu en dire plus.

Alors qu'elle s'écartait après une embrassade affectueuse, il épousseta ses vêtements et rehaussa ses lunettes.

— J'ai quand même contribué à votre victoire, donc je me devais de la célébrer, ironisa-t-il.

Son sourire amusé s'évanouit aussi rapidement qu'il était apparu.

— Plus sérieusement, j'ai quelque chose d'important à t'annoncer.

Il sembla gêné.

— Ou plutôt… à te montrer.

Sans plus d'explications, il ouvrit la portière arrière de la voiture. Une silhouette fine et élancée en sortit, l'air décontenancé, et posant sur le décor des yeux curieux. Elle avait un visage doux, et de grands iris bleu ciel.

Naëli se figea sur place.

Une intense émotion s'empara de son cœur alors que l'inconnue s'approchait avec timidité.

— On l'a trouvée perdue sur les côtes de Sarkoth, déclara Jérémy. Elle ne se souvient que d'une chose : cet endroit.

Il extirpa une fine sculpture de glace, qui représentait le tout petit serpent de mer qui avait accompagné les Éclaireurs à la fin de la Coupe.

— Et elle tenait ça très fort serré entre ses mains.

Naëli observa sa mère sans bouger, une bouffée de chaleur irradiant sa poitrine. Puis elle tourna les yeux vers l'océan. Une vague audacieuse sembla la saluer de loin, et des larmes de reconnaissance dévalèrent le long de ses joues.

L'Eau venait de lui offrir le plus beau cadeau qui soit.

19

Alors oui, j'apprends beaucoup, je réfléchis, je prends du recul en lisant. Mais mes lectures ne sont qu'un point de départ pour échanger avec les autres. C'est ensuite en argumentant avec eux que je forge mes propres opinions. J'essaye toujours de discuter en m'appuyant sur des faits, et de vérifier d'où vient mon information. Car comme l'information est de plus en plus accessible, la désinformation et les fausses idées le sont aussi. Je me rends compte au cours de mes conversations que beaucoup ne prennent pas le temps de s'enrichir de points de vue différents et de confronter les idées avant de donner leur avis. J'ai l'impression que l'esprit critique se meurt dans notre monde moderne... Et je suis fière de pouvoir vous dire : pas chez moi.

Interview de Naëli Coursevague,
pour le Mensuel des Sept

— Préparez-vous !

L'injonction avait jailli de l'estrade. Là-haut, Yoklavin Seth s'apprêtait à donner le top départ de la dixième édition de la Coupe des Sept Principautés.

Naëli jeta un regard complice à ses compagnons. Les Éclaireurs étaient prêts.

Molly, Sayan, Yadriel, Joan et elle s'étaient tous mis d'accord pour participer à cette nouvelle édition. Et avec l'argent gagné grâce à leur victoire de l'an passé, ils avaient pu acheter un navire flambant neuf. Plus grand, plus puissant. Sayan l'avait équipé de moteurs dans lesquels Naëli avait appris à transférer une partie de son pouvoir... Ils l'avaient baptisé *Le Dragon de mer*.

Le fier bâtiment était à présent aligné sur la ligne de départ de la Coupe, au cœur de la baie de Midellan.

La capitale de Sarmajor avait bien changé en un an.

Pour honorer la nouvelle harmonie entre magie et industrie, la cité des arts et des sports avait érigé dans son port de splendides sculptures d'eau et de glace, dont une fontaine monumentale qui s'élevait au-dessus des plus hauts bâtiments de la ville. C'était un fantastique don offert par l'Eau aux hommes des Sept Principautés, et un hommage discret à la capitale perdue du royaume des elfes de glace... pour les connaisseurs.

Naëli émit un petit rire amusé en se faisant cette réflexion. Elle était certainement la seule à l'avoir remarqué. Ceux qui s'étaient un jour rendus au Valhas ne couraient pas les rues. Et il n'y en aurait pas plus, maintenant que le territoire était devenu inaccessible, plongé dans un blizzard éternel.

Un homme grimpa à côté de Yoklavin Seth d'une démarche souple.

— Je cède la parole au président de la Cijena, qui souhaite vous dire quelques mots d'encouragement avant le début de la course, déclara Yoklavin Seth en laissant s'avancer le nouveau venu.

Celui-ci chaussa ses lunettes, et s'apprêta à parler d'une voix forte. Naëli sourit avec bienveillance. Jérémy avait bien fait de prendre le poste lorsqu'on le lui avait proposé. Sous sa présidence, l'entreprise sportive bénéficiait d'un nouveau souffle. L'ancien président, Philas Smogg, avait pris sa retraite, vaincu par les événements de l'an passé.

— La Coupe a changé, annonça Jérémy d'une voix forte et assurée. La Cijena a su tirer parti des incidents qui ont agité les Sept Principautés l'an dernier, pour vous offrir un parcours fantastique... Et tout aussi dangereux.

Il afficha un sourire en coin.

— Qu'est-ce qu'il veut dire ? grinça Sayan à l'oreille de Naëli, suspicieuse.

Celle-ci gloussa avec amusement.

— Oh rien, disons que Yoklavin Seth a pris son pied avec les pièges, cette année. Jérémy a demandé aux Maîtres de l'Eau s'ils pouvaient l'aider un petit peu, et ils ont accepté...

Sayan sembla horrifiée. Puis elle se mit à rire.

— Excellent, j'ai hâte de voir ça !

Naëli rit de bon cœur avec elle, avant de se tourner vers Joan. Mais ce dernier ne lui accorda aucune attention. Il était cramponné au gouvernail et défiait du regard le barreur du navire placé sur leur gauche.

Ethan avait repris du service au sein de l'équipe des Dieux de la Piste. Et il semblait prêt à en découdre. Joan et lui étaient bien trop absorbés par leur duel silencieux pour accorder le moindre regard à Naëli, qui secoua la tête avec fatalité.

Elle reporta son attention sur l'estrade. Derrière Jérémy et Yoklavin Seth, il y avait une rangée d'invités d'honneur, parmi lesquels deux énergumènes survoltés lui faisaient de grands gestes. Le sourire de Naëli s'élargit.

Son père et sa mère étaient de sacrés personnages. Aelia l'avait embrassée mille fois avant de la laisser partir, inquiète quant à sa participation à la course. Elle n'avait effectivement gardé aucun souvenir de son passé, ni aucun pouvoir. Elle avait réappris à vivre avec sa famille au cours de la dernière année.

En amenant Naëli au comble du bonheur.

Elle avait retrouvé les siens. Tous les siens.

Sa famille s'était même enrichie. Elle jeta un coup d'œil à Joan. Celui-ci tourna enfin la tête vers elle, l'air préoccupé.

— Tu es prête ? demanda-t-il.

Naëli lui offrit un sourire amusé.

— Toujours.

Yoklavin Seth reprit la parole là-haut.

— Parés au départ…

Jérémy brandit un drapeau à bout de bras.

Cinq.

Quatre.

Trois.

Deux.

Un.

Le rugissement de dizaines de moteurs furieux emplit l'atmosphère tandis que la centaine de concurrents démarrait en trombe sous les hurlements du public en délire.

— Que la course commence !

Journal de Philas Smogg

Recensement : les 20 équipes les plus prometteuses de la 9ème édition.

N°1. *Les Dieux de la Piste* : équipe profilée pour la vitesse. Ils ont gagné la troisième édition de la Coupe et arrivent systématiquement dans le top dix depuis. Du coup, ils ont trouvé de puissants sponsors qui leur ont permis de doter leurs engins des derniers gadgets, ainsi que de leur donner une apparence futuriste toute en couleurs fluorescentes.

N°2. *La Scie-à-viande* : natifs de Nirvûn à l'aspect inquiétant. Leur véhicule terrestre et leur véhicule marin sont bardés de pointes et de crânes, appendices fatals à de nombreux concurrents. Une rencontre avec la Scie-à-viande n'est jamais de bon augure. Ses équipiers ne parlent jamais aux autres, cherchant la victoire froidement et sans pitié.

~~N°3. *Givreglace.*~~

~~N°7. *Les Antiquaires.*~~

N°11. *Les Gardiens Gris* : équipe la plus étrange de toutes. Ses membres se drapent dans d'amples manteaux grisâtres pour entretenir le mystère. Leur vaisseau marin est une simple barque, et personne n'a jamais vu leur automobile. Pourtant, cela fait plusieurs années qu'ils finissent sur le podium. Ils ont même gagné la septième édition. C'est à croire qu'ils peuvent se téléporter.

~~N°18. *Les Fulminants.*~~

N°27. *Les Éclaireurs* : groupe de Sarmajor très prometteur. C'est leur première participation à la Coupe, mais ils ont déjà remporté la première étape. Loin de la brutalité de nombreux coureurs classiques, leurs engins sont d'une beauté raffinée qui fait plaisir à voir. Ils respirent la jeunesse et la... fraîcheur !

~~N°31. *Les Traqueurs.*~~

~~N°45. *L'Ombrelle-de-soie.*~~

N°47. *Le Raz-de-marée* : coureurs exubérants qui aiment en mettre plein la vue. Leur frégate laisse dans son sillage des vagues impressionnantes, d'où leur nom évocateur.

~~N°50. *La Bohème.*~~

N°55. *Les Sœurs de la Lumière* : groupuscule ultrareligieux qui ne participe que pour mettre en valeur son culte, une étrange croyance venue du sud qui cherche à convertir chaque personne qui croise son chemin. Et au vu de leurs résultats, il est probable qu'elles bénéficient de la faveur de leur dieu !

N°66. *Les Biches* : équipe entièrement constituée d'amazones de Kelebetokey. Elles répondent aux noms de Albiche, Dambiche, Melbiche et Mobibiche. Sans oublier Carcabiche, leur redoutable leader. Leur stratégie ? Séduire les autres concurrents, pour les amener à se mettre eux-mêmes hors-jeu. Et si ce n'est pas suffisant, il reste toujours l'option de la diffamation.

N°69. *Pêché mortel* : équipe de Sarkoth exclusivement composée de membres de l'aristocratie d'Ys. Ils méprisent les autres et possèdent des engins à la pointe de la technologie, ce qui les rend redoutables. Ils ont remporté la huitième édition de la Coupe, mais ne sont guère appréciés, car les autres concurrents estiment qu'ils trichent. Leur participation cette année a été longuement négociée.

~~N°88. *Les Chevaliers de la Pluie.*~~

~~N°92. *Les Oubliés.*~~

~~N°109. *Les Sommets de Sarmajor.*~~

N°110. *Le Marteau-de-sang* : équipe impitoyable de brutes sanguinaires. Ils possèdent un véhicule imposant, ainsi qu'un destroyer de guerre dont on se demande comment il arrive à tenir le rythme des concurrents. Les deux dernières éditions de la Coupe les ont vus finir sur le podium.

N°128. *Dormir sur son tas d'or* : troupe de gremlins originaires d'Hoz. Leur participation à la course n'est motivée que par l'argent, puisqu'ils profitent de chaque étape pour voler aux locaux et même parfois aux autres concurrents. Ils apposent ensuite les objets de leurs larcins sur leurs véhicules, ce qui rend ces derniers étonnants : des sphères métalliques pourvues de bras articulés et de moteurs surpuissants. On ne peut les disqualifier : nul n'est en mesure d'apporter des preuves de leur culpabilité, et ils gardent une bonne place dans le classement...

N°142. *Les Aïeules* : poignée de vieilles femmes cherchant à se prouver qu'elles ont encore la santé. Leur véhicule terrestre est pittoresque : il ressemble à une machine à coudre géante affublée d'un long fusain.

Lexique des personnages

Aelia Coursevague (Maîtresse de l'Eau)
Maîtresse de l'Eau de Sarmajor et mère de Naëli, décédée suite à un tragique accident.

Aethas Trônefroid (Maître de l'Eau)
Plus ancien Maître de l'Eau encore en vie et empereur des elfes de glace. On en sait très peu sur lui.

Antoni Fergus (Prince marchand)
Dirigeant de la Principauté de Sarmajor et directeur du Groupe Fergus, qui possède la mainmise sur l'ensemble des communications au sein des Sept Principautés. Il est porté disparu depuis le départ de la Coupe.

Anyra (Prince marchand)
Dirigeante de la Principauté de Kelebetokey, reine suprême des amazones et présidente de la Div. Corp, qui gère l'industrie des loisirs et le secteur touristique. Elle est une redoutable négociatrice, et a bâti un empire à partir d'un archipel pourtant pauvre en ressources. En fuite suite au coup d'État perpétré par ses homologues.

Attirel
Hydromancien elfe membre de l'équipe Givreglace.

Boileux
Capitaine au passé obscur de la *Melancolia*, fier vaisseau pirate. Sous des dehors d'aristocrate, c'est un gredin fini qui vend ses services au plus offrant. Éliminé par Funeste et ses pirates suite à la destruction d'Altor'Narac.

Cal
Petit frère de Sayan. Suite à une affection particulièrement grave, il a été pris en charge par un village K'il de Galbi.

Dagmar (Prince marchand)
Dirigeant de la Principauté de Nirvûn et directeur des Industries Dagmar, qui fournissent sécurité et énergie aux Sept Principautés. On le décrit comme un homme implacable répondant parfaitement aux stéréotypes des gens du nord : grand, blond, et teigneux. Éliminé lors du coup d'État des Princes félons.

Damantel (Maîtresse de l'Eau)
Maîtresse de l'Eau de Kelebetokey, disparue.

Def'il (Prince marchand)
Dirigeant de la Principauté de Galbi et président de la société OBP, principal fournisseur de matières premières et particulièrement d'alimentation. C'est un K'il, une race humanoïde aux airs d'insecte hyménoptère, qui aime se faire discret, et qui n'a que peu de proches. Emprisonné suite au coup d'État des Princes félons.

Elgen Sansou
Contrôleur financier de la Cijena souvent appelé à tort « trésorier ».

Ethan
Hydromancien membre de l'équipe des Dieux de la Piste.

Funeste Lamenoire
Anciennement second du capitaine Boileux sur la *Melancolia*, désormais capitaine du même bâtiment. C'est une experte dans le maniement des armes blanches, qui n'a jamais perdu un duel.

Gavranti (Prince marchand)
Dirigeante de la Principauté d'Hoz, directrice de la société Stup&Co qui contrôle l'ensemble du secteur médical des Sept Principautés. Elle compte également, de façon moins officielle, parmi les barons de la drogue les plus puissants au monde. L'un des Princes conjurés.

Grim Grant (Prince marchand)
Dirigeant de la Principauté de Kur, directeur de la Haute Banque de Kur. Éliminé suite au coup d'État des Princes félons.

Hawks (Professeur)
Féru de science et de technologie qui effectue diverses expériences absolument illégales sur son bateau itinérant. Il est considéré comme le plus grand cerveau scientifique de son temps, et est à l'origine de nombreuses inventions révolutionnaires modernes.

Hoelo (Maître de l'Eau)
Maître de l'Eau de Hoz, disparu.

Hul'doj
Prince naga de la cité d'Ortanck. Il ordonne une mystérieuse expédition d'investigation sur la neuvième édition de la Coupe.

Jérémy Soufflon
Secrétaire attitré de Philas Smogg. C'était bien, mais au bout d'un moment, c'était moins bien. Maintenant, c'est un fugitif dissimulé au sein de l'équipe des Éclaireurs.

Joan
Jeune garçon intrépide et mécanicien en herbe à l'origine de la formation de l'équipe des Éclaireurs.

Jot'il (Maître de l'Eau)
Maître de l'Eau de Galbi, disparu.

Kalecq
Chef de la mystérieuse équipe de la Coupe à la solde des Princes marchands félons. Il organise le rapt ou la suppression des hydromanciens participant à la course. Éliminé après avoir été découvert par les Éclaireurs.

Lil'yan (Maîtresse de l'Eau)
Magicienne de la cour du Prince naga Hul'doj, Maîtresse de l'Eau d'Ortanck. Elle est envoyée en mission d'investigation sous les ordres de Zok'kar.

Lyn Grant (Maître de l'Eau)
Frère jumeau du Prince marchand Grim Grant et Maître de l'Eau de Kur. C'est un gremlin qui ne mâche pas ses mots. Porté disparu.

Naëli Coursevague
Jeune fille de caractère, originaire de Sarmajor, aux pouvoirs exceptionnels. Elle est membre de l'équipe des Éclaireurs.

Nejim Palador
Ancien champion de la Coupe qui siège au conseil d'administration de la Cijena, emprisonné après le partage d'informations compromettantes de Jérémy Soufflon.

Mallaé Fusillaine (Maîtresse de l'Eau)
Maîtresse de l'Eau de Sarkoth, emprisonnée par les comploteurs.

Molly Zay
Timonière de l'équipe des Éclaireurs, ancienne championne de la Coupe au sein de Frénésie Convulsion.

La Murène
Énigmatique commanditaire des conjurés, qui poursuit un plan mystérieux nommé « projet Succion », dans lequel les hydromanciens jouent un rôle essentiel.

Pat (Gros Pat)
Adjoint du capitaine Boileux sur la *Melancolia*. La faiblesse de ses capacités cognitives est compensée par une force brute considérable. Décédé.

Philas Smogg
Honorable directeur de La Cijena, emprisonné suite au coup d'État des Princes félons.

Quamir (Maître de l'Eau)
Maître de l'Eau de Nirvûn, disparu.

Sayan
Jeune mécanicienne de l'équipe des Éclaireurs.

Seyunal (Maître de l'Eau)
Maître de l'Eau et Voix de l'Océan d'Altor'Narac. Il est le modérateur du Conclave des fils de l'océan, et il est respecté comme un guide divin dans le monde de la piraterie.

Tikken le Terrible
Chef de la sécurité de la Cijena et ex-champion de la Coupe au sein de l'équipe Frénésie Convulsion. Promu président de la Cijena après le coup d'État des Princes félons.

Vesperil (Prince marchand)
Dirigeant de la Principauté de Sarkoth et président de la Compagnie des Îles, redoutable entreprise contrôlant l'ensemble des transports dans les Sept Principautés. C'est un homme hautain dont on dit qu'il possède du sang elfe. L'un des Princes conjurés.

Yadriel
Sameda plus voyageur que mercenaire, engagé dans l'équipe des Éclaireurs en tant que garde du corps.

Ymelda Fergus
Directrice par intérim du Groupe Fergus, femme d'Antoni Fergus. L'un des Princes conjurés.

Yoklavin Seth
Porte-parole de la Cijena en ce qui concerne la Coupe, et ingénieur en charge des pièges posés sur son parcours.

Zok'kar
Ancien sénéchal de la cité d'Ortanck mandaté par Son Altesse le Prince Hul'doj pour enquêter avec son équipe au sein de la Coupe, sous la couverture de l'équipe des Oubliés.

Édito

Le mot de l'auteur

Merci de m'avoir lu ! Si cette lecture vous a plu, allez découvrir mon univers sur mon site web et filez vous abonner à ma page Facebook, mon compte Twitter ou mon compte Instagram ! Vous pouvez y suivre mes actualités, voir mes illustrations (les dessins à la main qui ornent les débuts de chapitre sont de moi) et me contacter pour me faire part de vos avis, questions et réactions. J'insiste : j'ai besoin de votre retour de lecteur pour me motiver à poursuivre l'écriture !

Votre serviteur,
Aidan

Le mot de l'éditeur

Chers lecteurs, l'auteur de ce livre est aussi son éditeur. Si vous appréciez le professionnalisme du roman que vous avez entre les mains, aidez-moi à le diffuser ! Les commentaires sur Amazon, Babelio, Booknode, Goodreads, Livraddict, etc, jouent un rôle primordial dans la diffusion, tout comme le bouche-à-oreille. Alors si vous croyez en mon projet, parlez-en à vos amis ou à votre libraire, et offrez mes livres à vos proches qui aiment le fantastique ! Sans vous, l'univers d'Yshal sombrera dans l'oubli !

Amitiés livresques,
Fox

<u>***Mes autres œuvres***</u>

Yshal, mon macro-univers, contient huit mondes. Chacun comporte une magie spécifique associée à une couleur et développe ainsi une force fondamentale de l'univers. À vous de découvrir les sagas qui les mettent en scène !

Les livres sont disponibles sur ma boutique en ligne, sur Amazon, en commande dans toutes les librairies et en rayon dans certaines.

LES MURMURES DU SHAR

Khrone est un monde entièrement souterrain. La vie s'y développe grâce à l'éclat d'un puissant cristal, permettant à de formidables civilisations, dont l'Empire shaari, de s'y épanouir.

Asia est une gladiatrice prometteuse de l'Empire, mais elle n'est pas une simple combattante. Elle enfile un manteau d'aristocrate en sortant de l'arène pour se mêler aux hautes sphères politiques, dans le but de retrouver celui qui l'a trahie. Et de lui faire payer.

Cependant, l'arrivée soudaine de la Dame du Nord, souveraine du lointain peuple des elfes noirs, va bouleverser ses plans. Car cette puissante sorcière semble cultiver un vif intérêt pour Asia. Mais qu'est-ce qu'une reine étrangère versée dans la magie noire peut bien lui vouloir ? Et si c'était elle qui détenait les clefs de son passé et qui lui permettait d'assouvir enfin sa vengeance ?

LE CŒUR DU DÉMON

Au terme d'une existence à la conclusion funeste, Lucrecia se réveille dans un monde incandescent. Elle tombe sous la coupe d'une inquiétante geôlière qui compte lui imposer un entraînement fondé sur la douleur. En réalisant qu'elle est prisonnière de son propre tourment, elle abdique sa raison.

Mais alors qu'elle laisse un sombre démon prendre possession de son corps, le cauchemar prend de dangereux airs de réalité. Une réalité qui se découpe en neuf cercles et est gouvernée par d'impitoyables Princes démons.

Au milieu des cendres, Lucrecia trouve pourtant des alliés inattendus. Des âmes brisées,comme elle, qui parlent d'insurrection, de liberté... et de rédemption. Ensemble, ils cherchent les clefs de leur salut. Mais des démons renégats peuvent-ils seulement échapper à la gueule embrasée des Enfers ?

Le Chant des Sables

Une fantasy orientale qui met en scène musique et chasse au trésor

À paraître fin 2022

Dépôt légal septembre 2021
Aidan Fox Éditions
29 rue Massenet 44300

www.aidanfoxauteur.com

Couverture par Hannah Sternjakob

Impression dans l'UE
ISBN — 978-2-491204-09-9
17,99 € TTC

Printed by Amazon Italia Logistica S.r.l.
Torrazza Piemonte (TO), Italy

67635776R00163